漫长的遗忘

DES CLOUS DANS LE CŒUR

DANIELLE THIÉRY

〔法〕丹妮尔·蒂埃里 著

聂云梅 译

人民文学出版社

著作权合同登记号 图字 01-2017-2976

DES CLOUS DANS LE COEUR de Danielle Thiéry
© LIBRAIRIE ARTHÈME FAYARD, 2012

图书在版编目(CIP)数据

漫长的遗忘/(法)丹妮尔·蒂埃里著；聂云梅译.
—北京：人民文学出版社，2017
ISBN 978-7-02-012867-9

Ⅰ.①漫… Ⅱ.①丹… ②聂… Ⅲ.①长篇小说-法国-现代 Ⅳ.①I565.45

中国版本图书馆 CIP 数据核字(2017)第 107655 号

责任编辑：朱卫净 陶媛媛
装帧设计：钱 珺

出版发行　人民文学出版社
社　　址　北京市朝内大街 166 号
邮政编码　100705
网　　址　http://www.rw-cn.com

印　　制　山东临沂新华印刷物流集团
经　　销　全国新华书店等

字　　数　158 千字
开　　本　890×1240 毫米　1/32
印　　张　10.25
版　　次　2017 年 7 月北京第 1 版
印　　次　2017 年 7 月第 1 次印刷

书　　号　978-7-02-012867-9
定　　价　45.00 元

如有印装质量问题，请与本社图书销售中心调换。电话：010-65233595

DES CLOUS DANS LE CŒUR

Danielle Thiéry

法国司法警察总署奖由法国司法警察总署署长——兑里斯蒂安·弗拉奇先生组织评委进行匿名投票产生获奖者，并由警察局长阁下宣布获奖名单。法国司法警察总署位于凯德索尔费佛三十六号。

二〇一二年十一月

谨以此书献给凡尔赛司法警署的同事们。

我折下这枝欧石楠
秋天已逝,你还记得吗
我们已不能相见于人间
欧石楠开放的气息
记得我在等着你

　　——纪尧姆·阿波利奈尔
　　《醇酒集》之《永别》

1

菲力-福尔广场出口，人们为庆祝节日摆放了色彩缤纷的花饰，仿若彗星之尾坠入戴高乐将军大街。假如忽略这一点，继他上次来过之后，小区里的景象一切如故。卡鲁赛尔宫前的旋转木马停了，城堡公园的栅栏隐没在阴影里。他仔细观察，赫然发现靠近张扬酒吧那幢屋子的百叶窗被刷成了绿色，一种很时尚的绿，不鲜艳，闷闷的。这到底叫什么绿其实无关紧要。广场周围都以绿色装饰，不能说明什么问题。但这再平常不过的、给窗子重新上漆的动作却引起了马克西姆·勒维尔的注意。

后面的汽车喇叭响了几声，请他遵守行车规则。他刚才心事重重，竟把警车停在了道路中央。街上行人寥寥无几，可即便如此，人们也无法忍受有人不守规矩。他对那几个心烦意躁的人小声咒骂了几句脏话，然后倒车，将其停在了法国银行那幢历史悠久的大厦前的人行道上——一名警察起码应该做到的停车处——情况突发时可以迅速撤离。从这个角度，他从容地将整座广场尽收眼底。

"啊，妈的！"察觉到自己忽略的另一个细节，他咬着牙齿挤出这句脏话来，因为迄今为止他只注意到了那幢房子的百叶窗。

他关了车上的收音机，拿起电话。他本打算装作若无其事的样子瞧一眼电话的。尽管给莱娅留了言，但他从早上起就没有见到她的人影了。

"你的女儿十七岁了，"内心的一个声音响起，"给她留点儿空间，让她慢慢成长……"这声音给了他几许安慰。

或许这就是正确看待事物的方式，只是，他不完全确定女儿真的想要长大。十年前的悲剧让她成了一个小女人，瘦骨嶙峋，舔舐着伤口，失魂落魄地活着，无处安放自己。他有时会问自己，为什么她不死了一了百了？

他吸了最后一口烟，然后把烟头扔向车窗外，全然无视环保观念。突然而至的咳嗽让他身体蜷曲。几分钟内，他咳得上气不接下气，尼古丁和疫气的味道从阻塞的肺部回出。直至今日，他都不想知道自己的身体状况。今早起床时，他才点了第一支万宝路香烟就剧烈咳嗽起来。他害怕自己会撒手人寰，于是跪在了割绒地毯上。之后他异常艰难地走进浴室，把痰吐到了盥洗池的搪瓷上。在那团带病的污秽物中，他见到了血，这可是头一遭。

马克西姆·勒维尔被咳嗽折磨许久，终于挣扎着将笨重的身躯从警车里挪出：他身高一米九、体重一百公斤。他倚靠着警车，片刻之后，眼里涌出的泪水被风吹干了。他直起身子，酒吧在他的视线里变得模糊。十年前他就知道这家名为张扬的酒吧。酒吧竖起一块崭新的招牌，房子正面被重新粉刷了一下，用了驼色和紫色，与隔壁刷了绿色的房子两两相望。酒吧也做了改头换面的工程，因为两幢房子都是同一业主的。很早以前，他还在里面取证过：酒吧的柜台后横着一具尸体，厨房里有另一具。两具尸体之间不过几米的距离。刚刚来到这里的时候，也许是自己想事情想得入神的缘故，他都没有注意到酒吧发生了根本性的变化：张扬如今已更名为澎湃。

他筋疲力竭，体内阵阵刺痛，宛如一群红蚁爬在胸口。他哆嗦起来，那颤栗沿脊柱袭来，他曾体会过的。就是这种颤栗，必然击败伺机捕捉猎物的猎人，必然使其将咳嗽、盥洗池里的血痰以及戒烟的承诺统统抛到九霄云外。他半睁着一只眼睛，盯着澎湃的招牌，随后点了一支烟。

出售报纸的商店在窗户上贴出一则新闻，朗布依埃城的一位居民玩罗多游戏，刚刚在此地赢得了两千欧元的大奖。窗户后是些小玩意儿，类似广场上的灯饰，提醒着人们圣诞节的脚步已越来越近。马克西姆·勒维尔素日里就不喜欢过节，不过今年的圣诞节很特别，那些心酸往事一一涌上他的心头。他不再看巧克力做的圣诞老人，而是转过头去看那家商店了。他自言自语道：至少这里还是老样子。不但没有搅拌油漆的粉刷工程，就连薄嘴高鼻的老板娘也依然如故。这位六十多岁的老太太很早以前就在夜晚坐在铺子中看管，跨年的时候总穿着同一条印花呢绒裙，总爱从邮寄来的各类商品广告里追逐时尚潮流。她的裙子前面扣着纽扣，腰间系了腰带，还穿上了冬季款的厚连裤袜，配了一件不怎么好看的羊毛背心。

店铺的自动门在马克西姆身后关上，这是铺子里唯一向现代化妥协的东西。"晚上好。"他说道。

老太太正忙着从弧形腿货柜上拿报纸，由于弓着背干活，所以来人见不到她发髻下的脖子。她停下手上的活计，说道："晚上好，检察官！"却没有转身。

勒维尔露出笑容。这只狡猾的老狐狸，也许从他抵达广场时她就已经注意到他了。他的车子一看就是警察专车,而且他身上带着一股刺鼻的烟味儿。不得不提的是,烟店老板娘是一流的"线人",她善于察言观色,揣摩臆测,搬是弄非。她是办案人员不可多得的助手。他背靠着柜台,那里面堆满了琳琅满目的商品,品种多到让人不敢相信自己的眼睛。

"您是怎么认出我的,雷波斯瓦尔太太?"

"哦,"她一边说一边整理着报纸,"您要是站在人群中,我一眼就能认出来。您就是到了阴曹地府,我也认得出您的声音。您身上的味道……您身上有一股特别的焦味,要知道,我可是经常和烟客们打交道的哦!"

她放慢了动作,猜到了他光顾店铺的原因,索性等他开口来问。没有一个客人,只要瞧一眼那些和老板娘一样年老色衰的杂志,客人们就会仓皇而逃。有的东西正濒临消失,至少报刊和书籍是这样的境遇吧。

"您看到了吧,要是我不卖香烟的话,早就关门了。真倒霉,人们连书都不读了……"

"可您还卖彩票啊,罗多游戏,刮刮奖之类的。"他说道,为了讨她高兴。

"不错,这倒是真的。您只是来向我问好,还是有别的事?"

她终于挺起一直忙碌的身子,面对着他。她用浅蓝色的眼睛打量着他。她目光敏锐,这种敏锐多年未变。勒维尔就知道会这样。他很困惑:老太太目光犀利,为人却显平庸。

"我刚才在街角,"他开始撒谎,"我在朗布依埃有公务,而来您这儿正好顺道……"

老太太做了个鬼脸,显然是在暗示勒维尔她没那么好骗。他动不动就登门拜访，一骗就骗了她十年，但他很少会弄错出生日期。

"您是真的来看我的，还是来打探张扬酒吧的事儿？"

"两者皆有……"

"检察官，我想跟您说件好事儿……"

"少校。"

"什么？"

"我去年升为少校了……"

"是因为张扬酒吧的案子，您才得以晋升的吧？"她不无挖苦地问道。

"可惜，不是得益于这个案子……除了这个案子，其他的案件，我都是可以查出真相的。"

"对面出事儿的那年，"她用下巴指了一下广场，"您就是检察官了吧？"

"我那时是中尉，可您老叫我检察官……"

"您没撒谎吧？那时满大街都是检察官。"

"是的，不过称呼换了……这就是政府历来的作风，定期换换级别、警衔什么的……我们所说的改革不就是这些吗？"

雷波斯瓦尔太太用线绳捆好从货架上取出的那堆报纸，点了点头，又坐回到柜台后的椅子上。她交叉起双臂，毫无忸怩之态地把勒维尔从头到脚打量了一遍：

"不管怎么说，"她说道，"这里可不像对面，天翻地覆的……哎呀，您气色不好！您小心自己别被他们整改了！"

她的话把勒维尔逗乐了，他做了个听天由命的动作：

"这应该是年纪的问题吧……您和我说说，您的邻居们清理门户，是为了迎接春天还是为了别的什么？"

老太太淡蓝色的目光更显犀利。她往前靠了靠，似乎要对警长的询问做个至关重要的回应。但自动门突然开了，一群激昂少年如乱窜的蝗虫般拥进了店铺。中学的放学钟声敲响了，此时也是孩子们享受甜点、香烟和刮刮奖的时刻。他们将勒维尔团团围住，高鼻子老板娘敏锐的目光飞速巡视。她向他明确暗示：她不信任这帮小子，他们在她的店铺里偷个不停。他们偷盗的策略屡试不爽，总是成群挤入，然后毫不害臊地顺手牵羊。

"我会回来的，"勒维尔说道，"我去溜一圈儿。"

安妮特·雷波斯瓦尔忙于监视那帮包围了铺子的小流氓们，没有应声。

2

马克西姆·勒维尔少校推开办公室的门,看见他的几位下属挤在那间逼仄的屋子里,空间狭小得让人感觉压抑。平日里,他都把身为领导该有的所有东西丢在里面。

"进展如何?"他边问边把皮包扔到办公桌上。

"晚上好,长官!"索尼娅·布雷东最先出声,她的警衔为中尉,也是团队里最年轻的成员。她高声问候领导。

"你好,马克西姆!"另外两个成员也齐声问候。

勒维尔匆匆瞥了他们一眼,用下巴回应了下属们的问候。

来办公室的是雷诺·拉扎尔和阿布德尔·米穆尼,两人皆为上尉,也都刚过四十,但迥然有异。拉扎尔脸色苍白宛如苦苣,人也像苦苣一般在笼罩北方的雾凇下成长。他把入行的前十年奉献给了里尔。之后坠入情网,爱上了一名红棕头发、身材颀长的税务员,便申请调到凡尔赛工作。某些时日,他会因为对家乡的思念和转瞬即逝的爱情而后悔自己当初的选择。然而米穆尼就没有这些烦恼,长久以来他对爱情退避三舍，也从未依恋过任何女子。他像蝴蝶一样栖息花枝，却未曾留恋过那些招蜂引蝶的花儿。他长相不俗，身边不乏追求者。可雷诺·拉扎尔在相貌上就毫无恭维可言了，他皮肤苍白，脑袋浑圆，个头中等，还长了一个小小的油肚，同事们戏称其为"克能博格啤酒①肚"。

少校坐到了扶手椅上，嘴边嘟哝着几句含糊不清的话。所有人都明白他自大的语气，既不讲情面，也无敬重可言。他从前可不是这副德行，而这里的每一个人都明白他是从何时开始性情大变的。也许除了索尼娅·布雷东，她来的时间不长，还没来得及了解这个比牡蛎还要紧闭心扉的男人。她开口了：

"格拉斯耶随检察官一起出发了，去犯罪现场与在那儿办案的宪兵们碰头。可是头儿要我们尽快破案，因为被害人的名声……"

"噢，我听说了……为什么头儿自个儿不去现场呢？"

勒维尔的两名助手明知他情绪不高，却无动于衷，这也说明他们早已习惯了心情不佳时的勒维尔，所以置身事外。

"格拉斯耶，他会在那里过夜吗？"勒维尔又问道，低落的心情显露无遗。他抬头看了看挂在门上的广告钟。

他还在从朗布依埃回来的路上时，大区司法警署的领导就跟他联系过了。一位曾经影响了整整一代摇滚人的老歌手命归西天了。园丁发现他死在梅里村的家里。梅里村毗邻马尔利勒鲁瓦②。村庄隶属宪兵队的管辖范围，所以最初的调查是由宪兵们来执行的。他们没有发现已故摇滚歌手的脖颈上有任何勒痕，也没在尸体上找到血

---

① 法国斯特拉斯堡所产啤酒。
② 法国伊夫林省的一个城镇。

肿,所以其死因神秘莫测。代理检察官已赶到现场了。尽管宪兵队一再坚持要审理此案,但司法警察们明白,法官还是会交由他们来调查。凡尔赛司法警署刑侦分局局长菲利普·加亚尔在"由谁办案"的问题上态度强硬。

"难道嫌我们手头的案件还不够多吗?"勒维尔嘀咕个没完。路上,刑侦局的头儿给他来了电话。根据级别高低,络绎不绝的办案车辆先后抵达,这是规矩。

唯有局长罗曼·巴尔泰镇定自若:

"不管怎样,被害人名声在外,今晚之后,媒体很快就会知晓,这将成为一个爆炸性新闻。咱们要抢先一步,不要当马后炮,就在宪兵们一筹莫展的时候捷足先登……您离得还是很远吗?"

勒维尔少校本想说服他们向刑侦分局的其他部门求救。但罗曼·巴尔泰回答说一半以上的部门人员都在休假。"这事儿来得真不巧!"勒维尔喃喃抱怨,他本想直接回家。他今天好不容易可以看见回到家的女儿。他向她提议共进晚餐,好面对面地说说话。她说:"好的,既然你提议,那由我来做饭吧。"虽然她说话时的语气有些冷漠,可她答应了,这已经让他很知足了。

而中尉安东尼·格拉斯耶却来了电话,要他们去梅里和他碰头。他的计划因此泡汤了。

3

"死者不等人。"队伍离开了巴黎街十九号老楼,开启了车上的警灯,赶赴现场与鉴定科的同事们碰头。

"尸体躺在英式沙发和堆满杂志及肮脏餐具的茶几间,脸部对着地面……死者为男性,身高一米八左右,身材瘦长、单薄。上半身裸露,着白色长裤,提至髋部,臀部暴露在外。赤脚。双臂伸至头部两旁。颈背裸露,上有黑色印记,但颜色不深,印记宽度为一厘米,疑为遭人勒死。移动死者时,其身体呈缩合状,尸体几乎僵硬如石。某些淡褐色印记呈现于尸体的不同部位上(参照1—9号照片),可以断定死者曾被重击。淤血部位:腰部,上半身,手臂……"

阿布德尔·米穆尼打断了记录员的话,以便鉴定科的摄像人员打开闪光灯拍摄尸体。这段时间内,两名专门处理犯罪现场的同事取走了杯子、餐具和一只空酒瓶,然后放入取样箱里。米穆尼见法医正和勒维尔少校和代理检察官路易·格特朗积极讨论,而索尼娅·布雷东和雷诺·拉扎尔则逮着为过世歌手打理家务的人询问。他觉得今年园丁们的打扮很潮,而这名有着卷曲头发、天使面孔的年轻男子显然不会只用用铲子、拿拿修枝剪。他的双手完美无瑕,没留下一丁点儿泥土的痕迹或是种树人都会有的小伤口。他的右耳戴金色耳环,左耳的耳廓上有两枚镀银耳钉,脖颈上系了一根细细的镀金项链。鲜有园丁如此装扮。

鉴定科的同事们完成了第一轮取证工作,离去了。米穆尼则继续察看。

"从死者断气到现在大约讨了六到八个小时。"法医推算道。法医是一位体型富态的女士,五十有余,穿着很另类,绿色裤装上配了条红色披肩。"尸体完全僵硬了,房间里的温度为二十度左右……此外,脖颈上方的紫红色尸斑清晰可见。胸部及大腿上面似有压印……如果没有人拖过尸体的话,凶手应该是在十二至十八个小时前行凶的。打个比方,如果死者在花园里遇害,可外面气温仅为八到十度……从尸斑的规则分布看,死者可能就是在这里遇难的。"

法医声如洪钟,连索尼娅和雷诺也听到她的论断了。他们依然紧盯着还在说话的园丁,他叫托米,正是他发现了尸体。他是第一个证人,也许不只是证人那么简单。

"今天有人拜访过斯达克先生吗?"朝托米走去的勒维尔问道。

"我不清楚……我是下午两点三十分到的,然后就干活了。下午我一直待在花园里。我没看见艾迪……我说的是斯达克先生。"

"您说的下午……是什么时候?下午五点天就黑了……"

"这就是我的意思,整个下午我都在工作,天黑才休息。大约在五点三十分,我先去丢了垃圾,然后去莫勒帕的园丁之家买了些球茎植物……回来时,没看到斯达克先生屋里亮灯,我很担心。我凑近屋子想看看他是否在家,结果发现门是开着的……这……这太恐怖了!"

"您是怎么进到房主家里的?"

"我有电子门的呼叫器,我会操作它开门。工具间的门没上锁。"

"您有屋子的钥匙?"

"没有,我从没进去过……"

帅气的修草工目光炯炯有神,却往左边飘忽而去。上校和两名上尉以眼神会意,他们确信:他在说谎。

"当心,小子,"勒维尔打断他的话,"要是你放烟幕弹,我们很快就会知道的……所以,给你个忠告:说出真相,这样对大家都有好处,尤其是对你。"

"我有时会进屋去,"面露难堪的托米重新更正证词:"可我没有屋里的钥匙。我进去是因为艾迪的要求……"

"你俩不会有一腿吧?"索尼娅从不转弯抹角。

"没,没有……"

园丁的眼神再次闪烁,这一次是往右飘忽而去。显然,他所知的真相于他而言并非光彩之事。勒维尔叹了口气,示意雷诺·拉扎尔来接他的班。这起案件乍看似乎是一起平淡无奇的性爱纠纷,也可能是同志间的嫉妒心作祟。但任何迹象都值得怀疑,如同一个剧情复杂的故事让人百般猜测那般。因为忘记此条基本规则,警察们在往昔可是吃尽了苦头,常常与真相擦肩而过。他也曾因为职业及个人原因而粗心大意过。那样的记忆隐蔽却又比挥之不去的毒药还要深,时间愈久,毒性愈烈。

"让他再交代得详细些。"他向自己的助手命令道,"要是他敢胡说八道,就拘留他。列出所有来过这里的人员名单,包括常来的人和不常来的人。你接下来要做的是熟悉案情、仔细搜查、提起诉讼之类的事儿……虽然这明摆着是一起无聊的'性爱纠纷',但我们得像处理正经悬案一样来对待。还要当心,媒体可能会很关注这个话题……"

"检察官说了什么吗?"

"你是了解格特朗的,"勒维尔作了个鬼脸,"他滴水不漏。你得和他谈谈案件的发布事宜。"

"这倒不急。如果非说不可,我们就把这个案子以现行犯罪案件来公布……"

"我担心案子会很棘手……"

上尉心领神会,转身离去。此时阿布德尔·米穆尼朝他们走来,他手里晃着一块塑料材质的东西,递给拉扎尔:

"死者的身份证,"他微笑着说道,"原来他的真名叫米歇尔·杜邦……"

"是吗?"

"可不是嘛,听起来不怎么性感了,对吧?"

勒维尔少校没有反应,看来已没有什么事情可以让他惊奇讶异、张皇失措或是开怀大笑了。他对拉扎尔说道:

"我得回办公室,然后回家。你要留下继续调查吗?"

4

勒维尔将警车停放在丁香街的一幢小楼前,已过了晚十点。他在凡尔赛不太光鲜亮丽的地段买下了这幢普通的小房子。当时只要能让他尽快离开朗布依埃,做什么他都愿意。这幢小楼正好成全了他,房子沿街而建,黄色墙壁,浅蓝色百叶窗,带车库,正面有约两平方米的一小块草坪,背面还有一个小花园,从那儿可以直达客厅。勒维尔一家对小花园弃之不理,从未真正维护过。

屋里的灯早熄了,只有一楼窗户的灯还亮着,光线从紧闭的百叶窗里漏出来。马克西姆·勒维尔并不为此欣喜,反而备觉愧疚。屋子收拾得井然有序,没有家庭主妇忙过的痕迹。屋子虽整洁干净、一尘不染,却意味着莱娅正在挨饿。厨房的餐桌上摆着一副餐具,就一副。他的愧疚感油然而生,加之经常不准时回家,更让他觉得抱歉。桌上什么都有:开了瓶的波尔多葡萄酒、西红柿色拉、奶酪和干果蛋糕……晚餐丰盛至极,莱娅却连碰都不碰。他又想,即使自己准时回家,她也不会去吃一口的。如此一想便心安理得了一些。

女儿和那些患有厌食症的人没两样,挖空心思地为家人烹饪食物,让家人饱腹,沉湎于此不能自拔,因为只要想象家人美餐一顿的情景,她就饱了。她也会因为家务而筋疲力尽,拂晓一起床就开始劳作,夜色来临时才完成那些没完没了的、形如体操运动的家务琐事,更别提夜不能寐这件烦心事了。

他的钥匙串掉了,狠狠地砸在瓷砖上。勒维尔俯身去拾,却被疼痛的膝关节折磨得难以直起身子来。他胖,又缺乏运动,过度紧张时还喜欢酗酒。终于起身,却又咳嗽起来,他箭步冲至门口的卫生间里。两三分钟后,总算平静下来了。他的心脏怦怦乱跳,血迹弄脏了盥洗池。更糟糕的是,刚才的猛烈咳嗽把他的尿也急出来了,大半条裤子都有尿渍……

他喝了一大杯水,清洗了裤子和盥洗池,套上挂在衣帽架上宛如稻草人一样的运动服。

他爬上楼梯,感觉自己已朝不保夕。眼前黑点闪烁;胸口——就在肋骨下方的那个地方正撕心裂肺地痛着。他敲了敲挂着红色挂毯的门,莱娅将她的名字写在了挂毯上。不等莱娅回应,他已推门而入。他的女儿趴在堆满书本和凌乱纸张的桌前写作业,留下一个瘦削的背影。她没有任何反应,连头也不回。而他却被这个骨感的背影重重地击了一下。

"对不起,莱娅。"他声音嘶哑地挤出这几个字,刚才的剧烈咳嗽,还有工作上的事情,让他说话没了底气……

"没事的,爸爸。"莱娅应了他一声,仍旧没有转身。

"刚要下班,又来了点儿事,我都没能来得及给你打电话……"

"我跟你说过了,没事儿的。"

她提高了嗓门儿,声音刺人耳膜。她强忍住怒火。她本就很瘦,天使面容下的脸庞是包在皮肤里骨头横陈的头颅而已。她提醒他，上次爽约是因为在酒窖里发现了一具尸斑不明显的干尸。

"爸爸，求求你让我做作业吧，三个星期后我得小考呢……"

她的眼睛碧绿清澈，眼角细长，目光炯炯有神，却又添了几分倔强，和她母亲的如出一辙。玛里珂那样的女人总是眉欢眼笑，柔情似水，朝气蓬勃。莱娅一直都秉承着母亲的气质，可到了去年年初就变了。看看现在，她的双颊荡然无存，前额有了皱纹，平平的胸部裹在紧身毛衣下，仿若两个空空如也的羊皮袋。

"爸爸，"莱娅烦躁不安地说，"你难道不知道我有作业要写？"

"但我们还是可以聊上五分钟的……"

马克西姆朝女儿的床走去，床上曾经摆放过的毛绒玩具早已消失，只留下一床印有"爱探险的朵拉"图样的羽绒被。他坐了下去，搓着双手，强挤出一丝笑容。

"今早的体重是四十公斤！"小女孩就这样面无表情地告诉父亲这个消息。

"你是在宣布胜利吗！"马克西姆非常抵触，"不过两个星期而已，你又瘦了两公斤，莱娅，你知道后果是什么吗？"

"能有什么后果！我要准备考试，不能挂科，然后上二年级。能有什么事！"

患厌食症之前，莱娅会开怀大笑，也会安排娱乐活动。她有两个闺蜜，她们会约着看电影，听她最喜欢的音乐——摇滚乐音乐会。她开始关注身边的男孩子们，尽管父亲不那么喜欢男生们骑着电单车或小摩托车在家门口逗留！然而这美好的一切却在瞬间灰飞烟灭了。她总是以"我太胖了"为由，不碰一口巧克力蛋糕、曲奇或是汉堡包之类的东西。渐渐地，她连别的东西也不吃了，因为那些食品对"她没有什么好处"。于是就有了令人咋舌的结果：她在两个月内瘦了两公斤。马克西姆一开始并不引以为然，学校却是最早采取行动的。莱娅在课堂上打盹，校医约见了马克西姆。种种难堪之后，莱娅告知她并不熟悉的校医：她两个月没有来例假了。惊慌失措的马克西姆把女儿带至一位医生的诊所，而医生并不愿意给女孩做复杂的治疗，因为病症的表现是饮食紊乱，这是顾虑体形的病态心理所致。所以，他建议女孩最好去看看心理医生。莱娅气急败坏。既然如此，为何不马上把她关起来？她于是答应父亲会好好吃饭，马克西姆这才放弃了看心理医生的想法。

接着，父女冷战了两三个月，莱娅找回了胃口。圣诞节如约而至，斯文森一家来了，他们是莱娅在瑞典的外祖父母。他们突然到访，女儿的失踪一直让他们忧心忡忡，他们始终没有弄明白究竟是怎么回事，这几年来，他们都是在忧虑、希望与绝望中度过。他们的态度使得马克西姆把发生的一切都归结到自己身上来，更糟的是，他还担当着查出未知事件的责任：就是无论如何都要找到玛里珂。外祖父母心系失踪的女儿，仿若天下只有他们在承受痛苦，而忽略了外孙女如此消瘦的缘由。家里气氛沉重，莱娅将自己关在房里反省。她不再出去了，完全忘记自己还是个女人，也不去考虑外表这回事了。

"莱娅，你的气色不好，不是像你说的那样简单！你看看自己！一定要看心理医生！明天我就预约。"

"不要，真恶心！"

"从现在起，你得听我的。"

"我恨你。"

"那是我活该。"

莱娅朝后仰,手臂交叉在突起的肋骨上,面目狰狞:

"你知道吗,我明白妈妈为什么要离开这个家了!为什么要离开你了!因为她不要你了,爸爸!妈妈她不要你了!"

父女俩陷入尴尬的沉默中,勒维尔望着对面的墙,寻找某个记号。然而莱娅已经撕掉了金属乐队①、ACDC 乐队②以及齐达内的每一张海报。她什么都不爱了,现在的她极度空虚,骨瘦如柴。彼此就这样僵持了一阵子,都不去触碰对方的敏感点。他想抽支烟。他步履沉重地走到门口,手拉住门把手,转过身来问女儿:

"莱娅,你就是这样想的吗?你妈妈走了,全是我的错?"

他看见她的嘴唇在颤抖,疲惫、愤怒和痛苦全都传达出来了。她磕磕绊绊地站起来。显然从早上起就没有吃过一口东西,也许从昨晚就开始绝食了。马克西姆放下门把手,匆忙跑过去。最后一刻,他双手接住了女儿瘦得不成样子的身体。

---

① 1981 年在美国洛杉矶组建的乐队,是从 20 世纪 80 年代至今世界上最杰出和最有影响力的重金属乐队。
② 1973 年成立于悉尼,音乐风格主要是专辑摇滚和舞台摇滚,乐队的现任主唱是布莱恩·杰森,澳大利亚重金属乐队 AC/DC 在 20 世纪 80 年代成为重金属音乐主导乐队之一。

5

给园丁托米录口供是在凡尔赛大区司法警署总部进行的。托米的真名叫托马斯·弗雷沃,二十五岁。如果需要的话,阿布德尔·米穆尼会在这里过夜。他穷追不舍地审问园丁,最终打探到了一些细节,他在脑中过滤了一遍。摇滚明星身边的人员渐渐清晰起来。他的通讯录暴露了他家的常客,清一色的成年人,具体来说是年轻男人,可也有女人和年轻姑娘。即使看来不冉大红大紫,即使前途暗淡,这些"过气明星"也并非对一切无动于衷。米穆尼审问托米时,组里的另外两位成员,一位忙于调查电话记录,有和银行的通话记录,摇滚歌星在这家银行开了账户;另一位则在法医取样的东西里进行物证分析。另外,房子里还发现了乳头状的鞋印,需要进行足迹检验。房子后面的窗户旁留下了一个很清晰的脚印。托米发誓说这个脚印不是他的,而最早出来的检验结果也证明了他没有说谎。

"我去去就来,"雷诺·拉扎尔边说边从座位上起身,"我去方便一下，顺便买杯咖啡，你们要吗？"

"不用了，谢谢。"他的两位同事异口同声地回答。

如果不算上警署领导和值班室的人员，这个钟点，司法警署的走廊里空荡荡的，值班室里的工作没什么进展，里面静悄悄的。拉扎尔往自动咖啡机里多投了一枚硬币，一条巧克力跳了出来。他一把逮住，撕开，大口啃着。他做贼心虚，总觉着他的税务员太太在一旁窥伺着，只要发现他的油肚圆滚了一些，就能够捉他个现行。他太太很喜欢健身，不让身体受脂肪的困扰，哪怕一点点也不行，因为这对于她来说意义重大。

他端着滚烫的咖啡杯上了楼，行至勒维尔少校的办公室时，他发现里面的灯还亮着。身为一个尽忠职守、有担当的男人，他走进办公室去关灯，一摞摞毫无意义的文件和材料挡住了他的去路，他艰难前行，终于走到浅色金属文件柜前。文件柜年月已久，又不被主人爱护，已伤痕累累。他在皮椅上坐了一会儿，这是勒维尔因为腰肌劳损而唯一可以享受到的奢侈品。他刚要去拉灯链，却看到了一个摊开的、厚厚的硬壳文件夹。文件就放在桌子边，好像刚刚有人翻过。雷诺·拉扎尔看见第一页标着：**卷宗第 2001/123 号，蓄意杀人案**。受害人：让·博尔特及娘姓罗毕耶的丽莲娜·博尔特。

"天呐，"拉扎尔喃喃低语，"真不敢相信！"

某些事会毁了你一辈子，正如此事。无论我们做什么都无济于事，这些事始终挥之不去，它们与你合为一体，你的记忆、你的心灵都为其留有一席之地，如同某个恶搞的家伙动不动就在你心里扎根钉子一样。你每天都会想到这件事。这与那些无法触及的悲伤说辞无关，也与要给受害者讨回的公道无关，更与我们至今未曾替受害家庭查出的真相无关。它综合了以上所有的情形，确实如此。尤其是当你不幸遭遇了，就背上了沉重的负担。你总欠自己些什么，你也不知缘由何处。

如此说来，老东西并未放弃。他绝不会放手！他心里承受着某种阴影，正因为害怕会慢慢失去破案的希望，他拼命地不把那件事归为此类。日复一日，杀害博尔特夫妇的罪犯渐渐被人遗忘，但勒维尔显然不会。拉扎尔其实也明白少校为何不能放手。发生这件案子的当天，他的妻子玛里珂也同时失踪了。这就是为什么勒维尔的心里扎了两根钉子。雷诺·拉扎尔开始翻阅卷宗。他的目光停留在朗布依埃警察局指挥部的报告上：

二〇〇一年十二月二十一日，星期五，七点。有人呼叫朗布依埃警察分局，于是办案人员奔赴菲力-福尔广场旁一家名为"张扬"的酒吧那里。打电话的人是艾莉薇儿·博尔特女士，迪穆兰先生的遗孀，四十二岁，是上述酒吧的职员，她的双亲，让·博尔特和丽莲娜·博尔特持有酒吧的经营权，两位老人均为六十七岁。像往常一样，这天博尔特女士打开了酒吧的门。她的双亲就住在酒吧隔壁的房子里，他们会在八点左右来与她见面。她到的时候，首先注意到酒吧的后门没有用钥匙锁上，这有点儿反常。接着她走进去，看到警报器没有插电，酒吧每晚十点打烊时都习惯性地给警报器接上电源，通常是由她的双亲来接电源的。吧台后，她看见父亲躺在血泊中。确认父亲已与世长辞，她立即转身去父母家里，那房子有个院子与酒吧相连，从正对着广场的门可直接进入里面，这扇门根本就没关，被人推开对着门框（这是第二个蹊跷之处）。屋里，大门关上了却没锁，这便是她所说的第三个蹊跷之处。一楼，在房子后面的厨房里，艾莉薇儿·博尔特发现了母亲的尸体，她侧躺着，头部四周流了很多血。博尔特女士立刻用手机报了警……

那时，雷诺·拉扎尔还在里尔，他对这个案件毫不知情。可他听人们说了无数次，也看了诸多的报告和口供，他有时也想干脆自己来写报告好了，就全当是他从一开始就参与了案件的调查。不过勒维尔写了，报告简洁扼要，是他一贯的行事风格。

……我们赶到现场，我们，即马克西姆·勒维尔和朗布依埃警察分局的值班司法警员，注意到消防员，还有该户人家的家庭医生——塞居雷都来了，艾莉薇儿·博尔特女士给他打了电话。医生征得消防员的同意后，就近观察了两位死者的尸体。他宣称两人已死亡数小时（大约八至十小时）。我们请求他离开尸体以便法医展开工作。至此，共和国的代理检察官玛蒂娜·勒鲁瓦女士赶至现场与我们碰面。我们告知她最初的调查结果：两名死者身上因利器袭击有多处伤口，而作案工具并未找到。受害人均遭到利器的猛烈袭击。娘家姓罗毕耶的丽莲娜·博尔特的脖子上有一长条深深的伤口，其头部与身体呈现部分分离状态。

酒吧的收银机大开着，里面已空无一文。除了打翻在地的一把椅子（其他椅子则放在桌上，也许是清扫瓷砖地面时放上的）和博尔特先生尸体旁一瓶打碎的里卡尔茴香酒外，其余的东西都原封不动地放着,也没有发现任何异常情况。尸体四周,洒洒了一地,屋里弥漫着一股浓浓的茴香味。办案人员寻找椅子上的痕迹,他们收拾了酒瓶的碎片,放入编号为1—5的密封袋里,以便回去检验……

酒吧和父母家的中间,有一条兼做里院和露台的过道,并无异常。室外温度八摄氏度,木板(一种格子板)地面潮湿。虽未下雨,然而法国气象局却监测到从昨日八点至今日凌晨五点,部分区域有小雨。部分木板地面上覆盖着枯叶,那是从露台中间的一棵梧桐树和沿墙而种的小灌木上飘落下来的叶子。在过道上找寻痕迹很徒劳,艾莉薇儿·博尔特女士、消防员和在场的其他办案人员来回寻觅了好几次都一无所获。但鉴定科的同事们仍旧拍了几张照片,以应不时之需。大家还留意到在进屋楼梯的最后一级台阶上的血迹,虽被门檐遮挡,却仍能看见。办案人员随即作了取样(放入6号密封袋内)。

屋内一楼的各个房间里一片狼藉,我们还没有去看厨房、起居室、客厅、卧室、浴室和卫生间里的情况。家具被翻得乱七八糟,某几个房间里的东西已被洗劫一空。地板上全是玻璃碎片和打碎了的小东西。在警方的询问下,艾莉薇儿·博尔特女士说不确定是否丢了什么东西。她只是告诉我们,父母除了有几件首饰外,没什么值钱的东西。她说,首饰并未被盗窃。或许她心里的财产不止于此吧。还有,不仅酒吧柜台里的钱不见了,父母家里的钱也不翼而飞。她不记得父母亲在家里或酒吧里放了现金。据艾莉薇儿·博尔特女士所言,酒吧每日酒水销售额在七千法郎左右。作案人理应没有光顾过厨房、浴室和卫生间。我们吩咐鉴定科的同事们整理出一份各个房间里的痕迹清单，并取走了几件东西。这几件东西的清单如今放在7—15号密封袋里。

共和国检察官——勒鲁瓦女士告知我们：她决定对凡尔赛大区司法警署的特警队提起诉讼，这也就意味着我们的调查要告一段落。法官会审理我们撰写的调查报告和笔录，然后由他转交至凡尔赛的大区司法警署。

于二〇〇一年十二月二十一日十一时，记录于朗布依埃

雷诺·拉扎尔闭上双眼，卷宗里的陈辞略显冷静，他努力让自己站在那个爱发牢骚的老东西的立场上，去体会他当时的感受。那时的他，较之今日，没那么老气横秋，也没那么爱发牢骚。就算是这样，他也不由得感觉到自己被掏空了。马克西姆·勒维尔，警察分局的司法警官，从做警察那天到那一年为止，本应处理处理鸡毛蒜皮的小事。这无关警察总队的事，可能会因诉讼移交给法官大人审理而心生几许失望……

"嘿，你在这里做什么？"索尼娅·布雷东问道。她挨得很近，拉扎尔一跃而起，形同犯错被逮的小家伙。

"见鬼，你吓到我了！"

"你是在翻马克西姆的东西吗？"她问，双手交叉地放在挺拔的胸部下方。

"我进来关灯……"

她看着他，眼神里流露出一丝怜悯。

"那，这，这是什么？"女孩问道。她绕过办公桌，食指指着拉扎尔杵着的厚厚卷宗。"千万别对我提这桩陈年旧事！"她又说了一句，不留时间给对方解释，"又是博尔特命案……妈的，难道你们想

查到退休吗！"

拉扎尔从扶手椅上起身，正好对着那摞材料。他带着恻隐之心审视着他的同事。

"放手吧，"陷入沉思的索尼娅继续说道，"如果案件没法理清，那就是查不出来了，确实如此。何必负重前行伤神伤身？他早把案子移交给数据库团队，现在就不会是这个样子了……不管怎么说，这是他们的工作，让他们重新厘清阻碍案情发展或是导致走进死胡同的东西；就算案子有司法时效，他们却有具备永久时效的软件来对付这个问题！"

"你说的都对，可勒维尔绝不会那么干……"

"真蠢……"

"闭嘴！"拉扎尔低声埋怨，"你不知道你在说些什么。小姑娘，还得等你稍长大一些才能下结论！"

索尼娅很美，一头褐发，目光炯炯有神。她的头发浓密乌黑，很有光泽，红红的脸蛋下是细长的脖颈。她的红润面孔和急脾气衔接得恰到好处。身材匀称的她很吸引男人的目光，警署里的所有男人都为之倾倒，但雷诺·拉扎尔是个例外。无论对方怎样秋波暗送，他的心里却只装着妻子，至于勒维尔看她时的眼神，该是别的故事了……身高 米六五的她抬起身把上尉上下打量了个遍。

"现在，"她针锋相对，"我们还要把公诉状打出来，口供也要整理一下。恐怕不该只有我一人在干活吧……"

"回你的办公室去，我快弄完了，如果你要做老大，只需吩咐一声，马克西姆会找到替换你的人……"

"真是可笑！我只是不想在这里过夜！"

"啊，这么说你有男朋友了，对吗？你和男朋友有约？"

她一脸愠色，勉强挤出一丝微笑，耸耸肩说道：

"是的，"她叹气，"你说对了，我整晚都要约会，所以闭门谢客！"

雷诺·拉扎尔赶快合上卷宗，把所有的东西恢复成他进来时的样子。别说是少校了，就是支脚上的雷达也不会发现有人来翻过文件。要是今晚少校不对他们提及博尔特命案，雷诺就会知道他没发现任何蛛丝马迹。

他走出了那桩"陈年命案"。索尼娅却迈不动脚。她明白拉扎尔一直把她看成没有教养的女孩子。他对她一无所知！比如，她虽然出生于快消品的年代，可即使过了二十八岁，依然不扔掉旧衣服。她会把这些旧衣物从壁橱里拿出来，很快又放回去，要丢掉它们，她做不到。她的家里收拾得干净整洁，不然她无法做事，甚至连电视也看不了。可她的心里还未曾被扎过钉刺，她不会知道那有多痛。她两只手杵在桌子边上，朝厚厚的硬壳卷宗伸了伸脖子：

"卷宗里究竟有什么惊心动魄的东西？马克西姆想从里面找到什么呢？跟我聊聊吧，就算我是老大，也会明事理……"

上尉叹了口气，拉了灯链，把材料一股脑地留在黑暗里。

"走吧，你瞧，"他说道，"还有公诉状在等着咱们呢。"

6

与此同时，马克西姆·勒维尔把女儿抱到床上，他又一次觉得自己的人生惊险重重。莱娅不省人事。几秒钟后，她不得不同意父亲的决定。她甚至和他一块儿吃了一两片西红柿。他们不去轻易触碰彼此心底深处最想念的那个人的名字：玛里珂——他的妻子、她的母亲，某天晚上竟然一言不发地失踪了。整整十年里杳无音讯。他们从未有过她的消息。要不是莱娅提醒他她真的还有母亲的话，连马克西姆也要扪心自问这一切不过是一场梦吧。他们在凡尔赛小宅所的厨房里吃饭，似乎没有什么与玛里珂有关，似乎她从未在此生活过。她的音容笑貌埋藏在了他们心里，随着岁月的流逝，渐渐模糊。洗完碗，马克西姆不得不给女儿注射了一支小剂量的镇静剂，因为如果她难以入睡，就会陷入极度疯狂的状态。从明天起，他会叫回三个月前辞退的帮佣玛利亚。接着，他还会预约心理医生。

"好吧，"莱娅说道，"可前提是你也得去看病。你以为我什么都不知道吗？盥洗池里的血和你床单上的血是怎么回事？连枕头上也有？"

"其实没什么，我就是患了重感冒……"

"就知道你会这样说！爸爸，你得戒烟，你可是答应过我的。"

十五六年前他承诺过要戒烟。第一个承诺对象是玛里珂，她受不了香烟的味道。她唱抒情歌曲，空气中哪怕有一丁点儿的浑浊，都会影响到她的声带。就算她为他放弃了前途璀璨的歌手生涯，她至少可以继续以其他方式唱歌。她甚至还在朗布依埃收了几个学生。每星期两次，她在帽厂的青年活动中心里给学生免费上课，教几个淘气鬼普通乐理和歌曲。然而某个星期四的晚上，给学生上过一堂课之后，她就再没有回家了。她的汽车、歌本、乐谱、小提琴还有笛子，也随之消失。当然，她的钢琴还在家里，因为她不可能带着钢琴离开。可从那以后，钢琴没有被第二个人碰过。

"只要你好好吃饭，我就戒烟！"马克西姆断章取义，却无法相信女儿会照他的要求去做。

要是戒瘾如此简单，世间就不会如此嘈杂了。远离烟民、酗酒者、瘾君子、远离善饥症患者，天下太平，万物安宁。莱娅服下她的"安神"丸，一句话不说地上楼进了她的房间。

马克西姆守候着熟睡的女儿，等她的呼吸变得均匀的时候，他开始给她描述她母亲二十岁时的漂亮容颜。他是在一辆来往于斯德哥尔摩的巴士上遇到她的，开始时，他没太注意到她。他，从法国来这里旅行，长得人高马大，又带些傻气。他就知道和伙伴们一块儿起哄瞎闹。那一年，他情路坎坷，深爱的女孩欺骗了他的情感。他的脸撞到了巴士的门上，玛里珂对他一见钟情。他的前额破了，她为他拭去了流到眼里的血。之后他们分别了，旅行结束后，他回到了法国。

三个月后的某天夜晚，玛里珂突然出现在法学院的门口，一切尽在不言中。他们如胶似漆，不再分离。她放弃了在瑞典拥有的一切：歌手的工作和帅气的男朋友；有钱、有学历、有地位的家庭；而对这一切，马克西姆的家世背景确实望尘莫及。他去报考了警察。当物质不成为问题时，警察的生活却不让人安心。勒维尔难以抵制各种诱惑，即使是婚后几年莱娅的出生，也没能抑制住他那些蠢蠢欲动的恶习。

玛里珂为什么要走？就算在那段时间里他没有像普通人那样做一个好丈夫、好父亲，玛里珂也不该抛弃女儿。他的同事们一致认为她爱上了青年文化中心的某个志愿者，然后与其私奔了。他丝毫不去怀疑他们的推测，因为那时他从不在家，对她也提不起兴趣来。那个志愿者其实是无故被牵连，朗布依埃警察局的高层明令勒维尔停止查案。确实，通常的办案程序是在与受害人最亲近的人际关系里查找真凶，身为警察的勒维尔比任何人都深谙此理。而他周围的人对他产生的怀疑更让他怒不可遏，让他愈发不能呼吸。别人劝他换个地方工作，于是他选择了凡尔赛司法警署，只有在那儿，他才可以继续调查妻子的失踪案而无需忍受那些烦恼。但十年后，他依然待在原点。

7

深夜十二点半，米穆尼停止了审讯托米，那家伙说话总是转弯抹角的。他的话理解起来也不复杂。他举止斯文，温柔体贴，但智商不高。他并没有说出什么利于破案的事情来，获准可以回家了，警官最早从他口供里得到的信息其实与他雇主的死亡没有多大关联。但还是要去核实一下，尤其要看看他到底有没有真的做过园艺的活儿，还要向别的雇主打听打听。米穆尼立即想到他的那些雇主们也可能会成为他的"客人"。托米说出了几位需要他打理花园的雇主的名字，他们还是有些来头的：有医生、工厂主还有某位国务卿……米穆尼瞬间感到托米的雇主们身份高贵、地位显赫，接下来的调查工作可能会很棘手。托米的配合也让米穆尼觉得很可疑。他叙述事件时用词很有分寸，似有隐瞒之嫌。他的眼神黯淡无光，更是让人看了就想发火。因为没有前科，托马斯·弗雷沃保证会随时配合调查，之后就离开了。但为了证实如他所言，的确住在菲林斯他母亲的家里，警局一行人把他送回了家。他母亲寡居多年，性格专横无礼。但马塞尔·弗雷沃并不在家。如果她儿子注意到此时母亲不在家非比寻常的话，就什么也不会发生了。

离开司法警署时，拉扎尔邀请索尼娅去他家坐一会儿。索尼娅担心米穆尼也会如此提议，便不假思索地答应了。上尉人不错，但有些执拗，索尼娅因此而困惑。他向来不喜欢被人拒绝，而她也不喜欢对方如此生硬的讨好方式。

"我得告诉你，阿布德尔有时的确笨笨的。"她气喘吁吁地从楼梯奔下，直抵雷诺·拉扎尔的车位，而对方则拼命控制呼吸。

"他人不坏，就是很自恋……说真的，我能理解他，你的确让人着迷。"

"你也不想要工作了吗？我要提醒你，你是有妻室的人。"

"愈发……"

"什么？"

"没什么。别多想，你不是我的菜，我刚才是和你闹着玩的。你的心上人，大家都知道是咱们的头儿，我可不想因为和他争抢你而丢掉饭碗。"

他走开了，虽然挂着笑容，却不那么高兴。他穿过停车场，司法警署有几个预留车位，但总会被共和国安全局占为己有，连法官大人们也来和他们抢车位。

黑暗中的索尼娅涨红了脸。她的确很喜欢马克西姆·勒维尔，这个男人身上有她心仪的一切。他是她想要的"爸爸"，而不是她那个胆小如鼠、抛妻弃子、离家出走的父亲。他于她而言如同皮格马利翁[①]，而且他依旧单身。他们的工作关系也因此而变得妙趣横生了。

---

① 希腊神话塞浦路斯国王，创作了一座女性雕像，并爱上了这件作品。

或许是她自作多情，可她不愿多想；何况他也没把她当女人看，所以他们互不干扰。

"我可是把你从烦心事中解救出来了啊，该请我喝一杯吧。"两人钻进上尉破旧的雪铁龙车里，拉扎尔提议道。

"什么？现在吗？太晚了，你会被骂的！"

"我恰好不着急回家。"

车里光线暗淡，索尼娅讶异于对方不按套路出牌。她注意到上尉殚精力竭的样子。他面色苍白，和那些因为执行上级命令而承受压力的人没有两样。他没办法让妻子怀孕，对方也利用这个软肋把他折磨得很惨。一定还有别的事把他摧残成了现在这副惨不忍睹的样子。索尼娅很累，但她喜欢拉扎尔。她把头靠在椅背的小枕头上。

"那就去酒吧，"她说，"别指望我请你去我家。"

"我才不会呢！你怎么会有这样的想法！还有，你了解我吗？"

"当然了解。"

继续行驶了三百米后，拉扎尔把车停在了黑月亮酒吧前。这是一家时尚酒吧，由于离警局很近，最后一批光顾它的客人不是警察就是流氓，早已屡见不鲜。拉扎尔和索尼娅走进酒吧时，好多人都回头看他们。索尼娅习以为常，可拉扎尔就不一样了。

"和你在一起时，我觉得自己像个透明人。真有意思。"两人在吧台边坐下。

坐了好一阵子，酒保才看到他俩。在等酒保的间隙，两人又开始聊工作。这里的地板要比家里的滑一些。似乎人们还不知道艾迪·斯达克的死讯，不然司法警署或法院早就电话铃声不断了。

就在此时，酒吧里头的大屏幕上出现了一个醒目的标题，宣告歌手的死讯。标题简洁扼要，没能引起人们的骚动。但某个醉醺醺的家伙例外,他把手杖在吧台的一头,两只手紧紧攥着啤酒杯。

"天呐!"他大声嚷嚷着,转身面对酒吧大厅,"你们看到了吗?老同性恋死了!"

"谁?"他身旁的几位客人问道。

"艾迪·斯达克!"

人们唏嘘不已,都转头去看电视屏幕。播报员的话语听不太清,可是光看看他的神态也知道发生了什么。一张艾迪·斯达克巅峰时期的照片出现在屏幕上,同时还出现了简讯字幕:

> 摇滚巨星在凡尔赛郊区的住所内惨遭杀害。宪兵队尚未透露调查细节。

"总算让他闭嘴了!"一位烂醉如泥的客人谩骂道。

"宪兵队!"拉扎尔愤愤然,"他们真过分!你知道为什么我们没有看到任何一个狗仔吗?新闻忘了告诉人们狗仔被宪兵队控制了!"

索尼娅赞同地点点头。"他们真的很夸张,胆敢在摄像机面前胡说八道,而警察们又只会让工会代表们说些老生常谈的东西!勒维尔常常恳请警察们说话小心。可这群宪兵呢?难道他们就可以胡说八道吗?"

"我得给马克西姆打个电话,他有知情权。"上尉提议道。

他出去了,怕别人偷听。他找了个清净的地方打电话。中尉为自己点了杯朗姆可乐,给同事点了杯麦芽威士忌。

"真不敢相信,"酒保把酒递到索尼娅面前时说道,"他真不走运。"

"您为什么这样说?您认识他?"

"有些了解……"

"真的？他常来酒吧？"

"您呢，您不是这儿的吧？"

不知酒保何意，索尼娅于是有所防范。看看没有客人需要服务，他开始刷杯子。所幸，他很会聊。

"好吧，我刚刚说的话很无聊，如果您曾光临过此地，一定会知其一二。"

索尼娅直觉敏锐，开始朝他媚笑，想让他把话说完，这情形恰如在警察学院学习时某位老师教过："一般人不会想到从无关紧要的谈话中捕捉消息。"

"那秃驴是您的男友？"

"他吗？不是的！同事而已。"

"你上夜班？"

酒保鼓起勇气，开始和索尼娅以"你"相称。他有点儿夸张了。索尼娅一鼓作气饮尽杯里的酒，佯装起身要离去。

"是，我在上夜班。现在该回到工作岗位上去了。"她声音冷淡。

她爱在酒吧里做出一副若即若离的神情，其实只是想让酒保们求她留下来而已。

"我在医院的太平间工作，明天一大早，我得将艾迪·斯达克的遗体交由法医进行尸检。所以，你瞧，现在我该走了。"

一位口渴想点东西喝的客人刚刚叫了酒保的名字"斯蒂夫"，斯蒂夫停下手里的活，屏住呼吸，目光中尽显恐惧之色。

"你是在拿我寻开心吗？"他低声说道，思量着要不要让她继续说下去，"你……您……是……人们叫的……什么来着？您是已经……您……"

索尼娅眼角余光看到返回的拉扎尔,他正摇晃着手机。

"把你的酒喝了吧!"索尼娅对还未坐上酒吧高凳的拉扎尔发号施令,"别忘了咱们还有一大堆活儿呢……说得再明白点儿,咱们得去收拾斯达克的遗体……"

"没错,可咱们明天再做也不迟啊,"拉扎尔据理力争,"放心,他不会溜走的。"

他们的话确实让斯蒂夫如遭重创,或许是让他感到恶心,其中缘由,难以解释。他瞪大了眼睛望着这两个"吸血鬼",然后走开了,他给趴在吧台上的另一位酒鬼端去了一杯啤酒。

"可惜你没看到刚才那一幕。"索尼娅对拉扎尔说着话,眼睛却紧盯着酒保。

8

马克西姆·勒维尔从沙发上艰难起身。他不想借助安眠药来入眠,于是窝在沙发上看了一集警匪片儿后才沉沉睡去。他一会儿看看电视,里面的演员正卖命地表演着警察局里那些糟老头的丑闻,演技逼真得叫人信以为真;一会儿又看看自己刚刚挂断的电话。拉扎尔来电告知宪兵们在媒体记者前胡说八道的事让他难以入睡。他知道自己是没法睡着了。他不想一个人度过漫漫长夜,便决定找个人陪他一起失眠。他给共和国的代理检察官挂了个电话。检察官并未欢呼雀跃,克制着自己的情绪不让勒维尔有所察觉,但是他承诺会给宪兵队去电话让他们有所收敛。勒维尔紧接着又问检察官自己是否可以去旁观过世歌星的尸检,这无疑在对方的伤口上撒了一把盐。路易·格特朗尴尬得无言以对,勒维尔却感到无比快乐。

"一位政界名流也被牵扯到此事中。死者的电话簿里透露出很多知名人士的信息,"他再三强调,"如果有人借机炒作,过不了多久,我们就会乱得团团转,那个成语是怎么说的来着……"

"好吧,好吧。我明白了。那你几点钟去看尸检?"

勒维尔心满意足地挂了电话。他不喜欢宪兵队,更不喜欢检察官,尤其是这一位,他恨得牙痒痒。

他脱下运动衣,虽然旧了点,但相对于乱丢在浴室里的牛仔裤和衬衣而言却很柔软。他返回客厅,点燃一支烟,关掉那盏女人形状的落地灯,只有这件东西见证了他和玛里珂共同生活过的那段岁月。

走到楼梯脚的时候,他发现楼上没一点儿动静。他用手拂去烟雾,这是他肺撕心裂肺之痛的根源。他咳嗽不止,出了家门。他上警车走后,目光始终迷离。

保安打开司法警署的栅栏门,见勒维尔凌晨两点独自一人出现在门口,他并不讶异。他来这儿工作已经十年了,勒维尔夜间独自出行是常有的事。办公室于他而言,既是工作地也是避风港。他屁股一坐到扶手椅上,便发现有人来过,大为恼火。"真讨厌!"他嘟囔道,也不知是谁这么好奇。他将肉肉的手掌放在被人翻开的"博尔特"卷宗上,四周寂静无声。他想了又想,接着拿起笔,抽出打印盒里的几张纸,因为咳嗽,他的右手还在颤抖。他开始写道:

今日,即二〇一一年十二月二十日,前往朗布依埃。穿过菲力-福尔广场时,我看到张扬酒吧重新粉刷过,还换了名字。现在,此酒吧叫澎湃。此外,这所房子曾属于受害人(博尔特夫妇),自从他们离世后,房子就交由他们的独生女艾莉薇儿打点,她见证了房子外墙重新粉刷的过程。随后我见到了安妮特·雷波斯瓦尔太太——烟草报刊店的店主,她的小店就位于双人命案案发现场对面。初次审理案件时,雷波斯瓦尔太太作为证人出现了好几次。多亏了她,我才知道酒吧的新店主们重新装修了店面。她说,艾莉薇儿·博尔特女士在双亲离世后继续经营酒吧,几个月前却将其转让,之后下落不明。酒吧的新老板是她二十五岁的儿子,杰里米·迪穆兰。我进入澎湃酒吧小坐片刻,两位女服务员正在工作。店面风格完全改变了。现在那里添置了电玩,客人的平均年龄更为年轻,当然。他们较之以前的客人也更养尊处优了。

雷波斯瓦尔太太说,酒吧隔壁的房子也变成旅馆客房了。

勒维尔忘记在报告里写下那个长舌妇告知的住店客人的类型。他只记下了安妮特·雷波斯瓦尔答应他会查出天黑一小时前还停在酒店的那几辆黑色老式敞篷汽车的牌照号码。他立刻想到要委托另一家法院立案调查,这也许不是闭门紧锁的酒店的事了。他叫不出酒店的名字,但肯定打探得到。幸好,有了烟草报刊店的老搭档,现在他手头又有了一份全新可靠的材料。他的报告以这句话暂时结尾:"重回纳坦·勒比克所住的街区,'包打听'太太觉得她的一位小邻居很可疑。"

9

黑月亮酒吧快要打烊了。酒吧的营业时间不能超过凌晨两点。这是因为附近居民的抗议,其中一位居民是专区区长,另一位则贵为上诉法院的首席院长。光顾酒吧的客人们无休无止地开关车门,一大群喝高了的客人在人行道上吞云吐雾,都没能让前面提及的两个大人物将酒吧关之大吉。最后的几个客人迟迟不肯离去,那个"海绵鲍勃"也在这些人里,他一杯接一杯地豪饮啤酒,只起身去方便过两次。

索尼娅接过斯蒂夫递给他的纸,在纸张末尾潦草地写下电话号码,递给他,说:

"明天打给我,现在我真的得走了。"

酒保撇了撇嘴,这动作既有"无所谓",也有"可惜你不知道你会错过什么"之意,平淡的话语中甚至透着暧昧。两人隔着吧台相望,四十五分钟流逝了,他努力让她相信自己是这座城市里最适合她的男人。当然,关于她的职业,她换了说法:

"其实不是像你想的那样,我刚才在和你说笑呢,我是圣日耳曼医院的护士,我同事是麻醉师……"

如释重负的斯蒂夫重新拟定原本放弃的泡妞计划。索尼娅示意拉扎尔走开,上尉于是坐到电视机前,喝着他的第二瓶乐加维林①,他愉快地闻着开瓶后的威士忌散发出的醇香,静心守候,完全融入酒吧的氛围中。

"他是斯达克的粉丝,"索尼娅向斯蒂夫解释道,"今晚,是他的噩梦……"

"今晚是这儿所有人的噩梦。"酒保跟着说道,一脸认同之色。

"为什么?"

"他点过的饮料,再也不会出现在酒水单上了!还有,他的那些小爱人们会为他哀悼,或许并不是为他哀悼,而是为他的买春钱感到可惜。"

"你说的是真的!"索尼娅惊呼,双目圆睁,"他喜欢男孩子?"

"哎,你究竟是打哪儿来的?"斯蒂夫乐不可支,递给她第三杯朗姆可乐。他知道她一定会拒绝这杯友情之酒,便挑明了说:"这杯我请。"

他的语气亲切,铜铃般的大眼睛让人着迷。酒保暂时离开,去招待一群勉强算是青少年的小屁孩,他们装得像大人一样,且尽显流氓作风地点了莫吉托鸡尾酒。索尼娅·布雷东想好了下一个问题。而对方都不需要去费劲地思考什么,他思维敏捷。

他摇完调酒器后走过来,她重提之前的话题:"你呢,你应该会让他疯狂吧,我是说艾迪,他会纠缠你,把你当做他的……"

---

① 一种知名的麦芽苏格兰威士忌。

"你想什么呢！就算给我一百万，我也不会去厕所里舔他的那个老东西！"

"哦！是因为要在厕所里办事的缘故吗？"索尼娅讥笑道。

"在其他……"

她转身仔细看看酒吧大厅，无人观看屏幕上循环播放着的斯达克的演唱会片段，那些演唱会曾经令观众们热血沸腾。拉扎尔则是个例外，他紧盯屏幕，不放过任何蛛丝马迹。

"他的那些小情人们似乎无动于衷。"她说。

"可不是嘛，他们根本就无所谓，他们就是群喜新厌旧的人……有好一阵子，他不怎么来了，好像是病了。人们多方打听，才注意到……还有……"

他到底在说什么，言辞总是故弄玄虚！故事很老套：流行歌手，痴迷同性的疯子，嗜酒如命，吸食毒品，所作所为极不检点，俗不可耐。此时，索尼娅感到打探到的消息实在少得可怜，便开始埋怨起警校的老师及其传授的理论来：什么无关紧要的谈话中隐藏着重要信息，纯属无稽之谈！

"你到底想说什么？"她刨根问底。

"你的猎奇心很重嘛。"他用切片机把柠檬切成了小圆片，又将柠檬片放入给一位闯入酒鬼队伍中的客人准备的巴黎水里。

她生气了：

"是你先说起来的，我才懒得过问这个老娘炮的事情。他过气那会儿我还没出生呢！是你自己要跟我说这些事，又不把话说完。我都不知道你和别人怎样交流。既然如此，我还是走吧，给……"

"等等，我刚才和你闹着玩的……再待会儿。你知道吗，我很喜欢你。你和那些说三道四的长舌妇不一样，她们来这里要么让人请喝一两杯莫吉托，要么吸食一克大麻……你呢，你和她们不一样，我喜欢你，不需要……"

她险些笑出声来。他苦苦哀求，眼神与哈巴狗无异。

"知道了，那好吧，你就行行好，把话说完，你到底想说什么？"

拉扎尔在车里等着，他问自己她究竟在干什么。疲倦袭来，过量的威士忌让他的双眼越来越难以支撑。他显然没有意识到自己在酒驾，其实他也从未酒驾过。他的同事可能也和他一样烂醉如泥，他不可能让她来开车。算了，他比谁都熟悉自己这辆破敞篷车，而她也会一如既往地把他送到家。想到这儿，他不禁做了个鬼脸，他料想到自己会这样盘问她："你知道几点了吗，而且你还酒气熏天！"然后他会在沙发上躺下，这已经不重要了。今晚，他不会请求妻子原谅，更不会求她让他上床。他什么也不做，他早就受够了。

打道回停车场，索尼娅请拉扎尔开车门。拉扎尔却已被酒精麻痹，缓了一会儿才反应过来。

"快点儿，"中尉抱怨道，"天冷！"

"咱们去哪儿？"拉扎尔晕乎乎的，"去你家吗？这是到哪儿了？"

"先右转，"索尼娅指挥着他，"到下一个红绿灯左转。"

"可我记得你住郊区，往这儿走的话，我们就去到市中心了，难道你……"

"你说的对，但我早搬家了。"

她想逗逗醉醺醺的拉扎尔，但又担心他会跑偏或是撞到停着的汽车。

"啊，你搬家了！"他语无伦次，"这么说是最近的事了！"

"不是的，就今晚，你没看到吗？"

巴黎大道上的车辆寥寥无几，幸好，他们只是要反回司法警署的两栋大楼。

"停车,"抵达门廊那里时,索尼娅说,"停车,我们就到这儿,下车吧!"

"我们要去干活吗?"

"没错!我们就在办公室里待着吧。除非你想被人陪着。你酒驾,他们会吊销你的驾照,扣留你的小车。我们早就被一辆警车跟上了!那样你老婆就高兴了……"

"噢,见鬼!"

"不管怎样,我得去看看头儿,验尸前,我有话要跟他说。"

"啊,好吧!但你怎么知道勒维尔他在办公室里呢?"

"我就是知道……你瞧,"她善意地提醒对方,"他办公室里的灯还亮着呢。"

10

阿布德尔·米穆尼特意穿了参加葬礼的服饰。"你是来看尸检的。"勒维尔提醒他。米穆尼从车里下来的时候,勒维尔第一次看到他的特别装扮,活像殡仪馆里装殓和埋葬尸体的人。"你不需要像参加家人的葬礼一样来看尸检。"显然,上尉认为尸检是不容争议的刑事程序,可就道义而言,对那些坚信保留全尸即可超脱的人来说,实为亵渎。

"这是出于对死者的尊重。"他反驳道。他去的不过是法医院,没有人能让他把那套衣服换下来。

"哎哟,殡仪馆的人来了。"法医院的"吸血鬼"在勒维尔耳旁嘀咕道,那家伙藏在圆形镜片下的眼神很是迷茫。

"嘿,小伙子,"从早上起心情就低落的少校嘟哝道,"消停会儿,行吗?看好你的客人,让长官们待在一块儿……"

勒维尔看到面色煞白的路易·格特朗。

"检察官大人,我有情况。"他的嗓音完全沙哑了。

"我洗耳恭听,少校。"

"我们等等法医,不然我又得唠叨了。"

格特朗看出勒维尔濒临崩溃边缘。他和往日一样胡子拉碴,甚至比平日里更为邋遢。他的双眼布满血丝,浑身散发着一股烟臭味,而且昨晚可能还喝了几杯。平日里就很急躁,现在更是暴跳如雷。如果勒维尔不是特别调查员的话,他早就不想见他了,现在只是迫于工作需要与其相处。少校总有借口。而路易·格特朗自己呢,他不也是在几周内痛失爱妻吗?妻子死于胰腺癌,确诊时已是晚期。那又怎样呢?两年后,他再婚了,妻子是他的秘书。而现在,她却让他有些讨厌。但至少,夜幕降临时他有倾诉的对象,噩梦连连时他有可以拥抱的身体。他得在这几天里找一天和勒维尔谈谈。现在虽然可以提起当事人缺席诉讼,但程序是需要出具法律证明,证明当事人失踪十年,寻找无效。法院将宣告他的妻子死亡。如此一来,他才可以重新开始。可问题是勒维尔想重新开始吗?他会心甘情愿地放弃追查真相吗?

法医玛丽·斯坦到了,她是姗姗来迟。她穿着绿色的手术衣和胶鞋,整个人看起来像是放大了一倍。她头顶护发帽、手戴乳胶手套。人们更愿意相信她是在乳制品店或是餐厅的后厨工作,但恰恰相反,她技术精湛,是能让尸体像活人一样开口说话的行家。

和三位男士打过招呼后,她说:"很好,死者的 X 光片没有显示出子弹的痕迹。"

经历了几宗引起轰动的误判后,尸检前必须拍 X 光片。她极力避免事后的争议或是再次尸检,因为一旦尸检不成功,后果是无法挽回的。一个家庭也由此承受着心灵的创伤,导致万念俱灰。

"然而,我们在直肠里发现了一个奇怪的东西,一会儿我们去看看到底是什么。"

两位警官眼神交流了一下。去年处理过的一桩案件中，两个同性恋者在密室里斗殴致死，其中一位死者体内结肠尾端十厘米的地方藏着一个小小的巴黎水瓶子。勒维尔也曾从一位女性的直肠里取出一部手机来。

"大夫，我必须告诉您点事，很重要的事。"

"少校，您说吧，我洗耳恭听。"

"照我们获悉的最新消息来看，斯达克极有可能是艾滋病患者。"

"啊……"

她对"吸血鬼"作了个一目了然的手势，让他翻下做尸检时戴上的眼罩，可他的脸上已戴了防护罩。

"先生们，"她对三位男士说道，"我建议你们站远些。如果你们一定要靠近观看的话，请戴上手套和眼罩。这里，就在这个小托架上有这些装备，去取吧！"

法医的助理护士揭开了盖在歌手尸体上的白布。玛丽·斯坦把记录仪扩音器垂直悬挂在死者瘦小的生殖器上，然后插上了电源。记录仪发出单调的声音，这说明仪器开始了漫长的工作。阿布德尔·米穆尼往前走了一步，以便记录尸检过程，有了这些记录他才能整理出验尸报告。此时，走廊上发出的声响让这几位旁观者们都转过头去，一位鉴定员疾步走入。

"不好意思，堵在路上了……"

勒维尔耸了耸肩。堵车永远是迟到的最好借口。当鉴定员完成了尸体的图片记录后，勒维尔示意他过来，并把他拉到一旁，说："我警告你，这可是最后一次了……"

"明白，少校，"鉴定员尴尬至极，"其实，我本不负责这件事，只是今早……"

"不是你,又会是谁呢?"

"是瑞克尔……他一大早就来'摸过'尸体了,剪了死者的指甲、连衣服也一并带走了……他的妻子要生孩子了,他不得不匆匆离开。他在去与他妻子会合的路上,才通知了我,我可是快马加鞭地赶来的。"

勒维尔不表态。这些生活琐事真令人心生厌恶!他也时常扪心自问老板如何处理和员工的关系,又如何应对那些诸如请愿、会议、疾病、创伤等问题。而他在玛里珂分娩的时候不也没有陪在她身旁吗?他甚至想不起来她的羊水究竟是何时破了。她曾试图联系他,结果却使她绝望,最后,她不得不叫了辆出租车。随后的记忆很模糊,他惧怕过,不然又如何解释在那些手足无措的时光里他曾那样地迷恋寻欢作乐呢?当他见到女儿时,她已来到世上两天了。玛里珂梨花带雨,她害怕再也见不到他了。他觉得自己一事无成。

他对鉴定员比了一个手势,告之图像记录已然完成。看着老摇滚歌手皱巴巴的、文身遍体的遗体,他陷入了沉思,耳旁响起从远处传来的玛丽·斯坦的声音:

我们看到死者身高一米八,体重五十四公斤,低于正常值。上肢和手上没有显示出任何因抵抗而受到的伤痕。下肢肌肉丰满的地方有斑点,但看不到任何引起死亡的血肿……我们注意到死者的胸口和左腹部上有结疤的印记,它们引发了带状疱疹,不过即将痊愈。此外,经过对死者体内细胞的深入检测,我们发现他口腔中有类似霉菌的病毒。由此分析,死者的免疫系统受损，可能携带HIV病毒……死者的身体状况表明患有艾滋病。身体的上半部分有被称之为卡波济氏肉瘤①的病变，这种病变在早期可能会被人误以为是因撞击或擦伤而引起的血肿。此外，上半身正面的皮肤上，已有大面积的乌青尸斑。

听闻法医确认死者的艾滋病已到前期阶段②，勒维尔忽然想起凌晨三点多钟索尼娅·布雷东和雷诺·拉扎尔二人醉醺醺地蹒跚至司法警署的场景。他脱下鞋子，把疲惫的双腿搭在电脑桌上，迷迷糊糊睡了一会儿，可依然没有勇气回家。他蹙起了眉头看着拉扎尔那副可怜兮兮的样子，他连站都站不稳；还有索尼娅，她的状态稍微好些，可三米开外就闻到她浑身的朗姆酒味儿了。

"头儿，我有点儿情报要向你汇报。"她开口了，努力让自己立得笔直。

"你们没干什么正事，只是自己弄成了这副鬼样子。"勒维尔怒气冲天，想训斥这两个酗酒的家伙。"好了，就这样吧，"他让步了，"伺候你的酒鬼同事躺下后回来见我。"

多亏了索尼娅，他才赶在法医尸检之前得知摇滚歌星患有艾滋病的事儿。据她所言，少有人知晓这个秘密。然而，还是有人知其究竟，或者说是打探到了消息。酒保斯蒂夫有一双猎奇的眼睛，有人在某个醉得神志不清的夜晚，在酒精的作用及蠢蠢欲动的性欲驱使下吐露了真言，而此时站在不远处的酒保出于职业习惯，已将一切听得清清楚楚。斯蒂夫第一次发现这个帅小伙儿整晚都在窥视着

---

① 也叫多发性出血性肉瘤。
② 从感染艾滋病病毒到发病有一个完整的自然过程，临床上将这个过程分为四期：急性感染期、潜伏期、艾滋病前期、典型艾滋病期。

摇滚明星不间歇的厕所之旅,他还说明星被一群骑哈雷摩托的小混混们簇拥着。艾迪·斯达克从他的法拉利里下来,无视酒吧里的客人。接着,另一个家伙也到了,说白了就是个小混混,然而黑月亮酒吧里的人却都不认识他。两人暧昧地亲吻了对方,随后寒暄了几句,话题关乎斯达克。接着他们交头接耳地聊了一会儿,斯蒂夫推断摇滚歌手患上了艾滋病,他们还聊到"事态很紧"。

"那是什么意思?"

"这我就无从得知了。第二个进来的小伙子发觉斯蒂夫在偷听他们的谈话,于是转移了话题,然后离开了……"

"你觉得酒保把什么都告诉你了吗?"

"也许没有和盘托出吧,我们的谈话总是被打断。他叫我喝了几杯……"

"嘿,瞧瞧!他为什么会对你推心置腹呢?"

"你想说什么?"

勒维尔噘起了嘴巴。那位时尚达人每天都会见到全城的靓妞们,却对第一次见面的女人吐露心声,此举让人难以置信。莫非他是想在她有意拒绝之时镇住她,抑或想让对方为自己动心?

"谁负责搜查歌手的住宅?"勒维尔突然问道。

"格拉斯耶和拉扎尔做的笔录应该还在办公室里……"

索尼娅虽有醉意,但一眼便看出了长官的心思,去隔壁的房间里找笔录了;而拉扎尔和衣睡倒在柏高床上,鼾声不断。

笔录里没有任何关于歌星私人用药的内容。调查员们把注意力都放到了毒品或类似的东西上,他们确信摇滚歌手因购买各类毒品早已将其演唱会所得收入挥霍一空。他的家里存放了很多药物:止痛药、解痉剂、镇静剂、安眠药,还有兴奋剂,可就是没有哪一种药物与治疗艾滋病有丝毫关联。

"他隐瞒病情一事很要紧吗?"索尼娅问道。她看着少校,头脑立刻恢复了清醒。

"我也不知道。得去问问他身边的人,才能确定这是否还是秘密。接下来,我们要想想他为什么不愿看到这个秘密被泄露出去,才能知道这个秘密是否重要。如果情况确实如此,我们还要查出他不愿接受治疗的原因是什么。"

他回想起昨晚的一幕,尸检当时还在继续:

死者脸上出现了深红色的小点,我们称之为淤斑。此斑点也会出现在结膜上,证明是窒息致死。脖子上有勒痕,六毫米宽,不深,在脖子上段较为明显。此种迹象显示凶手很可能就站在受害人身后,勒住死者的脖子致其死亡。可是就勒痕的形状和位置来看,死者又有被悬挂起来而导致身亡的可能。

法医关掉了尸检记录仪:
"先生们,尸检结束了。死者很可能是被凶手吊在了房梁或类似的东西上窒息而死的。"

勒维尔并没有看见任何可以吊起斯达克来的东西。他瞅见米穆尼也皱起了眉头,看来他的想法和自己是一样的。

"我们查出死者的死因了,"法医又说道,"如果你们非要我表达意见的话,我得说问题出在直肠上。"

直肠里找到的自慰玩具并未让在场的人感到惊讶。一个长度为十五厘米的振动按摩器被放在容器中密封起来,准备检验。勒维尔、格特朗和代理检察官交换了意见,一想到要对媒体公布这样的事,代理检察官就摆出一副恶心得要命的样子。目前还没有什么东西足以证明这是一起谋杀案。面对蜂拥而至的麦克风、面对五六台猎奇的摄像机，检察官要给出以下解释：昔日偶像，六十八岁的老头儿最后一次自慰时失手了。这并非易事。少校给他的建议是："话要说得漂亮。"换句话说，就是打官腔。

回家的路上，马克西姆·勒维尔给女儿去了电话。她立刻接了，这可是绝无仅有的。应该会好起来的。她感觉很好，还告诉爸爸她吃过早餐了，一杯酸奶，一个橙子。这已然是不错的开始。

随后，他又打了两个电话，这是头天晚上他答应过莱娅的。一月的最后一个星期六之前，他没有办法预约心理医生。之前的家政女工玛利亚刚在一家超市找了份收银员的工作，可她还是要把她的两个葡萄牙籍的女伴介绍给他，他只有嘟哝着挂了电话。

"有心事？"米穆尼不无关切地问道，较之其他同事，他们的关系显然甚密。

"没事。"

"你在开玩笑，马克西姆，是你女儿的事情吗？"

"跟你说了没事。"

"你知道我们一直都在你的身边，你可以和我们聊聊，大家不就是为了这个才在一起的吗？"

"不是为了这个，"勒维尔的火气上来了，"大家在一起是为了干活儿。没什么可说的，如果我需要保姆，会告诉你们的。还有，我们一到警署就召集所有人来我办公室！"

米穆尼给他做了五年助手，他明白自己没必要去在意头儿的言辞。他告诫自己，今早，头儿的脸比以往任何时候都要狰狞百倍。

11

　　进退两难的并非只有他一人。雷诺·拉扎尔像极了一只在红酒里泡久了的兔子。双眼布满血丝，满嘴污秽之物，蓬头垢面，像被什么大型动物踩过似的，神志依然不清醒。六点钟的时候，索尼娅把他叫醒。她可不想撞见突然而至的某位领导，更不想解释为什么警队办公室里会摆着两张折叠床。之所以有两张床，是因为她本人也没回家。

　　"你恐怕要打个电话给你太太。"中尉提议道。

　　某天早上，阿梅·拉扎尔冲到队里大发雷霆，因为她老公连说都不跟她说一声，就居然敢在外过夜。她像泼妇骂街般在办公室里发作了一阵，却不问问他为何不打电话回家汇报。或许她只是太过担心，但她的行为却让这担心变了味儿。勒维尔于是用开除来威胁拉扎尔。于他而言，一个不能得到妻子尊重的男人在司法警署是没有立足之地的。

　　就在他给家里的母老虎打电话解释的间隙，索尼娅已冲完了澡。

接着他们去楼下的餐馆里喝了杯咖啡，拉扎尔狼吞虎咽地啃着羊角面包，打算用面包来"吸干"昨夜豪饮的威士忌。

"你跟勒维尔都汇报了些什么？"他边嚼面包边问索尼娅，"你为什么想见到他？"

她向他简略地提及和斯蒂夫之间的"谈话"，以及向马克西姆·勒维尔所做的汇报。

"就这些？"拉扎尔颇觉诧异，眼神满是狐疑。

"嗯，对了，我们还傻乎乎地接吻了，你没听到打波的声音吗？"

拉扎尔的嘴角微露笑意，尽显暧昧之意。他一口吞下半杯冒着热气的咖啡，随后紧盯着索尼娅，义正辞严地说：

"小姑娘，我劝你别费心思了，这对谁都是伤害。"

"你在说什么？"

"别装傻了。你明白我的意思。勒维尔这辈子与爱情、幸福均绝缘。"

"大清早的，你不会是在拍新一季的《爱心熊》[①]吧？"

"你心知肚明，生活让勒维尔伤痕累累。童年时他饱尝挨打受骂的折磨，我想他从未能挣脱过这种苦难。他曾有机会逃离的。他和一个貌似完美的女人开始了新的生活，努力地经营人生，可仍然一败涂地。你得理解他……"

"为什么用'貌似完美'这个词？"

"因为即使我们每天都接触他人，也不可能完全了解他们。"

"我一直觉得他太太是模范，无可挑剔！你到底想对我说什么？"

"没什么，我也觉得她真的很不错。"

[①]《爱心熊》，知名的系列动画片。

"莫名其妙！"索尼娅怒火中烧，"我来警队一年了，却对以前发生的事情一无所知。有人告诉我，上面不允许你们泄露半句，是这样吗？"

"不是的，只是马克西姆不喜欢人们随便议论他的过去，所以大家都很谨慎。不管怎么说，他有权这样要求。"

"不止如此，我敢说还有别的事情。诚如你所说的，我，我喜欢他，所以我想知道到底发生了什么。如果大家都不告诉我，我也会自己找出答案的。我要让他亲口告诉我他心里是怎么想的，还有他为什么不愿和我说他妻子的事。"

索尼娅一口气说完这些话，激动得上气不接下气。雷诺·拉扎尔不动声色地看着她。

"我觉得你这想法糟透了。"

"那你就把一切都告诉我呀！如果我什么都不知道，恐怕会横冲直撞的。"

上尉用手掸去落在黑色羊毛衫上的面包屑，挨近她说道：

"你一定要守口如瓶，告诉你真相，只是想让你明白发生了什么。你不必再对他抱有幻想了，这事儿没看上去那么简单。"

"我有点儿害怕……"

"告诉你不是要让你害怕。你知道，其实勒维尔的妻子有一千、一万个理由离开他。你瞧瞧他的工作状态，算算他离家在外的时间，有时他还做些出格的事儿。他太太还在那会儿，他做得可够绝的，而她似乎在承受一切。可自从她消失后，我们才发觉其实她是在向他……报复。"

"她是和青年文化中心的那个美术老师私奔了吗？之前，我的确有所耳闻。"

"没错,她失踪的那段时间里,人们就是那么议论的。"

"你是说……"

拉扎尔告诉她:勒维尔痛打情敌一顿之后,对方只坦承自己与其妻子的离奇失踪毫无瓜葛。于是勒维尔舔舐着伤口,仔细搜寻过去,努力回忆那些他早已遗忘的往事。

"他终于知道这并不是她第一次出轨,她那天使般的面孔下隐藏着巨大的欲望。"

索尼娅直挺挺地端坐在椅子上,无法相信拉扎尔的话。

"哇哦,天呐!可能是她的某个情人,某个心胸狭窄或是曾被她拒绝的家伙,找她算账来了。你们难道没往这方面想吗?"

拉扎尔耸了耸肩。"后来也没听闻什么。调查员们起初的确往这方面想过。"他一脸尴尬之色,神情极不自然,索尼娅立即明白了:对勒维尔来说,还有更糟的事情在等着他。

"调查失踪案例的几位同事曾在她的情人中找过线索,但他们更怀疑她的丈夫。直至今日,他们仍心存疑虑。"

"你是想说,他们怀疑过马克西姆?"

"没错。"

开会时,索尼娅完全不能集中精神查看死亡歌星的材料,更无法专心聆听勒维尔简要汇报完尸检结果后正在下达的命令。她看着少校,却不住地想起拉扎尔的暗示。至少他说起那几位同事密切关注此事的进展也有几年光景了,可人家竟一无所获,连解释玛里珂·勒维尔失踪前奏的能力都没有。这样的案例真是绝无仅有。案件依然没有打开任何突破口。

二〇〇一年十二月二十日,将近晚上七点,玛里珂·勒维尔驱车离家。她把小莱娅交给一位年轻的女邻居,此人曾在方便时照看孩子。她开车到朗布依埃的另一头，去坐落于人声鼎沸的街区上的帽厂里的青年文化中心上音乐课。离圣诞节还有几天时间，她正给两组合唱班排练，预计于平安夜在圣鲁宾教堂的音乐会上为子时弥撒演出。玛里珂不信教，可她乐善好施，一副菩萨心肠；她尤其喜欢迎接挑战，这也许是因为丈夫高大英勇的形象在她心中日渐下滑的缘由。她在九点十五分结束了音乐课，以往，曾有些小插曲发生，那一晚却顺顺利利地下课了。和往常一样，合唱班的成员总是到不齐，她为此萌生了些许挫败感，因为上台演出的日子临近了。排练结束后，她独自开车离开。

  人们再也没有见到过她。那天晚上遇到她的每一个人：合唱班成员和他们的家人、朋友、朋友的朋友、青年文化中心的义工、义工的家人、朋友以及朋友的朋友都被警方询问遍了。大家都把矛头指向了该中心的美术老师——美丽的瑞典女人的地下情人。他的说辞天衣无缝，但由于警察的介入调查，他的妻子终于发现了丈夫的出轨证据。他坦承一切，她也不再追究。接着，警察们抽丝剥茧，又发现了其他细节：玛里珂在凡尔赛市中心一家宾至如归的茶室里邂逅了几个男人，并先后和他们都发生了一夜情。朗布依埃的警察们都知道那地儿，某些警官每周一去那儿会会女发型师，周三则去那儿看看小学女教员，抑或是看看像玛里珂一样因孩子上学而无所事事的妈妈们。这条街和对面的街上开了几家非常舒适的旅馆，专门接待那些露水夫妻。旁边那条街的拐角处矗立着一家大型宜必思酒店，里面甚至允许客人匿名入住，并对此守口如瓶。和那些独守空房、失意落寞或者缺乏激情的女人一样，玛里珂·勒维尔常去皇后小吃店。她的丈夫怎么可能听不到风声呢？这家店的老板娘以前是朗布依埃的妓女，后来从良开了小吃店，她有自己的原则：既不打探顾客的消息,也不去结识他们。调查在她这里断了线,勒维尔苦苦找寻妻子却一无所获。他沮丧至极。拉扎尔说他并没有为自己辩解什么。除了警察,还有谁能不落入同行们设下的陷阱?还有谁能一次次巧妙避开障碍而且能绊住罪犯?

索尼娅看着头儿,难以想象他所扮演的角色。

"嘿,发什么呆?"少校沙哑的声音传来,"索尼娅,你在听吗?"

中尉受到些许惊吓,这才从沉思中回过神来。其他三人见她这般狼狈,不由得大笑起来。少校让大家保持安静:

"别闹了,现还不到闹腾的时候!好好听着,我们把案情再回顾一遍。"不到一刻钟的时间,他们便结束了会议,布置妥了任务。阿布德尔·米穆尼和雷诺·拉扎尔带着关于歌星病因的线索,要再去他家里搜查一趟。这一次,除了找药,还要找找有没有关于治疗的蛛丝马迹和证明。这个"秘密"让勒维尔生出一些想法,打算追查到底。与此同时,安东尼·格拉斯耶则在其他部门同事的协助下扩大调查范围:死者的邻居、熟人、情人都会成为调查对象。每一个人的情况都要记录在案。往往在调查没有头绪或是陷入繁琐小事的时候,"作案动机"就有可能露出端倪,接下来只需剥茧抽丝,等待真相慢慢显露即可。所以,还得再叫托马斯·弗雷沃来录口供,让他知无不言。米穆尼觉得此方案并不妥,他认为托马斯没什么可说的了。但勒维尔对他的话置若罔闻:

"用人,就是家里放着的一盆花,这盆花里安装了监听器和摄像头。他肯定没对你和盘托出。索尼娅,你呢,你再去找那个酒保聊聊……"

她都忘掉此人了!他调制的朗姆可乐、莫吉托鸡尾酒和他躲在吧台一角偷听到的那些伤风败俗的秘密快被她忘了。她听候安排,却为即将要执行的任务而忧心忡忡。

"你有得选，"勒维尔阴沉地说道，"要么去和他睡一觉，让他在枕边对你吐露一切，要么……"

索尼娅太了解勒维尔了，她知道对方并不是一个讲轻浮笑话的人。于是她保持沉默，不作回应。其他人再次狂笑不止，唯有拉扎尔一脸闷闷不乐。

"……我说着玩儿的，"头儿的脸上闪过一丝微笑，却不知自己刚才开了个天大的玩笑，"你觉得怎么合适就怎么做，只是你必须去见那个……斯蒂夫。索尼娅，尽量去搜集歌手的亲人、朋友和熟人的照片，做成一本影集，然后把它们拿给斯蒂夫看。"

"可这会让他对索尼娅的爱意大打折扣啊。"米穆尼冷嘲热讽道。

"好，"索尼娅说，"我知道该怎么做了。我将对他挑明。何况，那家伙也不是我的菜，他岁数太小，不适合我。"

"去吧，"勒维尔惜字如金，"晚上我们再做总结。"

没人敢问他想怎么调查。

见勒维尔少校走进办公室，警察局局长罗曼·巴尔泰感到极度难受。他很想打发对方去刮刮胡子，剪剪长及脖颈的头发，再去买几件像样的衣服，因为他身上穿的衣服皱巴巴的，连原色都看不出来了。他既怜惜又敬重勒维尔，所以到底没把自己的想法说出来。如众人所言，此人正过着炼狱般的日子。巴尔泰不太清楚他的事情，可在凡尔赛干了十二年司法警察的刑侦分局局长菲利普·加亚尔对勒维尔的情况却了如指掌，他常常跟巴尔泰提起勒维尔。

"进展如何？"他问道，不知道勒维尔究竟会怎么回答他，"我快被媒体烦死了，我不知道要对他们说些什么。我让他们去问领导，可领导又让他们去问办案警察。我感觉媒体已经没有耐心了……那个斯达克,他有家人吗?"

"他的父母去世很久了,是独生子。他应该有二三十个女朋友,他的男朋友也有这么多,但他从未和谁有过婚姻关系。我们不知道他是否有孩子。"

"可悲啊,风光数年,竟落得如此下场……"

"是啊……"

"尸检结果如何?"

勒维尔简要地汇报了案情的最新进展。局长罗曼·巴尔泰风流倜傥,仪表堂堂,西装革履。刑警大队的警察们忙于四下搜罗情报,无形中成就了他作为都市白领的光辉形象。他常常光顾美容院、健身、晒日光浴;他的手指甲修剪得整整齐齐,所经之处总是留下一股昂贵香水的味道。年纪不过三十五岁,却已有过两次婚姻。最近交往的女朋友不过是玩玩而已,而对方也毫不迟疑地离开了他。他没有娶她,分手也更简单些。摩登男罗曼·巴尔泰日复一日地挥霍着人生,也不曾想过养儿育女的问题。当他跟已养育三个子女的菲利普·加亚尔谈到此类事情时,总会正义凛然地告知对方世界已人满为患,人类只有在不繁衍的情况下才会重建秩序。就此而言,他倒是和传闻中深受父亲角色折磨的勒维尔很有默契。他正觉得勒维尔无错可言的时候,对方已结束了工作汇报,还将队里成员的工作明细一一交待。

"您还有别的事要说吗?"说这话的时候,他不是没有注意到勒维尔搁在膝上的卷宗。

"有。"

"什么事?"局长已然明了对方来意,却故意询问。

"博尔特命案。"勒维尔诚惶诚恐地道出来意。

"噢!"

12

艾迪·斯达克的乡间宅邸具有浓郁的法兰西岛风格。搜查在两个证人的注视下悄无声息地进行着，程序规定使然。迄今为止，未发现任何证明材料、处方、验血单或是垂危病人留下的痕迹。拉扎尔把花园和室内（厨房及两个浴室）的垃圾桶都刨了一遍——仍一无所获。随后他在书房里发现了一台笔记本电脑和抽屉里的两个U盘。他让人整理了一下纸箱里的材料，却都是些普通人家里皆有的东西，不外乎发票、银行账单之类的；当然里面还有演艺界艺人的合同、档期安排、税单以及采访通告。

地下室被歌手布置成一间放映室及一个迷你录音棚，里面摆满了斯达克歌手生涯中的各种纪念品：照片、金唱片、白金唱片一一映入眼帘。可所有这些东西对调查所起的作用几乎是微乎其微。拉扎尔回到客厅，发现米穆尼正抬头盯着某件东西，那玩意儿在地上留下了一条几厘米长的阴影。

"看看这玩意儿！"褐发高大个儿一边跟他说话，一边用手指着一个用三厘米粗的铁丝固定在天花板横梁上的巨大牛轭①。

加上轮子和轴套,这种东西曾一度成为二十世纪七十年代乡村房屋的必备装饰品之一。而歌星家里的这件宝贝则被改装成了一盏灯具。拉扎尔点了点头:他们的想法不谋而合。改装这件老掉牙的破玩意儿正好暗示着斯达克渐渐衰老的人生,他需要些东西来引起性欲。

"等等!"拉扎尔惊叫,他的脑海中忽然闪过一个念头。

"怎么了?"

"什么都别碰,我叫鉴定科的同事来看看。"

---

① 牛轭,耕地时套在牛颈上的曲木,是牛犁地时的重要农具,与犁铧配套使用。牛轭状如"人"字形,约半米长,两棱。

13

紧急传真给电话运营商和银行的调查取证第一时间收到了回复，索尼娅·布雷东花了一早上的时间来分析结果。艾迪·斯达克有两个电话号码，一个属于橘子①电信公司，另一个则为SFR电信公司。两部电话已移交至凡尔赛司法警署大区信息技术处的一名技工手中，此部门将提取电话里的所有信息，包括电话簿、留言、邮件、短信、彩信、图片、语音，等等。索尼娅仔细研究着呼出和呼入的电话号码。几次点击后，用户斯达克的猥亵生活跃然眼前。斯达克死前的十天里拨出、接到的电话总计一百八十通，短信收发则为此数的两倍。索尼娅从几个多次打进甚至一天内就打进好几次的号码入手。调查顺利，她不禁想象马克西姆·勒维尔满意的神色。她决定跟进银行那边的调查，他们提供的信息可是至关重要的。

中午将至，索尼娅觉得斯蒂夫应该睡饱了。她给斯蒂夫留言，

---

① 法国最大的电信运营商。

请他方便时给她打电话。她说话时尽力让自己的语气不带任何感情色彩。终于，他回电话了。他还在家里，提议索尼娅"带着羊角面包"来他家一聚。他用很强调的语气说出"羊角面包"来，让对方感觉他的口味不是只有维也纳式点心之类。

"我来不了，"索尼娅冷漠地说，想以此打消斯蒂夫的痴心妄想，"可如果你愿意的话，我请你到我工作附近的地方午餐。"

他踌躇了一下，因为他刚起床，什么都没有准备好。

"我可不会带你到银塔饭店用餐，"她配合他说道，"你穿着睡衣来吃饭也没问题……"

这番话把他逗乐了，觉得她说的在理。他找到了索尼娅和拉扎尔每日共进早餐的餐馆。见面时，双方沉默了片刻。

"警局就在对面，是吗？"

"是的，就在对面。"

14

马克西姆·勒维尔离开了法院。代理检察官格特朗保留着对勒维尔一贯的印象,这可是自打认识他起就留下的:他的的确确是蠢到家了。格特朗显然常常说起此番言论,因为他说某人"蠢"时自然得如同某些人用"不赖""有趣"等形容词恭维别人一样。然而罗曼·巴尔泰曾经对他说过:"案件里的那些元素对法官来说颇为新鲜,足以让其再撰写一份公诉作为补充,并交由仍在负责博尔特命案的法官麦尔奇约过目。""噢,那是当然。"格特朗不发表否定言论,只是询问了和法官面议此事的具体时间。

"虽然这点信息微不足道,但请理解我!百叶窗变了颜色……还有那个男孩——纳坦·勒比克,竟在十年后又出现了……案发时警方没有询问过他,您在证人的名单里看到他的名字了吗?没有吧?"

"这个男孩患有自闭症,如您所言,'案发时',他已病入膏肓。他要去一家自闭症康复中心接受治疗,而他的父母在命案发生后不到一个月就搬了家。他的父亲是教师,被调往诺曼底的朗特纳康复中心附近工作，也就是他的儿子后来接受治疗的那家康复中心。警方曾和他们联系过，但他们对命案一无所知。出事的那晚，他们并不在家里。当时小纳坦由外婆照顾，外婆告知警方当时她待在卧室里看电视，从那房间里根本就看不到张扬酒吧。老人去年辞世了。"

路易·格特朗表情怪异，似乎想表明："没什么新鲜的东西。"但倘若他高调表达此意，勒维尔定会难以接受。少校重读了一遍纳坦父母的证词，他们竭力反对警方让纳坦作证，因为他们的儿子从未连续睡过一小时以上的觉。他如困兽般夜夜游荡在屋里，且口中念念有词，不是一连串的数字就是加法乘法符号，他简直是一个心算天才，但也是一个全然与世隔绝的人。纳坦只要看一眼，便能一下记住二三十个数字。除了反复地数钉在墙上的照片里的发动机零件之外，他对任何东西都不感兴趣。他只能在医生的严格监护下录口供。而办案人员却一再坚持让他录口供，只因为孩子的房间窗口正对着张扬酒吧。而如此行事的结果就是负责询问的办案官员最终一无所获。孩子动来动去，数着他目光所及的所有人和物，并伴之以尖叫。可惜那时没有录音及视频装备，这成了勒维尔的心病，因为他相信孩子在谵妄的状态时会泄露出某些值得注意的细节。他的同事可能早已放弃了，因为这个孩子根本无法集中注意力。从那以后，负责给纳坦治疗的医生坚决反对警方传唤孩子去录口供。

"您认为这孩子到了今天竟奇迹般地痊愈了？"

对于对方的言语尖酸刻薄，勒维尔情愿置之不理，否则他俩会大打出手的。他魁梧健壮，枯瘦如柴的代理检察官根本不是他的对手。

"我不知道他是不是痊愈了，但据我的线人说……"

"要是我没记错的话，您的线人正是雷波斯瓦尔太太……她在卷宗里的证词疑点重重，不是吗？她不是一直都望着张扬酒吧吗？"

的确，有人曾对他说过，震惊一时的命案一出，张扬酒吧就成了安妮特·雷波斯瓦尔偷窥的对象。何况，这个长舌妇还念叨过一些闲话，让人们误以为警方已弄清真相。譬如她说过博尔特夫妇和女儿之间的关系极为冷淡。他们认为女儿金玉其外败絮其中。所以即使艾莉薇儿·博尔特盼着父母早些离世，也没什么大惊小怪的。尽管人们设想过她可能会谋害双亲，但此种推论又未免荒唐可笑，究其原因还是她深爱着自己的父母，哪怕他们给予她的爱少得可怜。何况，他们双双遇难时，她也提供了不在场的证明。然而父母撒手人寰后，她摇身一变成了双亲遗留的酒吧、房子、财产的唯一继承人。自从调到凡尔赛司法警署后，勒维尔从未遗漏过这一点，整理博尔特命案的卷宗时，他记下了所有细节。

"是的，安妮特·雷波斯瓦尔甚至使出浑身解数来说服亡命夫妻的继承人把店面转让给她。"

"您瞧瞧！"

"但她未能守口如瓶！她和艾莉薇儿·博尔特之间有一场邪恶的较量……两个寂寞的女人自有其过招方式……咱们还是言归正传吧，检察官阁下，"勒维尔突然岔开话题，"我对您说过，勒比克一家重返朗布依埃的菲力-福尔广场居住，一则因为房子是他们家的，二则也因他们的儿子获得了理科学位，他们指望着孩子能稍微过上点儿正常人的生活。雷波斯瓦尔太太和纳坦聊过，他似乎能够应付交流，而且他说的话对方也能听懂。"

检察官神情凝重：

"您究竟要做什么？"

勒维尔其实更希望巴尔泰局长能亲自去和孩子聊聊，可后者从今天起就要奔赴瓦勒德瓦兹省的刑事法庭参与为期两天的开庭审理，为一桩引起骚乱的诉讼案件出庭作证。少校一言不发,他几乎想离开办公室去朗布依埃找到那个有着超强记忆力的男孩纳坦·勒比克了。

"我们刚刚聊过:这个孩子常常站在窗口数着来往车辆的数目。他记得每辆车的车牌号,就连车子的形状和发动机的类型他也一清二楚……那天晚上他一定瞧见了什么。现在,他能和人们自然沟通了。他的脑袋里放了一台电脑。他也许目睹了案发的一切,我可不想漏掉这个可能性。"

有那么一刻,勒维尔感觉自己说服了对方。

"我会把你说的情况向法官转达的。"检察官嘟囔道。

"告诉他:既然孩子那边有了沟通的可能性,我就想再去酒吧看看。我想知道店面装修的背后到底隐藏着什么,即使这对您来说根本不算什么。"

代理检察官格特朗呆若木鸡,双手交叉放在勒维尔带来的报告上。勒维尔在报告里极尽能事地阐述着他的计划。片刻后,检察官才恢复了常态,对连"告辞"都没说声就离去的少校大发牢骚:"一根筋的家伙!"对方不辞而别,他也没能跟他谈提起失踪认定的事情。他觉得完成了只有失踪认定,才能了结一桩事情,继而开始另一桩。这个勒维尔真是不走寻常路。

路易·格特朗当然没有忘记勒维尔寻找妻子的执着,还有当众人议论其妻出轨时他怒不可遏的样子。他把目光投向"博尔特命案"的报告上,切身去体会勒维尔的忧虑所在。一切都发生在其妻子消失的那天夜里。十年来,勒维尔一直把两起案件关联起来,把它们当作同 件事的正反面。

二〇〇一年十二月二十一日的早上，勒维尔出现在案发现场——张扬酒吧里时，仍不知道妻子一夜未归。他要去上学的女儿莱娅一觉醒来，却发现屋里空无一人。父母的床收拾得整整齐齐，没有动过的痕迹；厨房里所有东西的位置是她昨晚摆放的。莱娅打了父母亲的手机，均无应答，于是去找了邻居。勒维尔得知家里的情况时正在"张扬"酒吧里查看现场，他请邻居送莱娅去学校，丝毫没有显露出担心的神色，但随后妻子一夜未归的行为却让他面部凝重了起来。他坚持不去回答那些尴尬的问题，又或许是他对传闻无从证实的缘故。他想让自己清净一个晚上，于是把自己关在一间小屋里，屋外是车水马龙的道路。将近两三点的时候他可能睡着了。人们无从印证他的话是真是假。问他为何不打妻子的手机或是家里的电话，他回答说自己从未那样做过，他们夫妻二人没有什么问题。他还说自己很爱女儿，只是他不是永远跟在孩子屁股后面的鸡爸爸。他认为教育孩子完全是妻子的事情。

路易·格特朗不去评价什么。勒维尔就像一座无法进入的堡垒，又或是升起的吊桥，将自己包裹得紧紧的。人们既无法走进他的内心，也对他的生活一无所知。代理检察官和凡尔赛的其他人一样，都很想知道勒维尔和玛里珂之间到底发生了什么。他努力站在勒维尔的立场上去思考——这种换位思考也真是够累的。他忽然明白了勒维尔的困惑：人们无法遗忘博尔特命案，因为此案会让所有人想到还有一个人没能找回妻子。或许就是这样。他又怎能确定一个不轻易吐露心思的人心里究竟是如何想的呢？路易·格特朗叹了叹气，紧紧握着那份报告，随后拨通了法官的电话。

15

马克西姆·勒维尔快快地走出法院,觉得让自己平复下来的唯一办法就是去吃点儿什么。他想给队友们打电话,把他们全都叫到司法警署的食堂里来,然而只有索尼娅在办公室里待着。可他今天不想面对她。她给予他的那种无休止、无理由的爱慕之情使他烦恼。他盘算着要不要打电话,于是停下脚步点燃了一支烟,抬头时一眼瞅见了皇后小吃店的招牌。枯花的颜色和浅绿色混搭,成就了招牌的色调,而小吃店的绒毛帘子则是倒挂金钟的红色。他似乎看到了命运对他的惊鸿一瞥。

店内气氛幽静,客人们低声耳语,空气中弥漫着淡淡的香味。艳妇们要么与同性共进午餐,要么有优雅殷勤的绅士相伴左右。勒维尔的闯入无疑惊动四座。两位身着路易十四年代女仆装的店员,颇有些忸怩作态。她们举着盘子愣了一会儿。整个房间的装潢是混搭的英国风,摆放了切斯特菲尔德沙发和仿红木独脚小圆桌。年纪小的那位女孩应该是察觉到了勒维尔的警察身份,冲到了店铺的最里面。随后,一位体态丰腴、一头金色短发的救兵现身了,这位浓妆艳抹的妇人五十岁左右,身着一条绿色丝绸紧身裙,而她裙子的绿色正好是张扬酒吧的百叶窗过去涂的那种绿,也是皇后小吃店招牌上的绿。淡绿!看到眼前这个叉着胳膊在勒维尔面前站定的女人,"淡绿"突然跃入勒维尔的脑海。她笑意盈盈,厚厚的嘴唇以立体的形式依次浮现出担心和傲慢。勒维尔读懂了她的唇语。

"瞧瞧,瞧瞧,连警方都出动了。"她压低嗓门,因为不想惊动到那些正忙于"勾引"艳妇的男食客。

"嗨,玛琳!"勒维尔打了声招呼,随后深吸一口万宝路。

"啊!"金发贵妇立刻回应道,"这儿不能抽烟!"

勒维尔四下寻找烟灰缸。她领他到店铺门口。他吸完烟回到店里时,突然轻咳起来,感到自己的咳嗽要发作了。他一咳嗽,人们就停止了交谈,全都转身看着他。玛琳抓住他的胳膊,把他带至屋后。厨房里的人员停下手中的活计看着这对奇怪的搭档,老板娘正费力地搀扶着一个快把肺咳出来的傻大个儿。有人端着水杯赶来,勒维尔却无法让自己停止。一名洗餐具的小工上前递了把椅子,其他人则朝后退去。可椅子来得太晚了!勒维尔整个人弯了下去,双膝跪倒在地。

几分钟后,玛琳回到店里,凑到一个五十多岁的男人耳边说话,此人和一位年轻的褐发女孩共用一张桌子。女孩看起来傻傻的,妆画得浓浓的,胜过仿作的大师画作。只要身边的男士说点儿什么,她就咯咯地笑。该男子起身,同时抱歉地对年轻女孩微微一笑,把餐巾放在煎饼、咖喱蔬菜以及芝麻菜沙拉旁,便跟着老板娘走了。他找人将勒维尔抬至一楼,平放在小客厅里的床上。房间里到处都是小东西,还有些廉价装饰品。如果警官能开口,定会发表如下言论:"风骚娘们儿的装修风格。"咳嗽平息下来,却又难以呼吸。他的心脏跳动得如此剧烈,仿若要从体内蹦出。一位头发花白的男人正给他诊脉,还翻看了他的瞳孔。

"让他躺在那儿别动,"他对玛琳说,"我去车里拿药箱。"

勒维尔感觉自己掉到了陷阱里,拼命想站起来。玛琳却不容分说地把他按倒。

"今天听我的。"她的语气带着几许挑衅。

"我很吃惊您居然还活着。"给少校检查完毕,医生语气沉重地说道,"照平时的处理方式,我得把您送去医院。"

"没门儿!"勒维尔吵吵嚷嚷,似乎有些力气了。

"但您必须去。您抽烟、咳血,您的脉搏完全是紊乱的……"

"让我安静会儿!"

玛琳无可奈何地松开了他的胳膊。

医生佯装生气,转身去准备针筒。出人意料的是,勒维尔居然任其在大腿上注射了一针镇静剂。他想大声宣泄,却已筋疲力尽,于是像孩子般轻轻叫了一下。不到十秒钟,他没了知觉。

"他可能会睡上好几个小时,这对他没有什么害处。但他醒后一定要去看病。送他到米查尔那儿去吧……"

"是那位癌病专家吗?"

"没错,他就在切斯奈[①]的医院里看病……"

"您认为他得了癌症?"

"不一定这么惨,可即使没染上,他离这病也不远了。不管怎样都得劝他尽快治疗,他的症状不容乐观。"

---

① 切斯奈为法兰西岛大区伊夫林省内的一座小城。

"劝他，劝他，"玛琳烦了，"您觉得他是那种听劝的人吗？就他……何况，我们也冷战几年了……"

"是吗，那么此时他在你的房间里做什么呢？"

"我也在问自己，你自个儿去猜吧。"老板娘喃喃低语，随后陷入了沉思。

16

索尼娅在餐馆前等着斯蒂夫。她决定不再扮演护士的角色,就把狐狸尾巴露出来吧。她要告诉酒保自己的真实身份,甚至不让他有反应的余地。她见他骑着小摩托过来了。斯蒂夫取下安全帽,拂了拂棕色头发,手微微发抖,接着他看见了人行道上的索尼娅,顺带着也瞥了一眼餐馆。

"没座位了吗?"他问道,尽显局促。

索尼娅摇晃着手中的纸袋:

"我买了三明治,我们去我办公室吃吧……"

他的脑袋晕乎乎的,还未完全清醒,全然不知道对方在说什么。

"你的办公室?你不是护士吗……"

"我是警察,"言毕,她拿出警官证在他眼前晃了晃,"我有话要问你。"

"可这……好吧!真是疯了!要是我不想说呢?"

"随你,但我劝你还是想想……

索尼娅的拇指指向了几米开外人行道上的三个保安。斯蒂夫捏着安全帽的带子。索尼娅耐心等待着磨蹭的对方,他正思考着一连串让他为之困扰的问题:未付账的保险,口袋里装着两克可卡因,家里还留着一管印度大麻,难道是上周他强奸的那个未成年女孩儿去告了他吗?……斯蒂夫忐忑到了极点,想不出这位长腿棕发女郎会对他做些什么。他已准备好赴汤蹈火。

"好了,我来了,"他嘀咕道,"可也得和我说明白啊。"

阿布德尔·米穆尼坐在暂时空无一人的办公室里。里面陈列着第二次搜查艾迪·斯达克家时提取的东西。他只要一看到有照片就会拿给安东尼·格拉斯耶,后者已在制作相册,便于大家了解摇滚歌星常常光顾的地方。大部分照片都签有名字,但——凡是有一个典型亚洲血统男孩的照片,却都是匿名的签名。

"这孩子定是他的一个小可爱,"格拉斯耶直截了当,他的言语总是很讲究,经常用一些大家都不会用的词。

"我猜你想说的是他的其中一位性伴侣吧。"米穆尼纠正对方的话语。

安东尼·格拉斯耶高大、消瘦,书生味浓郁的眼镜下藏着一双漂亮的祖母绿眼眸。索尼娅曾试图劝他换一副镜框,但他难以割舍。他未婚——他们这个组里的成员基本上都是孤家寡人,这也成了司法警署其他人员茶余饭后的谈资——他的言论不容置疑、极具理性,推理后却隐藏着几乎是病态的懦弱。三十三岁的他仍和父母共处同一屋檐下,双方都愿意如此生活。米穆尼甚至想到他没有过性生活。内敛的性格使他成了传说,成了谜。紧急出动于他而言不外乎受难,按理说,新来的索尼娅本应紧随其后才对,可她居然可以说服头儿说没必要两个人来做事,一人足矣。索尼娅走进办公室,穿着一条闪亮的黑色牛仔裤与一件和她的扎头带同一色系的红色套头毛衣。

"伙计们,相册的活儿进展如何?"

"我们有二十多张底片,"格拉斯耶说,"如果你给我半小时,我能洗出两份来。"

"我把人带来了,把你们弄好的拿给他看。他今天下午还得上班,我不能让他待得太久。"

"随你,让他仔细看看那两个人,给我们一点思路,之后再带他去卡侬吉那里……"

"嗯。"索尼娅叹了口气,感觉体力透支了。

阿布德尔·米穆尼插科打诨:

"美女,要帮忙吗?"

索尼娅摇了摇头,一头马尾随之潇洒地飘扬起来。格拉斯耶用余光看着她走出办公室。

"我不想告诉你她有多棒……"米穆尼想入非非,继而一头扎进那堆废纸箱里。

"斯蒂夫,仔细瞧瞧这些照片。"

"我喜欢您称呼我斯特凡·布格朗,请您别对我以'你'相称。"

"你说得对,伙计,我们又没有在一起养猪!好吧……布格朗先生,您可以看看这些照片,然后告诉我您是否认识照片里的人?"

"要是我不想这样做呢?"

"看来,你很喜欢拒绝!要是你不想做,我就会用违警记录证明记下你昨天夜里对我所说的话,先拘留你,然后你就准备出庭吧。之后你去和法官聊聊吧……"

"昨天夜里您喝得烂醉如泥,您逼着我说了一些我不愿意说的事情……"

"谁会相信你？我提醒你，我才是警官，你不是。还有，是你灌我酒，不是我灌你。而且，我还会证明你说过有客人在厕所里进行口交，吸食可卡因，以及你的酒吧允许未成年人饮酒。所有这些罪状足以让酒吧停业半年。到时候你的老板就满意了。"

"卑鄙！"

"没错，但对自己不了解的人还是不要说三道四的好。"

"您没有证据证明我说过些什么。"

索尼娅·布雷东把手伸进牛仔裤的口袋里，掏出一个小小的长方体玩意儿来，原来是奥林巴斯牌录音笔。她拿在手里晃了晃。

"有啊，"她说道，"我有证据。我喜欢记录工作上的一切。"

从未有人告诉过这个长舌酒保如此一份录音不足以成为呈堂证供。只可惜他孤陋寡闻，蠢笨如驴。他可以调出绝无仅有的莫吉托鸡尾酒，也可以孜孜不倦地追求女孩子，但他不记得这一生中有认真读过一本书的时候。他感到自己无力逃脱。

"好吧，我照做，"争论到最后，斯特凡·布格朗不由得喘了口气，"可一小时后，我必须走人。"

17

马克西姆·勒维尔从睡梦中醒来，喉咙深处一阵干呕。他呆呆地看了会儿陌生的天花板，才发现有人正在他身旁打鼾。鼾声微弱，但睡眠深沉。他用手肘支撑着坐起来，胸口的疼痛再次袭来，这疼痛先前就把他弄得不堪一击。他浑身绵软，没有力气。再次躺下前，他认出了玛琳。熟睡的她楚楚动人，只穿了件玫红缎子晨衣，因岁月流逝而微微下垂却仍显柔美的双乳隐约可见。让勒维尔迷恋的不仅是她的乳房，还有那双美得无懈可击的小腿。可她并未做过任何身体保养。他记起自己以前疯狂爱过这个女人，那爱如毒品般凌乱而不宜身心。他把手伸过去轻轻抚摸了几乎清楚呈现的左乳房，指尖轻触在她白皙的肌肤上，几根血管勾勒出如汹涌江河般的线条。他的触碰如行驶于暴风雨中的旧船滑过，她倦怠的身体颤动了一下。勒维尔意识到鼾声停止了，玛琳睁大了眼睛凝视着他。

18

斯特凡·布格朗已是第三遍看这两册照片。

"没必要让我左看一遍,右看一遍,"他抵触了,"我跟您说了,我谁也不认识……"

"也许是你不想指认呢,这可是两回事儿……"

索尼娅仍在坚持。她明白斯蒂夫说的是实话。那天晚上在黑月亮酒吧里喝高了后说出斯达克患了艾滋病且病情严重的那两个男子,均无一人出现在这些照片上。她两次回到在隔壁干活儿的同事们那里。

"行了,我的大美人儿,最后这招也玩完了,"米穆尼下了定论,"大家都知道你想讨头儿的欢心,但如果你见过的那几个家伙不在照片里,他们就与此案无关……"

"你什么时候才能停止说这些蠢话……"她反驳完,生气地走开了。

"就此而言,我得说她是对的。"格拉斯耶回应道,这一次他停下了手中的活计。

　　索尼娅回到办公室，现实让她沮丧。斯蒂夫等得不耐烦了——之前和索尼娅说好的时间早就过了，他得马上给老板挂个电话，告诉他自己的艰难处境。她的同事们把搜集来的照片认认真真地做成了影集，可她要找的人也许从未被斯达克拍过照或是与他合照过。或许，他根本没有什么理由去拍一张他们的照片。或者……她转过身来。

　　"嘿，"她突然指着米穆尼斥责道，"昨天你给那园丁录口供时没有抓住机会用手机拍拍照吗？"

　　倘若没有使人体测量相机或拍照的正当理由时，手机拍照就成了最有效的方式。正如放在烟盒里的微型录音笔或数码相机一样，手机是不可多得的辅助工具。

　　"可不是吗，我拍了……咱们真笨啊，早该从手机上的照片开始的……"

　　格拉斯耶拿来放大十倍的托米的照片，光是看着斯蒂夫的神情，索尼娅就知道自己已然胜券在握了。他正义凛然地否认曾见过这个男孩，显然是因为自己被美女牵着鼻子走而产生了情绪。没探出什么口风来也没关系，索尼娅满心欢喜地放走了他，至少有些眉目了。这次勒维尔应该会高兴了吧。

19

就勒维尔目前的处境而言,"高兴"不足以形容,"凌乱"更恰如其分。玛琳非比寻常的柔情,还有依偎着他的胴体,这一切让勒维尔既感动又横生出别样的幸福感来。她已不再是三十岁那年极度疯狂的样子,那时他和她就有过肌肤之亲。他迷恋过她柔软而放纵的身体;而今,他告诉自己她依然妩媚,依然让他畅快淋漓。无需言语,无需亲吻,更无需多余动作,玛琳便能带给他快感。

她躺到一旁,嗔怪着把被子重新盖到他感觉沉重的身体上。然而她的心底却喜不自禁。她知道粗犷的勒维尔的真实内心是什么样子。曾经,他和她秘密相恋,燃情四起。他就是用这么蛮横无理的方式表达他的爱意的。她欣赏且深爱着他。如若她不曾为娼,他就会离开妻子,与她结为伉俪。她期盼过,甚至差点儿梦想成真。她在凡尔赛找到这间可以接手经营的茶室;他则要她离开朗布依埃,离开那个她在树林边拉客的地方。

她热衷烹调,尤喜制作甜品。她期望和他共度新生活,但没敢开口同他说起。这热望使她下决心接手经营茶室，并将其更名为皇后小吃店。她用自己的方式改变着这家店铺，使它变得性感而灵性。她制作的甜品也是这般风格。接着，玛琳接待了一对对恋人，一看就知道他们的关系非比寻常。当时勒维尔还在朗布依埃派出所任职，偶尔会来小吃店，但从未在营业时间来过。只要他想，她便留他过夜。十年前的一个冬夜，他很想同她共枕。他不准她同任何人说起他们的一夜情，然而就在那一夜，他的妻子却人间蒸发般地消失了。于是他们的地下情戛然而止，突发状况使然。玛琳内心苦不堪言，勒维尔却依然沉默。

"马克西姆，你为什么回来，为什么是现在？"

"巧合而已，我正好路过门口。"

"你一定是发现了什么……你把我当白痴吗？说吧，你来这里的目的是什么？"

"我不知道。我想我活不了太久了，我是来告别的。"

"别说蠢话！我还不了解你吗？你来是因为你的太太，对吗？"

勒维尔的沉默意味着对方言中了。房间里空气灼热、微湿，气氛凝重，两人的体味、香水味混杂其中。

"对了，"她继续，"大约一个月前，我又见到巴尔托里了……"语气中隐约含有几分挑衅。

"为什么要说'又见到'？"勒维尔反问，呼吸突然变得急促。

"他和一个女同事来这儿吃饭。我不知道他是否和她上过床，但以他的为人来看，很有可能。"

"嗯，那又如何？"

"他们提起了……你，其实是说起了你太太。很有意思……不管怎么说，巴尔托里说，未找到死者尸体，警察绝不会将其掩埋。他问我是否见过你，还问你是否来过这儿，净是些听起来很无聊的问题。你想知道我是怎么想的吗？"

"呃……"

"想还是不想？"

"想！他妈的，你快说吧！"

"我觉得巴尔托里知道我和你的事，我不清楚他是怎么知道的。他知道你妻子以前常来这儿，就从这里找线索了。"

"什么线索？"

"与你有关。他一直以为你和你太太的失踪脱不了干系。"

"哦，好吧，随他怎么想，我无所谓。你跟他说了些什么？"

"说了些我现在正在说的话。我跟他说我们私下并不认识。说我知道你是谁，只因当初我在朗布依埃拉客时，你带着你的违警记录来坏我的好事儿……说了我不知道那位光临茶室的瑞典金发美女是你的妻子，的确是这样的。就这些，我从未改口，连个逗号都没改过。可……"

"还有什么？"

玛琳瞬间有些为难了。勒维尔用手肘支撑着坐起来，他的脑袋昏昏沉沉，几小时前的性爱高潮画面仍挥之不去。他见她望着天花板，嘴唇微张，因为打了肉毒杆菌的缘故，她的双唇看起来丰满立体。他不耐烦了地吼起来：

"到底怎么了？你他妈的把话说完！"

"好吧，有件事我从没跟你提过……你太太第一次来这儿时……我对凡尔赛的警察们说：她只身一人……"

"其实她不是单独来的？"勒维尔忐忑不安，那感觉就像脚底突然开了一个巨大的口，"她和谁？谁带她来的？"

"巴尔托里。"

少校眼前一黑，脑海中浮现的画面迅速回放。他的哥们儿——巴尔托里！他在朗布依埃警局的至交，他对他从不隐瞒什么——工作、诉讼、笔录，他们一起玩塔罗牌，一起说起那些毫不费力就能泡上床的姑娘。当年的他们阳光帅气，骄傲自负，身体及其器官如同一剂强效春药，无所不能。巴尔托里每周至少有一次去他家里吃饭！这个背信弃义的小人！

"杂种！"勒维尔咬牙切齿地骂出口，"他和她上床了吗？"

"你以为呢？"

然而他没看出一丝破绽！他作证玛里珂·勒维尔并非出去散心时，他本人以及凡尔赛司法警署接班的办案人员们无人见过，也无人知晓。巴尔托里隐藏得太深了，这个婊子养的！

玛琳遐想了一阵：

"我想他是真的爱上你的太太了。"她还是说出来了。

"是吗？你，你是这样想的？他把她带到妓院来？"

"谢谢你这么捧场，"玛琳勃然大怒，"这儿可是个体面的地方！出门到这儿来的客人爱做什么，那是他们的事儿。还有，巴尔托里来这儿是因为他认识我。倘若他那时得知咱俩……的关系，他一定不会这么冒失地领你的太太来这儿了。"

"叫你，你早该跟我说的！"

"跟你说什么？说巴尔托里到我的——用你的话说……妓院——里来？说你的那些朗布依埃的同事领着他们的女伴或抓住的蠢女人们来这儿办事？还有你的太太，如果我知道她就是你老婆，我立马就会告诉你，至少我找到了让你离开她的理由！"

她的话不是没有道理。人们从来都不知道某些事情的背后还隐藏着秘密、下流的背叛,谎言只是幌子而已。巴尔托里!巴尔托里和玛里珂!他的天塌了。他艰难起身,赤身坐到床边。他的身体苍白、肥胖、虚弱,似乎再也不能走远了。

"你的气色很差,勒维尔,"玛琳起身时说道,"你得去看看专科医生。我帮你预约,我来照顾你吧……"

他才想送她去看病呢!就送去她的专科医生那里吧。可他已无力挣扎,只能悉听尊便。

"看看什么时候有空再去吧。"他低声敷衍她。

他起身要走了,却发现自己的手机已关机。玛琳坦承是自己把他的手机关掉的,因为她想让他好好休息一下。倘若她要以这样的方式来照顾他,那是万万不行的。他看到下午五点时至少有十通未接来电。玛琳惴惴不安地看着他。

"我还会再见到你吗?"她问,却不敢问"何时?"因为她知道勒维尔很讨厌一语双关的问题。

"我也不知道,玛琳。我看看什么时候有空。我们再约吧……"

"我知道了。"她喃喃自语,她和别人不一样的地方是,她绝不过问他的家事或打听其他事情。"啊!对了!我还有东西要给你的……"

勒维尔扶住门把手,停下脚步。玛琳朝一个粉色木制叠厨式写字台走去,拉开上面的抽屉,从里头拿出一包整理过的照片。

"有一天我收拾屋子,丢了一堆废纸和照片,可不知道为什么,这几张照片,我却留下了……"

勒维尔忐忑地接过照片。第一张照片记录的是他十年前的样子,站在警车旁,那时他比现在至少瘦十公斤,头发乌黑,蓄着山羊胡。第二张是和第一张在同一天拍的,他开怀大笑,胳膊搂着巴尔托里。

剩下的照片大同小异，除了某几张是在这里——皇后小吃店的小包间里——拍的，少校无意中摆出的姿势不足以引起人们怀疑，没人对他来这里的真正所为产生疑问。勒维尔发现玛琳并未照他的要求行事，她持有他们暧昧关系的证据。他恼怒了。这些证据足以毁了他俩！

"除你之外，还有谁看过这几张照片？"

"可……谁都没看过，"她嘟囔道，"又怎么了？"

"如果有人在这儿找到这些照片，你和我，我们的麻烦就大了。你想过后果没有？"

"说真的，我都把这些照片给忘了。再说了，谁会来这儿找这些东西？"

"可怜的娘们儿，难道你还不了解警察吗？"

"当然了解，问得好。我没什么好怕的，我又没把你老婆怎么样……"

"你想说什么？嗯？"他呵斥道，"难道你也认为是我杀了她，对吗？"

"肯定有人对她动手了，不是吗？我没说是你。我知道你不会干这种事儿。我这就去销毁这些照片，还给我！"

她伸手过去，想重新拿回照片，但他用手拦住了。他宁愿自己来处理，而且希望她的抽屉里再也没有这些玩意儿了。他正要把它们塞进口袋里时，某张照片却跑了出来，落到地上。玛琳慌忙拾起：

"啊，对了，这张……"她嘀咕着将照片递给了勒维尔。

照片的质地不怎么好，玛里珂·勒维尔坐在茶室里，浅笑盈盈。身后的墙上挂着一幅油画，画中是花样少女们在森林里被年轻小伙们追逐的场景。女孩们身着收腰服饰，人们隐约可见她们的曼妙身材。玛里珂身旁有另一名女子，她们的面前放着一个盛有小蛋糕和茶壶的托盘。勒维尔心跳过速。

"她是谁？"他声音颤抖地问道，情绪已然失控。

"怎么了？你在说什么？这不是……"

"我知道是玛里珂，是她，我还没有失忆。我问的是另外这名女子……"

他一眼就认出这名女子来了，面对面见过几次，可她竟然和他妻子出现在同一张照片上，令他无言以对。玛琳瞅了一眼照片，噘起了嘴巴。

"照片里的那个棕发女郎，和玛里珂在一起的，到底是谁？"勒维尔再次问道，仿若在询问一个低智商的小孩。

"我不知道此人，我甚至不记得在这儿曾见过她。不管怎样，除了这张照片以外的其他场合，我都没有见过此人。我向你保证我说的都是实话……你知道她是谁吗？"

只要想了解，他就会知道。这张照片让他陷入无数问题充斥其中的深渊里。如何解释他太太离奇失踪前还来过这儿——他的情妇这儿——喝过茶，而且是和艾莉薇儿·博尔特——迪穆兰先生的遗孀——一起来的，此人正是张扬酒吧老板夫妻俩的女儿，其父母当年双双遇害。

20

局长罗曼·巴尔泰在勒维尔抬脚要迈上第三级台阶的时候把他截下了。外面飘起了小雪,几片雪花落到了少校的罗登绒外套上。

"啊!勒维尔,"巴尔泰嚷嚷了起来,"您可来了!您他妈的去哪儿了?大家找您找了好几个小时!到我的办公室来!"

勒维尔紧随其后,顺着两旁放有金属柜的走道走去。这里和法国所有的警局几乎没有两样,空间狭小,文件柜逐渐占据了那些本来就有安全隐患的禁地。

"我身体不适,"不想多作解释,勒维尔简短地交待了一下,"得休息一下。"

"是吗,严重吗?"

"我不知道……"

"您的弦绷得太紧了,勒维尔,要注意身体啊,总有一天您会吃不消的。去医院看看吧!"

"有时间我会去的,"少校嘟哝道,"头儿,我也希望您保重身体。"

他们进入局长办公室,里面空间逼仄,堆满了文件、资料和登记簿,但也有几件东西与这里的环境格格不入:一只皮包,网球拍的手柄从中伸出;散热器上挂着一条毛巾,上面缝着享誉世界的鳄鱼标签。

"媒体报道了斯达克的死亡,他患有艾滋病的事情也在字里行间隐隐提及,"巴尔泰面带愠色地说道,"外界对此议论纷纷。检察官为此大发雷霆。"

"他不会以为是我走漏风声的吧?"

"倒是没有,"局长嘴角掠过一丝不易察觉的笑意,"他了解您的为人,知道您是靠得住的……他觉得是您队里的人放出消息的。"

"不可能。"

"这个嘛,其实凡事皆有可能,这一点您心里很清楚。您得把这事儿给我解释清楚。另外,一个小时后,我们要汇总调查的进展。我想应该有新情况了吧?"

紧张得不可名状的勒维尔走进警队办公室,四周烟雾缭绕。他们找了他整整一个下午……甚至担心起他的安危来,因为他一直不接电话。他听了他们在手机里的留言,可既然他出现了,为什么还要这样大惊小怪?

"很好,"他抬头看了看四名手下,"有什么新进展吗?"

"这就是你想说的话吗?"阿布德尔·米穆尼忿忿然,"打今早起,我们的心里就七上八下的……到底怎么了?"

"没怎么啊,"勒维尔咕哝道,"我去办了点儿事……"

"那手机呢?难道手机是给狗用的吗?"雷诺·拉扎尔的言语更刻薄,"马克西姆,你他妈的也太不懂事了。"

"我不懂事？何出此言？难道我欠着你的钱吗？"

"有人告诉过你我们这里已经乱成一锅粥了吗？我们甚至给医院挂了电话，也给你女儿那儿去了电话……"

这一次，连索尼娅也掺和进来。唯一沉默不语的是安东尼·格拉斯耶，但他对勒维尔也是抱怨多多。

"给我女儿打电话？我不允许你们为了这种鸡毛蒜皮的小事给她打电话。她经历了那么多事，你们想过她会怎么想吗？"

"放心吧，我们说得很……用你的话说就是……很'婉转'。抱歉，马克西姆，但找不到你，我们六神无主。局长来点过三次名要见你，我们也不知道怎么跟他解释……"

他再次抬起头来，眼睛直直地看着众人。

"我知道，我见到他了……他还跟我说有人走漏了艾迪·斯达克事件的风声，现在大家都知道他染上了艾滋病。"

"这可不关我们的事，"拉扎尔一脸坚定，"我觉得谁都不会……"

"说得好听！可现在风声走漏出去了，我们总要面对吧！他妈的，受够了这些牵着我们鼻子走的媒体。好了，你们说说吧，我听着呢。"

每个人都汇报了各自调查进展。拉扎尔和米穆尼详细描述了歌手斯达克用来自慰的临时工具——那副悬架。"牛轭上方的划痕显然能证明歌手的自慰习惯。鉴定科做过鉴定，对此确凿无疑。但在整幢房子里，我们既没有找到细绳也没有发现其他类似的东西。所以，如果歌手没有当即死亡，并在气绝身亡之前还有时间把这一关键证据藏起来的话，那我们根本不需要去假设其死亡原因是来自外界。当然这也就和我们之前所设想的谋杀背道而驰。我们曾很合理地将其死亡定位为谋杀，或是掩人耳目的作案现场。"

"这样做的目的是什么？"勒维尔问道，"假设这是多人参与的性爱行为，那么当时桌上一定放着酒瓶和酒杯，接着他在做爱时猝死，可又为什么不让所有那些东西都留在原位呢？"

"对此我们一无所知……桌上的那堆东西留有不同的指纹，"米穆尼非常肯定，"但我们无法得知那些指纹是否是最近才留下的，他家真是杂乱不堪……"

"他雇用保洁人员吗？"

"雇的，她每周五来打扫卫生，"拉扎尔回复道，"这也就解释了周四那天他家里乱七八糟的原因……我已经派一队人马去保洁人员家里调查了……"

"那么，"勒维尔在一张纸的末端记录着，字迹潦草。他继续说道，"我来说说我的问题吧……"

"你想到了什么吗？"索尼娅问道。

"没有，我只是觉得犯罪现场不合情理，很有可能是斯达克在性爱过程中自杀未遂。他喜欢被勒着，且使用道具做爱，也许他是在自慰，也许身边还有人，他的某位或几位性伴侣将他留在了那儿，他们玩得很过火……可若是他们拿走了绳子，也就意味着他们想转移我们的注意力……"

"也许这只是一起纯粹而简单的谋杀案，"拉扎尔以北方佬的思维方式予以反驳，"或许根本就没有发生性爱行为，而只是疑点重重的受刑场面。"

"你的推论真够牵强附会。得设法了解死者的性爱方式，至于艾滋病方面的情况，有什么进展吗？"

"还没有，"拉扎尔说道，"我们没有找到任何证明斯达克染上艾滋病的证据。但我们却打听到很多更劲爆的线索。索尼娅，轮到你了！"

索尼娅翻着放在自己膝盖上的文件。

"这是调查到的电话记录，"索尼娅说道，语气有些激动，"最近这十天，有一个号码重复出现多次，死者接听过或是拨出去的号码里都有它。最有疑点的地方是，他们的通话时间总是很晚，甚至是深更半夜，而且电话是从纽约打来的，联系人名叫斯蒂夫·斯达克·金，他是斯达克的儿子。"

"儿子？我以为他没有孩子！"

"是他的养子，三年前，他收养了一名十八岁的韩国小伙。"

"很好……那么所有这些线索有利于破案吗？"

"当然，"拉扎尔应声道，"其养子就读于美国一所私立戏剧艺术学院——学费高昂的纽约茱莉亚学院，死者家里找到的学费收据足以证明该学院学费不菲。可斯达克的银行账单却暴露了他身无分文的窘境。他取消了一个巡演后又取消了另一个，和唱片公司解约，也惹怒了经纪人，对方向其索要高额赔偿，数目至少为一千万欧元。"

"必须和这些人谈谈……按轻重缓急整理一份名单出来……"

"最近一段时间里，还频频出现了另外一个号码，"索尼娅补充道，"对方的职业是公证人，大家都叫他德拉玛尔所长，其事务所就在巴黎金字塔大街上。他今天在柏林，但我还是和他联系上了。他不愿在电话里多说什么，所以我们约了明天见面。如果我没记错的话，斯达克曾写过遗嘱，并改动过几次。还有，他约过这位公证人。"

"他们见过对方了吗？"

"没有,原本是计划几天后见面的。"

"在这几份文件里,"格拉斯耶接着说道,"我们找到了几份安联保险公司在法国及赫尔维蒂的保险合同,赫尔维蒂是瑞士保险公司,第三份保险则是美国保险公司的。赫尔维蒂的保险公司一个月前曾寄来一封信函,指出:'合同变更已登记,自十一月三十日生效'。我们再去好好查查,所有这些合同似乎都关乎人寿保险。"

他们还说起了几条奇怪的线索。安东尼·格拉斯耶谈起了他随机选择地登门造访斯达克家附近几家人的情况,斯达克所住小区的业主都是些大有名堂的角色,邻居们从娱乐新闻或电视上认识了他,知道他喜欢热闹,喜欢和年轻人待在一起,但他私底下没做过什么出格的事。他去世的那天,宅邸周围既没有停泊过一辆车,更没有出现过散步的闲人或行踪可疑的人。格拉斯耶沉默了。"无迹可寻让人心生失望,但我们还是要乐观一点,接下来一定会有'亮点'出现的。"

"就这些吗?"勒维尔随即问道,"索尼娅,你的酒保呢?"

中尉开怀大笑,显然对自己的调查结果很满意。她起身,朝勒维尔的办公桌走去,一言不发地把园丁托马斯·弗雷沃,也就是托米的照片,陈列到勒维尔的跟前。

"我要把这条线索留到最后跟你说,"她随即说道,"就是他,到处乱嚼斯达克的舌根,艾滋病的事儿就是他捅出去的。"

"很好,可另一位是谁?"

"还未确认其身份。他不是受害人身边的人,但也有可能是斯达克的某个粉丝或追星族中的一员……"

"弗雷沃的调查有什么进展吗?"

"没什么让人期待的,"格拉斯耶回答道,他已向邻居们打探过消息,"他和斯达克走得比较近,他们的关系非同一般,只是他不愿说而已。而且他还见钱眼开。"

"他住哪儿?"

"他母亲家,菲林斯小镇中心地带的一所小房子里。他母亲就在那附近的一个居住区里看门。我们给她打过电话,但无人应答。也许她不在家。"

"那你们要怎么办,再传他来讯问吗?"拉扎尔问道。

"不,我宁可再等一等。先争取打探到更多的线索再说吧。如果我们已经山穷水尽,那就是自搬石头自砸脚,因为我们根本不知道除了那些'蛛丝马迹',案情的真相到底是什么。现在,你们知道把律师和他放在拘留室里会怎样了吧?你们是怎么想的?"勒维尔问道,他们的分工不同,答案不会是统一的。

他们还不能推出结论。除非勒维尔能解释解释那些最后坐到别人大腿上的所谓的"拘留"是怎么回事。指望用酷刑或引诱让嫌疑人在漫长的审问中吐出真相的时代早已成为过去,如今,律师会在一旁听取讯问,可以干预,他们的此项权利并未被警方剥夺。他们会暗示自己的委托人保持沉默。下属的沉默让勒维尔感到吃惊,因为他已经是第二次问及他们的想法或接下来要安排的工作了。他拒绝沉思,因为这种奇怪的表情表明对方已开始想入非非。

"好极了,"少校边说边往后退去,"晚上我们再交换意见吧。我去见头儿,你们都去休息吧。"

他本该说句"干得漂亮!"哪怕是用其他方式为他们加加油打打气也好,可他什么都不说、不做。他们中却没有谁会去抱怨。

21

马克西姆·勒维尔把车停在一所方石垒砌的房子外几百米的地方。造物弄人，现在他置身保罗·杜美路，与甘贝塔路平行，毗邻帽厂的青年活动中心和圣吕班教堂，这两个地方曾是玛里珂在朗布依埃的主要活动之地。房屋的窗子装了小方格的玻璃，一扇双开橡木大门上挂着两个青铜狮的门叩。残破不堪的百叶窗，污垢染黑的墙面，还有一个无人问津的小花园隔开了宅子和街道。整幢房子和邻近精心维护的豪宅比起来显得格格不入。门上没有标示任何名字，但有两封信和一份广告杂志放在门口的擦鞋垫上。勒维尔坚信他找对了地方，也找对了人。

开门的妇人五十有余，面容憔悴。岁月在她的脸上刻下一道道细纹，颗颗粉刺一览无余，几绺灰白头发垂在消瘦的两颊。

"艾莉薇儿，近来好吗？"勒维尔的问话不带任何感情色彩。

"还行……"

迪穆兰先生的遗孀——艾莉薇儿·博尔特无处躲藏，只有严阵以待了。她已有几年的光景没有见过少校了。她讨厌他，只要她用恶狠狠的眼神看他这一点就足以说明问题。父母遭遇袭击，双双离世，他来现场办案，那是他和她的第一次见面，从那一次起，她就防备着他。他一来就摆出一副嘴脸，仿若宣告：'你，你最清楚发生了什么，你要接受一刻钟的讯问，你会非常不好过。'幸而，他走之后，来了别的办案人员，他们的表现可不像勒维尔那般凶神恶煞。他们很专业，提问很具体，而且态度很友好。他们清楚她与命案无关，以她在出事后头几天里的表现，也足以说明她与此无关。那时她彻底崩溃了，用行为心理学家的话来说，她是晕厥了。

然而，她的双亲一直对她很粗暴。那段时间里，她陷入了人生低谷。丈夫那个无用的废物刚刚离世，酗酒、抽烟和胡作非为导致了他的死亡。警方在车里找到他时，他已被活活烧死。抽取血液分析，里面含有近两毫升的酒精。警察们不再继续调查了。让-保罗·迪穆兰的生与死都充满了悲剧色彩。当时艾莉薇儿身无分文，还有一个儿子要照顾，父母对她的唯一帮助就是把她当作保姆般使唤，付给她极其微薄的薪水。她只有接受他们的这份施舍。她朝朝暮暮都盼着他们死去，至少她是有理由的。然而凡尔赛司法警署的第一批办案人员们却疏忽了这个细节。

博尔特命案发生两年后，她再次见到勒维尔。她不知道他是如何办到的，反正他又一次将此命案的卷宗拿到了手里。她为此受尽折磨，因为他一直都在纠缠着她。她始终不明白他为何这般执着。没错，她既厌恶又害怕这名警察。今天也不例外，看着他坐在自己对面，脸色暗沉，手指因为抽烟而发黄，她又像往日一样如坐针毡，血脉贲张，从大腿直至掌心的刺痛感袭来。她诚惶诚恐，等待着少校表明他的来意。

"我想知道命案发生后,您是怎么过来的!"

说得好听!他来打探她的消息!他是怎么找到她的?又如何寻到这所她住了还不到两年的房子?她不问他什么,心里完全清楚,没有人可以避开警察。他们只需给社保局、市政厅或税务局去通电话……

"您的房子很漂亮,"勒维尔环视四周,对屋子赞叹不一,"您把之前的那栋房子卖了吗?"

她明白自己应该好好问问他这到底演的是哪一出。朱潘大人在命案发生后早就对她说过好多次了,她应该委托法院调查此案,必要时可以拿法官和律师作挡箭牌。正面迎战,无可奉告,尤其在面对像他这样咬文嚼字的人的时候。

"房子的事,我无话可说。"她听见自己的回答仿若置身梦魇。

"噢,抱歉!"彪形大汉有些意外,点了支烟,却没有征询她是否允许。

他更没有征询她是否也来一支。她是很想抽烟的,因为她的双手正瑟瑟发抖。

"您说得对,艾莉薇儿,我来此不是要跟聊您命案的,也不是要过问您如是何成为这幢漂亮屋子的主人的……"

瞧瞧!他话中有话,她才不会上当呢!况且,她何必有问必答呢,他可是无事不登三宝殿的主。显然,她如何买到这所木屋,她银行账户上还有多少存款以及张扬现今更名为澎湃酒吧的装修事宜,他都一清二楚。

"不好意思,"勒维尔继续,"我来是为了……"

他把手伸进口袋,从里面拿出一个纸袋,摊开,放在漆布中央,布上还留着几天前的面包屑,杯子和瓶底的印迹也尽入眼底。

"……看看这个!"

艾莉薇儿·博尔特忘却自己的紧张情绪,双眼盯着勒维尔刚从一包东西里翻出来的一张照片。起初她什么也没看出来,既没认出拍照地点,也没认出在桌旁挨着坐下的两名女子。灰白的发绺随她的脑袋晃动了几下,因酒精而过敏的脸颊涨得通红。这又是什么新把戏?

"再好好瞧瞧!"勒维尔将照片置于她面前,下达了指令。

她唯命是从,一直看着那名金发女郎,好像想起点儿什么来了。然后她发现坐在金发女郎身旁的人竟然是自己!天呐!她的变化何其巨大!照片上的她一头浓密的、富有光泽的褐色中长发,皮肤光滑如凝脂,浅笑盈盈,红唇皓齿,而今牙齿断了,笑的时候她得用手掩住嘴唇。往昔与今下,她已判若两人。时光一去不复还!当年她身形婀娜,而今体态臃肿,弯腰驼背似女巫。她的一脸讶异,勒维尔了然于心:

"您看清楚了吗?想起当时的情景了吗?记忆恢复了?"

"想起来了,"她唯唯诺诺地应着,紧紧盯着这张褪色的正方形相纸,"我和……"

"和谁?"

"您的妻子,玛里珂太太。"

22

　　八点左右,安东尼·格拉斯耶和他的队伍重回艾迪·斯达克的房子周围,直至一辆黄色邮车到来之前,他们都没有发现什么异样情况。这个邮递员负责这一带的信件收发,已干了一年半的光景,应该很清楚歌星的生活习惯。当然,较之其他的客人,他会偏爱身为名流的斯达克。别的不说,光看看元旦那天收到的新年礼物,斯达克的显然堆成了小山。何况,每当邮递员为其送来挂号信件时,总被邀请进屋小坐片刻。摇滚歌星魅力十足,他盛情难却。歌星的家里常常宾客满座,末了,邮递员总要喝上几杯才会离开。近来,歌星的信件绝大部分是挂号信,他送了大概有五六个月了。信封上戳了法院执行部门的印章,不难猜测斯达克是摊上"麻烦事"了。他出事的当天,因为没有挂号信,邮递员并未按响大门门铃。他记得自己没有往死者信箱里投放过什么。信箱里塞满了形形色色的广告传单,邮递员提供了其他几位广告传单发放者的信息。

几分钟内，中尉把线索放在了出事当天可能经过此处、将广告传单投入到死者信箱里的几位发放员身上，打算查出他们的姓名和手机号码。

23

快到中午时分,马克西姆·勒维尔起身向艾莉薇儿·博尔特告别。才出门,他的电话就响了。

"什么事?"他咆哮道。

"头儿,你快回来了吗?"索尼娅克制着自己的语气,表现得彬彬有礼。她很想见他,所以打断了他正在进行的工作。

"我得看看……"

"我们有新进展了……还有,午饭后,拉扎尔和我要去公证员那儿一趟……"

"一点钟以前,我可能赶不到办公室。"他嘀嘀咕咕。

索尼娅的叹息声让他耳根红了,立刻加快脚步走到车子那里,将"蓝色"警报器置于车顶。可他还是若有所思,一副耿耿于怀的神情。昨晚,他没有见着莱娅。她照母亲的配方给他准备了一大只巧克力蛋糕作为晚餐,他吃了一块。莱娅留了一张纸条在餐桌上:"爸爸,多吃点儿,你会知道它有多好吃。"爸爸!她有多少年没有这样称呼他了？她吃了蛋糕，他本该欣慰，心里却局促不安。机灵鬼根本用不着别人去教他们怎样做。他心里明白瘾君子的伎俩，毒瘾发作时，他们总能找到解决办法。某种意义上，莱娅也算是瘾君子了。他刨了刨厨房里的垃圾桶，没发现可疑迹象，继而又去路边的大垃圾桶里翻找垃圾袋，终于在里面找到了蛋糕。今早他出门时，女儿还在房里。他没有去碰蛋糕，而是在旁边留了一张字条："你也可以把剩下的蛋糕一起丢到垃圾桶里。"他已被女儿气得七窍生烟，可对于一位宣称要帮助女儿渡过难关的父亲来说，那张字条未免太荒唐可笑了。她理所当然地不给他打电话，而他也不知道到底要对她说什么，便放弃了给她去电话的念头。

　　回到办公室，忍着胸口的剧烈刺痛，他咽下了几口披萨，这是队里叫的外卖，一并送来的还有拉扎尔点的啤酒和其他人的可乐。他们不提什么，也不问什么，但他们的沉默已然说明了问题：他拒人千里之外，对斯达克离奇命案毫无兴趣。他敷衍行事，令下属们颇感为难。他突然意识到了自己的问题，可奇怪的是，当他用幽怨的眼神看着他们时，对方的担忧竟也写在了脸上。

　　"我会尽快吃完……"他边说边吞下一口披萨，"有进展了吗？"

　　"一刻钟后，我和索尼娅一起走，"拉扎尔提醒他，"公证人在等着我们，他好像知道些什么。可我们没有法院的调查令，所以不知道他是否欢迎我们。"

　　"今天下午，我会去检察院，"他说道，意欲缓和气氛，"我想将命案定性为现行犯罪，可，真不走运……如果需要，我会把报告传真给你们。还有别的事吗？"

　　"我找到了一个很靠谱的证人，反正我是这样认为的。"安东尼·格拉斯耶宣布他取得的进展。

年轻的中尉双颊泛起红晕,却并非因为深夜笼罩在凡尔赛及其潮湿森林里的刺骨寒冷。他汇报了和邮递员的谈话内容,从对方那里,他获得了线索。

"这一带发放广告的规则是:发放员于下午一点第一次巡游街道,第二次和第三次路过的时间分别是在一点一刻和一点二十分……"

"为什么会路过两次?"

"因为他们一组人要负责好几条街,走路去各自负责的区域投放广告。有一辆车将他们放在某个地点,交给他们装满传单的小推车,于是他们便四散开去,投放完毕又聚拢到一起。他们第一次经过时,将广告投放至门牌号为双数的房屋,回来时经过另一边,选择门牌号为单数的房子来投放。反之亦然……"

"明白了……所以下午一点时,你说的那个人刚好经过斯达克的门口。他看到了什么?"

"我说的那个人是个姑娘……叫玛丽·瓦隆,临时工,她还是医学院的学生。"

"是吗,那能说明什么?"勒维尔失去了耐性。

"她第一次经过时,看见一名女子站在门口……"

"一名女子?"

"是的,不是大街上的随便哪个女子,而是一名护士。她身着白色护士服和无袖风衣,挎着一个大大的黑皮包,戴毛线帽,鼻子上还架着副眼镜,个子很高。投放员再次路过时,也就是一点一刻到一点二十分钟之间,护士离开了。应该说,她是刚刚走出屋子,看起来神色慌张。"

"她是开车来的吗?"

"不是，她走路来的，走到街角便从证人的目光中消失了。自然，证人是不会跟踪她的。"

"嗯……你说的这些有助于案情进展到哪一步呢？因为，要么她是来给斯达克治疗的护士，既然我们知道他生病了，这看起来也没什么不对的；要么……"

"玛丽·瓦隆还是观察了一下这名女子，因为她经常出入医院，而且她的工作需要走街串巷，所以她有一定的观察意识。她对我说了一个我认为很重要的细节……护士自己打开了斯达克家的大门。"

勒维尔又抬起了头，其他人听闻此事却不作反应。

"她有钥匙？"

"没有，她是用呼叫器打开的。我提醒你，那是一扇电子门。"

"可能她每天都来，甚至一天来好几次，他便把呼叫器给了她，方便她进去……"

格拉斯耶撇撇嘴，勒维尔提高了嗓门：

"……毒品的化验结果出来了吗？"

"还没拿到呢，"索尼娅回答道，"可能今晚就出来了。"

"好吧，"少校说道，"给实验室的负责人打电话，问问他除了化验结果外，是否可以找到治疗痕迹，马上去打。要是你们没有其他行动的话，就去死者家里看看是否有这名护士来过的痕迹……"

"没有，我们在死者家里没有找到注射器、棉球、针水或装碘酒的小瓶……"

"或许是因为病人身患绝症，所以她自己把医疗垃圾带走了……花园里的脚印，有线索了吗？"

拉扎尔紧跟头儿的思维，立刻去翻找他的那堆文件，随即从里面拿出一张放大了脚印的照片：

"鉴定科已经做了鞋模,是一只运动鞋……鞋码介于四十到四十一码之间。查询了球鞋的基础数据库后,我们发现脚印对应的这只鞋是耐克牌的,款式至少是五年前流行过的。而弗雷沃穿四十三码,鞋码应为死者的尺寸。但我们没有找到哪只鞋可以对得上屋里的这个脚印。"

"护士穿着什么样的鞋子?"

"证人想不起来了,似乎不是高跟鞋,但她也不太确定。"

"很好,很好……你们去查查这名护士是谁,来自何方。安东尼,要是今晚你还没有找到这个女人的来路,你刚才所说的就是胡编乱造。你觉得那个叫玛丽什么的能帮我们画出嫌犯素描像吗?"

"可能性很小。玛丽·瓦隆第一次见到该女子时,看到的只是个侧影,第二次见到的则是背影。"勒维尔起身,格拉斯耶继续发言:"但是,玛丽·瓦隆可以说出那个人的特征、身材、胖瘦、衣着、年龄……她还记下了一个可能很关键的细节:该女子鼻子的左边,几乎就在鼻翼那里,长了一个瘤。这个缺陷很残忍,我们一眼就能将其辨认出来。"

"好极了,把这一点记下来,"勒维尔打断了他的话,"这一点也许很重要。"

米穆尼吃完了最后一块披萨,索尼娅迫不及待地发言了:

"银行那边传来了第一手资料,"她说道,"艾迪·斯达克确实陷入经济困境,我们得查查他的账单。米穆尼和我还联系了保险公司,下午就会有消息了。"

"还有那个悄悄收养的儿子?"勒维尔边问边点了一支烟,全然不顾不许抽烟的禁令。

"还没能和他通上话,但是,从纽约的学校得到了消息,有人马上要在巴黎迎接他的到来了。"

"有人,谁啊?"

"他的教父,托尼·马克斯威尔,演员,艾迪的老朋友,他俩形影不离,但偶尔也会分开一下。你懂吗?"

"非常好。叫他来录口供了吗?"

"还没有,他即将去照顾孩子。我们到时再传讯他吧。"

24

雷诺·拉扎尔和索尼娅·布雷东坐在公证人事务所的前厅里，他们身处金字塔大街一幢豪华写字楼里，第一层楼摆满了办公桌。大楼的位置差不多就在歌剧院路的拐角处。拉扎尔气色很差。等待漫长，索尼娅利用这个间隙理了理谈话的顺序。

刚才在车里，拉扎尔拿出一堆纸张，中尉一眼就认出是电话单。

"这是什么？"她问道。上尉颤颤巍巍，急忙转向车门，避开了同事犀利的眼神。

"与你无关。"他的回答语气很生硬。

她坚持要问，因为她的本性就是绝不放弃，当然也因为她看出来上尉不太对劲。

"你们这些好女人真是可笑，"他抗议了，"你们天生就是爱管闲事的主，总想着拯救世界，拯救天下不幸的人于危难之中……"

"你总算知道自己不幸了！"

他在纸上勾勾画画，然后把它们放在膝盖上，往车外看去。汽车行驶至圣·克鲁德隧道下方，目光所及之处皆是空茫。

"我太太欺骗了我，"拉扎尔终于吐露心声，"她求我原谅她。"

"你调查她的电话记录！你不该这样做！"

"哦，是吗？为什么不该做呢？"

"因为法律不允许，而且，做了也无济于事。"

"是的，可是后院起火，我也是无计可施了。何况，重点不在此。昨晚，她向我坦白了。"

"他妈的！我一直以为她可厌至极、嫉妒心重、占有欲强……"

"她的确如此，我早该有所防范的……嫉妒心重的人其实都是伪君子，他们喜欢做出对另一半不忠的行为……"

"哇，你是弗洛伊德大夫上身了！"

"嘿，说什么呢！就这一点而言，我可不是口说无凭……（他晃了晃手中的电话单）……她每天要给他打十到十五个电话，连晚上都不放过……致电的对象是她的健身教练，你，相信吗？"

"再正常不过……她会忘了他的。你知道，教练不过只是些四肢发达、头脑简单的家伙。长不了……她患上了滑雪教练综合征，可是滑雪教练摘下墨镜后，脸上只有两个白圈圈。交往一段时间后，她就烦了。你懂了吗？"

"我才无所谓。我告诉自己这样或许也好。"

"此言……何意？"

"我要去住院。"

"开什么玩笑？"

"我像是在开玩笑吗？"

终于，公证人的女助理现了身，他们停止了推心置腹。助理示意他们跟她走。

107

德拉玛尔所长起身接待他们。他六十出头，相貌堂堂，穿着体面，一看就是懂得保养的人。他的头发花白，却很浓密，卷曲得恰到好处。他不像那些老帅哥为炫耀年龄及阅历把头发故意染成灰色，结果往往是弄巧成拙。他银灰色的头发浑然天成。他一进来就将铁灰色的眼睛固定在索尼娅身上，将其从头到脚地打量了一番，那眼神和集市上贩卖家畜的商贩并无二致。

"嗯，嗯……"拉扎尔故意轻咳几声，意欲将德拉玛尔所长的目光从索尼娅身上移开。

"对不起！"男子有所反应，面露尴尬之色，"我……总算有时间了，二位见谅……请说，我洗耳恭听。"

他抱歉地看向拉扎尔，那神情仿若在说："警局招募的警员都其貌不扬，如此，人人皆可为警察。"上尉挑明了他们来访的目的，并强调快速获取新线索的重要性，因为那会推动案情前进。见对方开门见山地表明来意，公证人略作思考，说道：

"事务所是我从家父手里接下的，"他继续，"这是巴黎最具权威的公证事务所之一。我本人的客户均为演艺界、娱乐圈的人士。我很熟悉圈内的环境，因为我的第一任妻子就是演员。而第二任则是疯马秀[①]的舞蹈演员……"

"这么说，"索尼娅语气冷淡，实在不想听"谁的谁"之连环套路，"您认识艾迪·斯达克？"

"当然，甚至还很熟，您是？"

"布雷东，布雷东中尉。刚见您的时候，我们已做了介绍。"

[①] 疯马秀是法国艳舞团（疯马俱乐部，成立于1951年）的表演节目，是美体舞台影剧，同时也是一部同名电影，与红磨坊并列为"此生不可不看的三大巴黎表演艺术"。

拉扎尔在桌下悄悄踹了索尼娅一脚,然后重新整理了手里的东西后,加入到他们的谈话中。公证人开始听他说话,不再朝索尼娅看了,随后他叹了口气:

"我看了客人的遗嘱,也在遗嘱管理总局那里查过他没有别的意愿了,也没找过别的公证人。想必你们知道他的真名叫米歇尔·杜邦……"

"是的,三年前他还收养了一名年轻人,"索尼娅不禁作了补充,她和公证人一样冷若冰霜,语气生硬——巴黎的有钱大户就是这副德行。

"的确如此……还有,遗嘱是在收养手续完全办下来的一年后才拟定的。我可以照审理请求,把遗嘱内容交由你们过目。我想你们是有调查令的,对吗?当然我也要将此事告知公证最高委员会。"

"该案目前被定性为现行犯罪,"拉扎尔回应道,他没有像索尼娅那样恼怒,反倒觉得公证人的表情很好笑,继续说道,"我的顶头上司此时应该就在凡尔赛检察院里申请调查令,要是您不信的话,我可以给他打个电话……"

"好的,还是给他打个电话吧。"

索尼娅急忙起身掏出了电话。她一点儿都不想和这个德拉玛尔所长面对面地待着,出去打电话了。拉扎尔读懂了公证人的眼神,明白他接下来定要对自己的同事品头论足一番。他没有给对方机会:

"所长阁下,您是否可以跟我透露点线索,让案情有所进展?"

"好的,当然……"

公证人离开了他的座位,绕过硕大无比的办公桌。桌角做成了女像柱①风格,支撑着一大块两厘米厚的玻璃压板。他抓起一摞文件后,又回到拉扎尔身旁。

"我已经对您说过,艾迪在十多天前给我打过电话,说想见见我。他告诉我说想改动遗嘱,因为他'对自己人生的某些因素考虑已久'。我不知道他究竟想说什么,如多数情况一样,除了要考虑受益人,还要……"

"您和他见面了吗?"

"可惜还未碰面,他就走了。这段时间我经常出差,而艾迪又不想找我的其他同事来做公证。我们约好等我从柏林回来,也就是今早再联络。"

"这么说已经晚了。"拉扎尔险些脱口而出。他配合对方做了个全然了解的表情。德拉玛尔所长一直拿着那份材料,他的整双手的指甲都被精心修剪过,干干净净的。上尉很想把材料从他手里抢过来,但他明白公证人要等索尼娅回来才会将其公开。美女叫人牵肠挂肚,于是乎两个男人之间的对话略显平淡无奇。拉扎尔看看四周。办公室整整齐齐,与他素日在刑侦队或是预审庭里看到的截然相反。这里既没有任何一件扣押物,也没有躲在摇摇欲坠的文件堆后的书记官。他猜,也许是公证人不想安装文件架去存放那些杂物,又或者是他有一帮麻利的助手将所有东西摆放妥当,使得办公室井然有序。德拉玛尔所长注意到上尉的目光正落在办公桌对面遮住了整面墙的挂毯上。挂毯上的图画是关于正义女神的传说,从橡树下的圣路易直至旧政权②的最后一个场景,皆有提及。

---

① 厄勒克西奥神庙用六座女雕像替代柱子,后被欧洲各国摹仿,以人物形象代替柱身。
② 法国1789年的王朝统称。

"那挂毯是鄙人的传家之宝，至今已有一百五十多年的历史，"公证人解释道，"鄙人的曾祖父曾有一位客人，因无力支付费用，便将挂毯给了他。这是件稀世珍宝，产自博韦①。大革命时期，人们毁坏了大量文物，它却幸免于难，因为有人将其藏在某个农场的谷仓里。二十年前，它还被人偷走过，我们毫无防范，盗贼就是从这面墙上把它取走的。我们找了好几年。最后，还是您的同行们找到了，将其物归原主。您看……"

"我要看什么呢，所长？"

"嗯……您的同行……他们有时办案也是颇有成效的……"

索尼娅的回归解围了公证人的尴尬，也止住了拉扎尔的刻薄反击。她往桌上放了张纸：

"调查令，从凡尔赛大审法庭的纳迪亚·宾奇法官的办公室里传真过来的。"

"好极了。既然有了调查令，咱们就开始吧。"

---

① 博韦为法国瓦兹省省会，有哥特式大教堂。

25

马克西姆·勒维尔只需穿过走廊便可从纳迪亚·宾奇法官的办公室去到马丁·麦尔奇约法官的办公室。他已从代理检察官格特朗那里得到了公布艾迪·斯达克案情的许可和预审法官的指示。此行竟然轻而易举地说服了格特朗同意让他再次调查博尔特命案。他总算得到了格特朗的默许,因为对方知道他的心思。勒维尔不喜欢猜测,或许法官冰冷的外表下也有一颗怜悯之心,而平日里的倨傲姿态不过是做做样子罢了。他觉得格特朗态度的转变肯定与刑侦队领导罗曼·巴尔泰有关。"代理检察官先生,劳您大驾给他行行方便吧。这样或许能让他走出日渐深陷的窟窿。还有,您知道的,他病了……尽管他矢口否认,但我知道他时日不多了……"

麦尔奇约法官生性热情,接待了勒维尔。法官五十出头,蓄着小胡子,面相和一只因多次参加体育竞技而累得奄奄一息的獒犬没有区别。少校一见到他,便感觉以后的审讯工作也会"无力推进"。其实很早以前麦尔奇约就该升迁了,给他提供的职位薪水更多,也更清闲，他却如同抱着骨头啃的狗一样牢牢抓着预审庭的位置不放。他的全部人生注定要留在这里。自国家法官学院毕业后，他一直辗转于不同的城市，却从不同意调换工作。他和勒维尔是同一批来到凡尔赛司法警署的，而博尔特命案就是他接手的第一桩案子。他的心里也钉了颗失败的钉子。马克西姆施展了些"伎俩"就能使他同意重新调查该案，也是因为他的这种患得患失。难得一见少校久违的爽朗笑容，法官满身横肉的身体躲在堆满东西的办公桌后，背对窗户而坐。勒维尔可以从窗外一览无余地看到城堡风光。

"博尔特命案的事，您为什么不直接来找我呢？"他开门见山地责备还在站立着的勒维尔，"您坐，您这样站着会让我感觉眩晕！"

"法官先生，"勒维尔边坐下边回应道，"您是了解我的，如果我对此案还有疑虑，就一定会追查到底。请您相信我，我们会查清这桩命案的，我对此确信不疑……"

"您为何如此自信呢？"

少校简略地向他提及艾莉薇儿·博尔特的状况。她拒绝解释收入来源，拒绝回答张扬酒吧的经营转让问题，与此同时，她搬到了一幢于她而言比以前屋子大十倍的房屋里，却不加维护。她表面顽冥不灵，实则心机深沉。

至于他和她上次的谈话内容，他却只字不提：

"艾莉薇儿，这张照片的人是谁？何时照的？为什么您会和我的妻子出现在皇后小吃店里？我不想为难您，只是想知道到底发生了什么？我的女儿已病得无药可救，我相信假如有人让她明白她的生活为什么会变成了现在这个样子，她就会好起来的。我敢肯定，艾莉薇儿，您，您会助我一臂之力的，"他继续刨根问底，"您有个儿子，对吗？"

她回答说她的儿子与此事无关，情景再现对孩子毫无意义。他答应让她过清净的日子,只要她解释清楚为何会和他妻子出现在同一张照片里。她流露出一丝苦笑,笑意勉强,仿若在向世人宣告:警察的承诺无异于流氓地痞的承诺。但她终于对他和盘托出:

"您的妻子教声乐课,我有时会带着我的儿子杰里米去青年活动中心。某天他听闻合唱团的歌声,久久伫立……他很欣赏您太太的歌声,很喜欢她。您知道的……合唱团当时正为圣吕班教堂的圣诞午夜弥撒排练,而十一月底,我的先生又死于非命。他喝得酩酊大醉,在车里自焚了……杰里米为此心绪不宁,他本该从迪穆兰的死亡阴影中走出……这个王八蛋,常常对我们动粗。但杰里米的世界停滞了,十五岁的他不再去学校,甚至也不去上声乐课……您太太给我打电话商量让他回到合唱团。他其实无所事事,终日游荡于朗布依埃,偶尔也游荡到凡尔赛。我都数不清去外面找了他多少次了。某天我去凡尔赛那边寻他,却在一家茶室门口碰上了您太太……她请我进去小酌一杯。她还告诉我说我儿子完全应该回去唱歌,因为他是合唱团里绝无仅有的真正'男中音'。您手里的这张照片是由一位高个金发女郎拍的,我想……应该是老板娘吧。"

不,勒维尔没有提及他们间的谈话内容。对方仅用寥寥数语讲述了玛琳的出现,而之前的事情,他也闭口不提。麦尔奇约法官不必了解这些。倒是有一个细节他是要补充的,就是直至如今博尔特太太都拒绝谈论她的儿子。只要一问她儿子的事情,他和她就无法交流下去。

"好吧,"麦尔奇约法官终于开口:"所以您要去见见这个叫纳坦·勒比克……的小伙子?注意:在没有监护人或是诸如此类的情形下是不允许让他来录口供的。"

"我问过了,他成年了,已有言论自由。但我不会单独给他录口供的,我要让他双亲中的一方也来听听。还有,我想再去查查酒吧那边的情况。"

"张扬酒吧吗?"麦尔奇约颇为吃惊,"您查到什么新线索了吗?"

"我想查清酒吧最近这几个月的装修账目。同时我还要法院提供技术援助——我要监听几个电话号码。"

法官对他有信心。他绝不让勒维尔失望。他的过分热情就是要给他鼓劲,让他相信他并没有因为某些人的蠢话而生气,那些家伙们还居然公开嘲笑他的长相,连他们的律师都助纣为虐。

就在他忙着向书记官交待第一个要准备的调查令时,办公室的门突然被推开了。代理检察官格特朗探进了脑袋,瞧见勒维尔时似乎松了口气:

"我猜您肯定就在这里!"他没好气地说道。

麦尔奇约法官停下交代事项,勒维尔艰难地从椅子上站起来。一看到格特朗,他突然止不住地咳嗽起来。

"刚刚艾莉薇儿·博尔特太太的律师朱潘先生给我来电话了。"

"啊,好个狂妄的朱潘!"麦尔奇约嚷嚷起来,谁也没有料想到他竟和勒维尔站到了一边。

"可能是有些狂妄。但不管怎样,他很恼火。他明确抗议勒维尔少校骚扰他的当事人,好像……"

"我去拜访过他的当事人,"勒维尔坦承,堵住了另一人的嘴巴,"叫我不是去调查命案的。"

"好啊,那您可否告诉我,您为何而去呢?"

"不可以,很抱歉,这……是我的私事。"

"听着,勒维尔,'你的私事'是站不住脚的,她打算告你。"

"她最好去告我!这样看来,她的反应只说明了一件事……"

"她疯了。"麦尔奇约法官随声附和道。

"是吗？"代理检察官起身，脸上的神情无异于迎战的公鸡，"还有你，马丁，你也掺和其中吗？既然如此……就别怪我没提醒过二位！还有，我，我该对那个打我们鬼主意的家伙说些什么呢？"

"你告诉他勒维尔有重新调查的调查令，我们会在调查令上标注今早的时间：九点。这足以让他闭嘴了。"

路易·格特朗扭动肢体，手舞足蹈；勒维尔却皱起了眉：

"这对我来说起不了什么作用，"他说道，"不是要在调查令上追加时间的问题，但这主意的确不错，他知道来了新的调查令，就会去通知当事人……或许，一石激起千层浪。"

"那您呢，您去见了这个女人，不也是一石激起千层浪吗？"格特朗反驳道。

"您只要告诉他我老了，脑袋不好使了，控制不了自己的情绪。您会查清此事的，并且您还会惩处我。这样的话，他在思考要如何应付我的时候，案情又往前迈进一步了。"

"好吧，"代理检察官让步了，"可我还是要对您说，最好从某些事情的阴影中走出，否则我们总是原地踏步……"

格特朗一离开，他俩便捧腹大笑，勒维尔又是一阵咳嗽。

"您没事吧？"女书记员的语气里满是怜悯，法官则忧心忡忡地看着他。

法官把勒维尔需要的文件拿给了他，而在交接之前，他关爱地对眼里布满血丝、嘴唇上方残留着鼻涕、气喘吁吁的勒维尔说道：

"别拖了，您的病情也许很严重，您知道的……"

"我知道，法官先生，谢谢，谢谢您为我所做的一切……"

"您一直都在找她吗……"法官握住他的手时问道，"……您的妻子，对吗？"

26

回凡尔赛的路上,交通堵塞,车子无力前行。拉扎尔一直在抱怨:

"我要申请调至里尔。"他嘀嘀咕咕。车子完全停滞不动了。

"你要我给你的车装上旋翼吗?"

"不行,绝对不行。"

"的确不能装,可我们也不至于在这里过夜吧!"

索尼娅耸耸肩,叹了口气,她呼出的气息太强,连侧面的头发也飞舞起来。拉扎尔摊开放在膝盖上的材料,决定拨几个电话出去。一会儿工夫,他便和毒品化验室联系上了,为了记下对方所说的要点,他的脸贴着电话,肩膀耸起,开始和对方通话。

"您已经检验出了一种镇静剂?是吗?啊,很好,我记下来……是的,我知道您会把化验报告发传真过来,可我现在就需要这份报告……是的,谢谢……"

"怎么说?"他刚挂了电话,索尼娅便提问。

"氟甲硝基安定服用过量。化验报告上有具体的服用剂量，但目前我们无法得知……"

"不好意思，你说的那个'硝基'是什么玩意儿？"

"这玩意儿也叫'罗眠乐'，就是人们通常所说的剧毒毒品。还查出一种浓度很高的氯胺酮……这是……"

"这东西我知道，"索尼娅说道："我叔叔就是专门给马看病的……这是一种给马治病时使用的麻醉药。"

"你说的没错，可有些人也把它当毒品来用。我得看看我们在死者家里搜集的所有东西，可我想不起有什么含有这两种成分的物品来。由于没有找到这两种成分的携带物，我们无法假设死者曾做过治疗。"

"那么，他并不是在进行艾滋治疗？"

"至少有三个星期没有做治疗，药物不会在器官里残留太长时间。"

拉扎尔给队里也挂了电话，想了解园丁托米那边的调查有没有什么新进展。"为什么这么问？"米穆尼接了电话，说话的声音透露出他患了感冒。

"你得把弗雷沃的座机和手机号码给办案人员，"拉扎尔说，"和法官商量商量！"

"为什么？"

"我回来再和你说吧……"

"雷诺，我提醒你，法官肯定会问我……"

"斯达克的遗嘱里说园丁继承了他一半的财产……"

"啊，原来如此，这个小同性恋！"米穆尼打了两个喷嚏，在电话里吵吵闹闹，"见鬼，我重感冒了，他妈的真不走运！"

拉扎尔不关心同事的病情。

"好啦,不要激动……我们从公证人那里了解到,歌手其实在经济上很拮据,结清所欠债务后,他没有多少值钱的东西留给养子和帅托米了……马尔利的房产估价为两百万欧元,如果没有购房按揭的问题,房价还可以上涨一些。他在纽约还有一小套公寓,去看儿子的时候,他会住在那里。"

"啊,居然在美国也有房产!"

"一套小公寓而已,又不是在曼哈顿……"

"你还没有说起人寿保险方面的调查情况……"

"公证人说人寿保险并未列入遗嘱条款中,除非死者在其他合同和遗嘱中有所交待,但他的遗嘱不属此例。你那里有保险公司的反馈了吗?"

"目前还没收到什么具体消息。瑞士保险公司的职员态度很恶劣,他们借口说要用国际回信邮票券来答复,可我从他们的沉默以对中觉察出了蹊跷。法国的保险公司会在今晚寄出他们的回复。至于美国保险公司那边,我们再等几天看看,我已经给美国大使馆的官员去过电话了,想了解一下我们如何可以避开国际刑警组织来查案,要是让他们知道了,我们至少得等上半年……"

挂断电话后,拉扎尔陷入了沉思。车窗外,光秃秃的树林包围了圣克鲁隧道的围墙,夜幕降临,树林里薄雾轻起。

"你知道明天就是平安夜了吗?"索尼娅的声音里尽是温柔。

"圣诞节?"

"是的,圣诞节、圣诞树、礼物,还有午夜弥撒……"

"我没有孩子。我太太不信教,所以我们从来不过圣诞节。"

"说的也是,但今年你又没有和她在一起……"

"那又能如何呢？"

索尼娅对童年时度过的圣诞节印象模糊。小时候，父亲还陪着他们，父母当年从成家伊始，情感就危机四伏。或许他们的婚姻命中注定是失败的，虽然他们也努力做出过一些改变，还用美轮美奂、价格昂贵的礼物装饰了圣诞树，此举仿若要让家人原谅他们不能维持的婚姻般。自从父亲一走了之，生活的方方面面都停滞不前了。母亲总是不停地挥舞着鸡毛掸子责罚孩子，所以但凡有机会，她便和抑郁的母亲保持距离，她们之间永远有一道难以逾越的鸿沟。她的两个哥哥也逃走了，一个去了波兰结婚，另一个则去了加拿大和一个年龄比他大两倍的家伙同居，因为此人不仅让他想起了自己的父亲，还家财万贯。这就是为什么布雷东一家再也不会聚在一起过圣诞节的原因。

"你瞧，"索尼娅说道，"我过不过圣诞节都无所谓，我讨厌人们炫耀圣诞晚宴和圣诞礼物，讨厌有人说'一定要开心'这种话，我情愿在自己心情好的时候，和心爱的人一起过节……"

拉扎尔不作任何回应，始终看向车外已入夜的城市。夜色渐渐降临凡尔赛，城市里华灯初上。开车的小女子将车驶离"凡尔赛宫"出口，上了交通顺畅的高速公路。

"不管怎样，"她语气坚定地说道，"你不可以去住旅馆。"

"哦，是吗？那我住哪里呢？"

"住我家吧。"

雷诺·拉扎尔吓了一跳，随后嘴角拂过一丝苦笑。快要抵达警署时，他收拾了材料，把它们放入公文皮包里，同时也把手机和看书时戴的眼镜一并放入。

"你没有开玩笑吧？"

"当然没有,打从我们还在公证人那里我就想到这一点了。我还有一间空房,要是……你住在旅馆里,会闷闷不乐的。大家都需要一个精力旺盛的副队长,因为我们的头儿已经够萎靡不振了,这段时间……"

"不行,索尼娅,你太客气了,可这不是什么明智之举。人们会嚼舌根的……你是了解那些同事的。而即将离婚的我也会因此成为过错方。"

"不要说了,你,你也太磨叽了!"她提高了嗓门,"你知道离婚法已经修改了吗?那么,你的那位生活富足的老婆又能拿你怎么样呢?你们没有孩子,她挣的钱比你多!以我对你的了解,你早在心里和她离婚了,难道不是吗?"

"真是这样的!如果你还懂我,就该知道我心意已决。她不爱我,我也不爱她了。"

"那何来同事的嚼舌根之说呢?我和你除了做朋友还能做什么呢?没有人会去想别的。"

"你说的是真的,"拉扎尔的表情突然黯淡无光,"我不是你的菜,你之前就对我说过了。"

"这是大实话,我没有对你撒谎,"索尼娅轻言道,"可我喜欢和你聊天,和你一起工作。我是诚心诚意地请你去我家的。"

停车场车位已满,索尼娅将车了横跨在人行道上,拉扎尔下了车。待索尼娅走到他面前时,他把手搭在她的肩膀上,对她莞尔一笑,眼里泛起了泪光。

"索尼娅,谢谢,你是个了不起的姑娘。"

27

下午的时间，马克西姆全用来准备新的调查令了。他请来安东尼·格拉斯耶助他一臂之力。安东尼是全队里最小心谨慎的成员，不会对他的行为评头论足。而巴尔泰局长自然会盯梢他。局长不赞成他丢下新案件去重查陈年旧案。他得找时间和局长谈谈，让他安心：只要让他深入调查，真相总有浮出水面的一日。

安东尼·格拉斯耶接着给艾莉薇儿·博尔特的座机和手机电话运营商起草调查令。他对澎湃酒吧的电话和杰里米·迪穆兰手机的运营商亦执行了同样操作。勒维尔在考虑要不要直接回朗布依埃去会会纳坦·勒比克，但正逢圣诞假日，或许无人在家。此刻他脑海中甚至都没有问问自己莱娅在圣诞节要做什么，更过分的是他甚至没有提议莱娅去做什么。也许最好的办法就是不去想这些事情，只要脑海中闪过自己和女儿面对面呆望的场景，他就会害怕，甚至可以用阴森可怖这个词来形容他和女儿在一起时的感受。

幸而勒比克一家极度不喜欢下雪，或许是没有经济能力去山中、海滩逍遥度假。尽管勒维尔的来电让他们颇为意外，但一家人仍毫不犹豫地答应第二天早上迎候他的到来。少校于是默默感谢上苍有眼，终于他久久地逃离了魔咒。

他接着开始调查澎湃酒吧的经营状况，并查阅了酒吧的买卖记录。于躁动夜晚销售清凉饮料的酒吧新业主正是艾莉薇儿·博尔特的儿子杰里米·迪穆兰。母亲与儿子不和的背后隐藏着什么？母亲说儿子有些失控，那么他是怎样盘下酒吧的呢？还有谁？钱从哪里来？他请安东尼·格拉斯耶为他找到促成这次买卖的协议、酒吧转让合同以及付款方式。必要时，他也可以找经济犯罪科的同事们来帮忙，他们调查此类案件游刃有余。忙活完后，他重新穿上外套，走出办公室。

28

玛琳看着勒维尔走进茶室,既欣喜若狂又惶惶不安。茶室四分之三的空间都坐满了客人,他却无所顾忌。他抓起玛琳的手腕,粗暴地将其拽进厨房。

"干什么?你是怎么了?"金发玛琳哽咽不成声,"你疯了吗?"

"现在,你得告诉我为什么会拍这张照片!或者告诉我,你是为谁拍的?"

"不为谁……放开我,你把我弄疼了……"

勒维尔的大手卡住了玛琳的脖子,他把她按到了美式大冰箱前,后者在玛琳的撞击下摇摇晃晃。她张开嘴巴想要呼吸,眼里满是惊恐。

"告诉我真相……"

他发现她的皮肤渐渐没了血色,眼神慌乱无主。要是他还不放手的话,或许她就不能回答他了。他松了手。她用手摸着喉咙,喘着粗气。

"你真的是太蠢了!"她声音颤抖,口吐唾沫。待呼吸顺畅时,她发话了:"你以为呢?巴尔托里搞上了你老婆;而我,我只是希望你知情,因为他们在这里苟且!没有人要我照相!"

"可你一直跟我说你不认识玛里珂。"他絮絮叨叨,胸口像被什么堵住一样。

她微微咳嗽,一只手蒙着嘴,另一只手上戴着一枚偌大的赝品戒指。勒维尔拉住她戴戒指的手,紧紧握着:

"玛琳,回答我!"

"我对你发誓,我看见她和巴尔托里在一起时并不知道她是何人。是那个女人,喏,照片上的那个女人说漏了嘴。她称呼她为勒维尔太太……我才恍然大悟……事情就是这样的。我向你发誓我没有说谎。"

他凝视了她片刻。直觉告诉他,对方并未撒谎。他理应道歉,他没有任何理由如此待她。可他也得承认:打从他认识她起,他们便是这般相处的,他和她之间是一种近似于施虐受虐的关系。他喜欢她却又轻视她。直至今日,他才顿悟一切都未曾改变。

"你也威胁威胁我吧,以牙还牙?"

"可怜的蠢货,"她说道,语气无不挑衅,"我只想要你把她忘了!"

"你不会也想过要她消失吧?"

他甚至都没有提高声调,只不过平淡无奇地问了一句。可他在向她认错。玛琳瞬间崩溃了。

"你不相信……马克西姆,其实你心里想说的是我也许……"

泪水夺眶而出,玛琳的眼睛立刻被黑色的眼影晕染,她小声啜泣。这些年来,她为自己的失败人生而垒起的那堵自尊的墙顷刻间

125

土崩瓦解了。她的崩溃来得如此突然,如此强烈,让勒维尔不知如何是好。他两只脚交叠在一起,身子也因此而歪歪扭扭。突然,身后的门开了:

"太太?"一名女子关心的声音传来,"您没事吧?"

"没事,没事!"勒维尔念叨道。

玛琳抽泣得更厉害了。女店员往旁边挪了一步,想看看老板娘到底怎么了:

"我不会说出去的!人们在店里听到你们的声音了。客人们都在询问你们到底怎么了?"

"我对你们说过了,没什么事。你的老板娘饮威士忌时被呛到了……"

"啊,真的吗?"

勒维尔一动不动,只是转身不耐烦地挥挥手,示意女店员回到她应该待的地方去。姑娘听从安排,嘴里却念叨道:"太太也得去店里。"

"她会去的!"勒维尔情绪激动,"滚吧!"

他不太自然地向玛琳张开手臂。他的手无处安放,只有轻抚她梨花带雨的脸庞,拂去贴在她前额的发绺。在他眼里,玛琳楚楚可怜,不堪一击。她用身体躲避他,却让他心驰神荡。两天里,他两次直面一个绝望的女人,还让她独自啜泣!他将玛琳揽入怀中,她的头靠着他的粗呢外套。

"对不起,"他喃喃道,"你说的对,我就是个蠢货。"

29

好几辆电视台和电台的车在巴黎大道的人行道两旁鱼贯而停。勒维尔在蜂拥的麦克风中杀出一条血路。

"勒维尔少校！您能给我们聊聊艾迪·斯达克的案子吗？"

"我无话可说，"他喃喃抱怨，"恕我无可奉告。"

"然而是您在负责此案！"

他想恶狠狠地回敬他们一句，再尖酸刻薄地说点儿什么来缓和一下气氛。但他极度理智地克制住了自己的情绪，翻起衣领躲开摄像机无孔不入的镜头。

"既然你们知道我无可奉告，那么为何不上法院去打探消息呢？"

"代理检察官格特朗不在。"

"我去通知局长你们来了。让我过去！"

他终于摆脱了狗仔队，小跑着上了台阶，他速度很快，呼吸急促而渐渐平复，强撑着来到局长秘书的办公室里。

"他们都去参加省长的荣誉勋章授予仪式了。"娜婷边向他解释边递给他一小篮糖果,他生气地摆手拒绝了。

"我们要拿媒体怎么办?楼下至少来了三十家!"

"局长应该知道了……"

"如果,"勒维尔自言自语道,"局长已经知情,我又何须来此吵吵闹闹。"他该去看看自己的下属了,让他们悄悄逃离警署大厦。还有,证人的名字可别在此时被媒体听到,一定要让他们与媒体这群"吸血鬼"保持距离。如今媒体主宰一切,因为大家喜欢胡说八道,更有甚者对媒体上传无中生有的违警通知书和记录。警察的工作举步维艰,因职责所在,只能不断适应。

少校登上最后一级台阶,胸腔难受得像有一只大手在里面不停翻腾一般。自从上次在玛琳的厨房里吸过一支万宝路后,他再没有抽过烟了。他咳嗽得几乎要昏厥过去,而她还在责骂他。他身体羸弱,她却借机刺激他。姑且认定玛琳没有卷入妻子的失踪案里吧。因为他的身份,他的沉默以对,还有他要求情妇答应必须做到的事情,警署的同事们并未将案情的焦点集中在此处。伫立台阶尽头,勒维尔摇了摇头。他的想法显得荒谬可笑,她要怎么做才能让玛里珂消失呢?她一人难以酝酿阴谋,起码要设下层层圈套。但玛琳也并非蠢笨!她有帮凶吗?又会是谁呢?他的脑海中闪过的第一个名字竟是巴尔托里。如果他没记错的话,杰克当时结束了一桩复杂的婚姻,是他的第二次婚姻,他经营了整整十年。他和第一任妻子生了三个小孩,和另一任妻子生了两个。他穷得只剩下伙食费,总是身无分文,每月的十五号以后,他便东躲西藏。但他还能把别人的老婆搞上床,这个杂种!如果玛琳在里面兴风作浪,那么巴尔托里会为什么事甩了玛里珂?抑或是玛里珂甩了他呢?玛里珂对他放手,是因为她的心底深处只爱着他——马克西姆·勒维尔一人吗?

"别把她编进侦探小说里了,我的老兄!"

"你说什么,巴克西姆?"他的身后传来男人的声音,鼻音很重。

"我在自言自语!"

"哦!这说明可以结束了,那么……"

"为什么你说话时像个大舌头,阿布德尔?"

"我快要病倒了。"米穆尼搭腔时又打了好几个喷嚏。

"以后就这样大舌头一样地说话吧,"勒维尔边说边走入刑侦科的走廊里……"他们还在吗?"

"在,除了巴戴尔和斯特德还在马尔利以外,其他人在打扫旁子①……"

勒维尔立即停下脚步:

"谁?"

米穆尼虚弱无助地摇了摇头。

"啊,我明白了。"勒维尔嘴角掠过一丝嘲笑:

"你是想说马奈尔和斯泰纳……"

"是的,你总算听明白了!"

他们走到局长巴尔泰的办公室前,里面一片漆黑。显然局长大人此刻还在省长家里与各界名流一起豪饮香槟。他撞到了索尼娅,后者如风一般冲出队里的办公室,脸红红的。

"疯了吧!"

勒维尔和米穆尼一起停下脚步。

"五分钟后集合开会,"少校开口了,情绪激动的中尉暂时恢复了理智,"通知队员们!"

---

① 此处应为房子,米穆尼的重感冒导致说话大舌头。

正如米穆尼提到的那样,队里某几位"小广播"还未从斯达克居住的小区返回,调查还在继续。"小广播"这个外号是专门留给最后回来的队员们的,他们军衔不高,已经习惯了那些吃力不讨好的任务,但如果想成为刑侦科的优秀调查员,这一步是必须经历的。拉扎尔和索尼娅都躲着米穆尼,后者正用纸巾擦着鼻子,孱弱无力地听着,脑袋则完全放空。勒维尔终于拿到了调查笔录,队员们善意地将笔录堆放在他的办公桌上:米穆尼在艾迪·斯达克家里做了调查记录,他在其住宅的附属建筑中发现了一些东西:车库里停了一辆法拉利,一辆全新的奔驰,还有一辆小型四驱车,此车应该是园丁托米的专用座驾,因为车上配备了一条牵引带。车的脚垫上沾满了泥土和菜叶,后面还有件破衣服。

"我在他家里寻找和窗台下脚印吻合的鞋子,"米穆尼上尉流着鼻涕说道,"却一无所获。我在每个地方都贴了封印,还留下一个人看着,防止在外游荡的记者闯入。我可不想看到托马斯·弗雷沃养的蜥蜴爬进屋子,把满屋子弄得都是泥土……"

"这个办法好,"勒维尔满是赞赏,"那你们对他调查到哪一步了?"

"一个小时前,我们对他的电话实施了监听。"雷诺·拉扎尔确信无疑地说道。

"好吧,"少校嘟哝着,把他们每个人都打量了个遍,"可能你们最后还是得拘留他……"

患有轻微偏执狂的米穆尼情绪爆发了。

"'你们'得……你想说山么①,我该拘留他的!但请问为何拘留

---

① 此处为音译,模范米穆尼的大舌头,其实他想说的是"什么"。

人庄①？拘留他很容易……可接下来呢……"

"够了,"勒维尔呵斥道,"为此而争论不休,简直就是在浪费时间。我只是说说而已。你说的对。我们还不知道他和斯达克之间到底发生了些什么……"

"他俩发生了性关系,斯达克的遗嘱里有对他有利的部分,"拉扎尔说道,"再说得具体点儿:斯达克很想更改立过的遗嘱。"

"目前我们所说的都只是推断而已,"勒维尔提醒众人,"他的手机有什么线索？"

"没发现什么异样,"情绪异常激动的索尼娅说道,"自从我们监听了他的电话,他既没有离开家门,也没有打过电话。他手机上的信号显示是在他母亲家里,在菲林斯。白天我们搜索他的手机信号时,曾有几个电话打给他。"

"好吧,或许他还有其他的手机……"

"又或者他白天在妈妈家里休息……他母亲仍然不在家,他俩没有通过电话。"

"她也许出去过圣诞节了,"米穆尼说道,"这有什么大惊小怪的？"

拉扎尔同意米穆尼的看法,继而谈起拜访公证人的事情来。

"立遗嘱的前后经过还是有蹊跷之处。"拉扎尔汇报完毕时,勒维尔补充道。

"他应该是自己立的遗嘱。"米穆尼两手摸着喉咙,打了个嗝。

"终于,从那里……"

"我同意你的假设,"悄无声息潜入办公室的格拉斯耶挖苦道,

---

① 音译,实为"人家"。

"我想还有另一种可能。"

他坐到椅子上，取下眼镜，用羊毛衫的袖子使劲地擦着镜片。索尼娅看着若无其事的他，不禁想到他长了一双迷人的眼睛。格拉斯耶擦完了镜片后，才发现大家都在等着听他的下文：

"我派人去调查过那一带的每一家诊所、每一位医生，还有每一家医院。没有任何一位医务人员曾被派去斯达克家里做过治疗。死者的文件里也找不到被出诊治疗过的记录。"

"你查过他的社会保障记录了吗？"

"两年多了，米歇尔·杜邦没有得到过任何一笔补助金。"

"他显然没有找人来为自己进行治疗。"拉扎尔趁机发言，想要宣布从实验室里拿来的化验结果。

"所以假护士的推断是有理可据的。"

"好吧，"勒维尔发言了，他极度想抽烟，手里的一支万宝路香烟已被揉碎了，"一名假护士，这能说明什么呢？"

"显然，故意出现的假护士在病人即将遇难时进入房子，想由此给警方制造出一名嫌疑犯。"

"或许我可以解释。"索尼娅·布雷东说道，她情绪饱满，双眼炯炯有神。

她摇晃着一张纸，观察着每个人看到它时的表情。

"这是安联保险公司的回复。斯达克在两年前和保险公司签订了一份简单的合同，购买了人寿保险。他曾加增过一次保额，就是在其养子即将成年之际，他将后者指定为保险唯一受益人。两年前他将保额增至三百万欧元，即发生事故死亡或意外身亡时，保险公司给予的最高赔偿……"

"意外身亡？比如被谋杀？"

"完全正确。自然死亡的情况下保险公司赔付一百万欧元。若投保人自杀身亡,保险公司不承担给付保险金的责任,这是保险公司的一贯做法。"

"妈的!"勒维尔听完后破口大骂,"这、这有点儿意思!"

"可并没有给出死者隐瞒病情的原因。"米穆尼又发言了,一副固执己见的神情。

"因为这份保险需要医疗保障金也支付同样的金额。"索尼娅说道。

"关于这一点,要着重研究一下。"和同事们就此问题略为交流过后,勒维尔结束了讨论说道:"为什么斯达克有意隐瞒病情?就这一点而言,保险合同是如何规定的?我们还没有收到瑞士保险公司方面的回复吗?美国方面也没有回应吗?"

"没有,这需要时间。使馆外联部的官员无法掌控这几家极具分量的保险集团,我们得走官方程序。法官已起草了国际调查令,但目前还要等上一阵。你知道程序就是这样的。"

"我在想,"勒维尔接着说道,"弗雷沃,他为什么会知道斯达克染上艾滋病的事?他又为何将此事告知黑月亮酒吧里的一位陌生人?我隐隐觉得这个小白痴可能掌握了一些别人无法得知的情况……"

"你说的对,这一点至关重要……"

会议就此结束,米穆尼一连打了好几个喷嚏。怕他把感冒传给大家,勒维尔命他立刻回家。当事人无需再向领导请辞,便将笔录转交给拉扎尔,后者用指尖紧紧抓着。索尼娅等着勒维尔的夸奖,可他布置了明天的任务后,却打开了"博尔特命案"的卷宗。她一动不动,拉扎尔也纹丝不动,过了整整两分钟后,勒维尔才抬头看向他们：

"你们还在等什么呢？"他问道，声音沙哑。

拉扎尔开口了，索尼娅则规规矩矩地站在他身旁：

"马克西姆，明天是圣诞平安夜。队里的一半成员都放假了，米穆尼也生病请假，看来你已经有了别的安排。所以我寻思着我们可以暂时中断斯达克命案的调查……"

"你们有安排吗？"勒维尔问道，但似乎如此询问有失礼仪，"你俩会一直待在家里的，不是吗？……"

"是的，可如有紧急情况发生，我们随时待命……"

勒维尔靠在扶手椅里，交叉的双手放在肚皮上。他思考了一会儿，随后同意道：

"好的……"

"这太好了。"索尼娅轻声埋怨，没料到少校竟会轻易让步。

但中尉所担心的事情还是发生了。

"既然如此，"勒维尔一脸坏笑，"我明早会派你们……"

拉扎尔和索尼娅·布雷东互看了一眼对方，怒火中烧。

"我要去朗布依埃会会纳坦·勒比克，需要你们的协助。那个男孩不怎么……正常……"

"我们俩吗？"拉扎尔反问道。

"你们其中一人来帮忙就行了，若是两人都能来，那更是求之不得。"

两位警官犹豫不决。博尔特命案让勒维尔看起来心事重重。他耗尽所有精力去查案，已然不能变回原来的自己了。他们没有掌握事情的来龙去脉，但猜到"老东西"肯定洞察到了蛛丝马迹才蠢蠢欲动的，仿若一匹得到主人许可奔跑于森林中的马儿。

"我不了解案情，"索尼娅抗议道，"我都不知道自己能帮你做些什么……"

"好吧，那就让拉扎尔一个人来帮我吧，"少校叹了口气，"你们回去吧，我要一个人静静。我得再读读其中两三个记录……"

他们收拾了东西，"斯达克命案"的笔录被收进文件柜里。再次经过勒维尔的办公室时，看到他趴在自己的掌心上，卷宗已然摊开。他们如释重负，匆忙进入。他们知道他已经睡着了。索尼娅轻轻晃了晃他，他像从盒子里突然冒出的魔鬼一样，嗖地站了起来：

"什么事？发生了什么？今天几号？"

"一月十五号，"拉扎尔捧腹大笑，"你已经睡了三个星期……马克西姆，你该回家了。去洗个热水澡，然后上床睡觉。"

"可不是嘛，""老东西"嘟哝着嘴，"真好笑，你要来干我的活吗？"

索尼娅坐到了勒维尔的位置上，开始整理笔录，上面还残留着少校的口水。最终，她合上了厚厚的纸板文件夹，拿着，继而紧紧抱着，如同抱了一个孩子。

"雷诺说的没错，你该去睡觉了……卷宗由我们来读。"

她的决定不容置疑，拉扎尔有些措手不及，却拼命点头以示同意。勒维尔也只能听从他们的建议。

"瞧瞧我们是怎么惹事上身的。"上尉毫不掩饰他的情绪。他们关了办公室的灯，把勒维尔送至车里，后者开走了他的老破车。

30

回到家里,马克西姆·勒维尔注意到屋内黯然无光。他忧心忡忡,连呼吸也加快了。他在路边停下买了份披萨,竟荒唐地以为莱娅会同他一起分享这份美食。打从他早上干了蠢事起,她就一直没有露过脸。他想过她会待在家里等他、迎接他,如同一切都不曾发生过一样。

可莱娅就是那种喜欢没完没了生闷气的人。进了屋,他看见自己的脏衣服放在原本就放着的地方,洗碗槽里堆满了用过的碗碟,客厅桌上的烟灰缸里还留有烟头,烟味刺鼻。他的表情似笑非笑,情愿女儿情绪爆发,也不想看到最近这几周来她应对一切的消极态度。楼上,莱娅的房门紧锁。也许她还在赌气,也许在睡觉,或是出门去她少有的闺蜜家里避难,不知那个女生是否还在和她交往?他不敢去想莱娅到底在做什么,而是听从了同事们的建议:洗个热水澡。他要从头到脚地好好洗洗。洗浴完毕,他换上干净的睡衣,热了披萨吃。披萨全部下肚后,一个警察的后半夜生活也开始了。

他思绪飘渺,思维仿若被幽灵牵引着:玛琳、莱娅、玛里珂、艾莉薇儿·博尔特依次闪入他的脑海中。后来他吞下半片安眠药,像孩子般沉沉睡去。

31

索尼娅和拉扎尔两人也稍事休息了一下。同一天里,他们第二次光顾"快餐披萨"。年轻的中尉既无时间也不想做饭。拉扎尔在汽车里生着闷气,依然不甘心接受同事的提议:住她家里。他本该"回家",何况他特别想补补觉。他不再是二十出头的年轻人了,而她却可以连续几天都不睡觉,并在几分钟内就恢复元气。

"没什么大不了的,我打材料时,你就睡觉吧。"索尼娅叹了口气。

"你瞧……我就是这样的人……"

"别生气了,"她对他说道,"他们开车去拉塞尔圣克鲁了,我可没有豪华别墅,不过住在博利卡而已……"

拉扎尔认识博利卡小区,他去那儿调查过几次。那是一个于上世纪五十年代建造起来的住宅区,在那儿,人们可以将那个时代的建筑特点一览无余:建筑物呈立方体或平行六面体状,如今普遍袖珍的阳台那时还保有抛物线结构的装饰。

拉扎尔好奇地打量着索尼娅的套房。他看看她专为自己留出的房间，一条狭长的过道将此房间和她的房间隔开，他觉得自己仿若住在兵营里：里面井然有序地放着一张小床，一把椅子，一张桌子，一盏灰色金属材质的台灯，还有一只安了滑动门的壁橱，可是没有窗帘。这间袖珍卧室里很热，让人燥热难耐。他想起妻子的卧室里摆满了各种小玩意儿，直至昨天，那间卧房都还是他的。他妻子，外表冷若冰霜，可站在他同事的身旁一比，就和轻佻女子无异了；而他同事，虽然毛毛躁躁，却心思严密。这说明她孤单了许久，而且不是那种自恋的人。

索尼娅自问要怎样才能解答拉扎尔的困惑。"瞧，"她说道，"你可以将衣物放在壁橱里。可是，咱俩得共用一间浴室，租金低廉的住房就是这个样子，还有……"

"好的，别担心了，已经很好了！"

他向她转身，报以真诚的笑容。所有的担忧都从索尼娅的脸上消失殆尽了。

"走，"她说，"我带你看看屋子的其他角落……"

他俩狼吞虎咽地吞下披萨，然后分别去冲了澡。索尼娅立即把两人的衣服给洗了，现在，那些脏衣服正在烘衣柜里旋转。索尼娅的住所让拉扎尔体会到年轻女子的风格。屋里的一切都被收拾妥当，椅子上没有一件衣服，浴室里没有随便乱放的湿毛巾，每样东西都有自己的位置，被整整齐齐地放好！厨房像极了实验室，或是类似迷你样板房。客厅当然也是井然有序的，唯一能证明房子有现代气息的物件是一台平板电视，挂在空空如也的护墙板上。索尼娅只要在桌上放一只酒杯或一个盘子，都会用眼睛看看自己是否弄乱了什么。拉扎尔但凡吃东西时碎屑滚落下来，或是拿水来喝时溅出水滴，

139

都会感觉到这个年轻女子袭上身来的紧张,感觉到她尽力克制自己不去找海绵或是抹布来擦桌子。直至杯碟洗完之后,她才微微舒展了一些。最终两个人坐到了餐桌旁,打开资料,开始查寻笔录。

"我建议你重读一下总结报告,"拉扎尔说道,"我也要重新整理记忆……接着,我们仔细读读附近居民们提供的证词,因为马克西姆正往这个方向琢磨,好像……"

他说的的确很有道理。索尼娅拿出犯罪调查的首份报告来,开始阅读。

拉扎尔观察着她的神色,想要看看这三十页单调的公文会带给她什么样的感受。有时,一份调查报告的用词背后其实隐藏着办案人员的潜台词,他们要么想说此案已是无可奈何,要么想说"我不是一个轻易被骗的人,但我无法提供证据"。报告的结语写道,一定要在"张扬"酒吧诸多客人中查出元凶,还写着可能有人在酒鬼们的争吵中或是因利益冲突发生的争斗中找到了那部手机。最后这一点完全不知所云,读了材料的人都会自问这到底说的是什么。

"你想听我的意见吗?"索尼娅思考片刻之后,提高了嗓门,"我觉得要查到双重命案的元凶,应该在死者女儿身上下功夫,这不是明摆着的吗?"

拉扎尔把手臂往椅背上靠,伸懒腰的同时朝对方做了个鬼脸。上帝啊,这房子也太让人憋闷了吧!

"勒维尔到司法警署要求重新调查博尔特命案时,显然已做好了赴汤蹈火的准备……艾莉薇儿·博尔特刚失去了她的丈夫,对方死因不明。而不到一个月的时间里,她的父母又双双遇难。她丈夫嗜酒成性,那天晚上夜深雾重,他酩酊大醉却开车出门。没人能说出他在乡间那么荒凉的地方都干了些什么,而他正是在那儿出的车祸。

他驶离了车道，车起火了，他本人也被活活烧死了。宪兵们断言为车祸，草草结案，勒维尔却不引以为然。"

"为什么？"

"出车祸的那晚，宪兵们去死者家里通知迪穆兰的死讯，他们看到母亲烂醉如泥地倒在家里，男孩则安静地睡在床上。"

"所以呢？"

"所以呢？杰里米在等待父亲把自己从屋里揪出去，然后被毒打一顿，睡在床上并非他的行事风格……"

"可这并不能解释勒维尔对此怀疑的原因……"

"自他重新拿到两位老人命案的卷宗后，就尤其关心艾莉薇儿和她的儿子，因为第一份调查报告从某种程度上把他们的犯罪嫌疑排除了。我甚至要说他是把他们'看透了'，同时他又去调查他们的电话记录，注意到让·保尔·迪穆兰困在车里被烧死的一个小时前，一个手机号码打进了迪穆兰的家里。在此之前，这部手机在极短的时间内曾经在一家超市里被偷窃过，就在离车祸现场两公里的地方。电话差不多也是从同样的地方打来的。勒维尔确信……"

"……年轻的杰里米偷了这部手机，还是打电话的人……"

"你全都明白了！难处就在于我们没有证据。电话被偷了的那个女人，到了很晚才发现自己的手机被偷了。她被传讯了，但是，显然，她既不认识迪穆兰一家，也不认识博尔特一家。至于艾莉薇儿·博尔特，她说完全想不起来有这样的电话。很可能……"

"……是丈夫接的电话！因此，迪穆兰的死因里唯一确定的因素，是这个电话……"

"是这样的。勒维尔总以为男孩打电话到家里是要大人们去找他，然后父亲决定出门。"

"很奇怪,不是吗?他明知道父亲要揍他……"

"是的,勒维尔也思考过这个问题……还有,你是了解他的,他推断……"

"这是一个陷阱?"

"是的。杰里米和他的母亲用心良苦地策划了一出阴谋,意欲除去暴力的父亲……男孩打了电话。他酝酿的计谋,这样迪穆兰才会离开家。在父亲去找他的路上,小家伙又想办法制造了车祸,他朝车里点了火……"

"好的……可杰里米是怎样从车里出来的?他应该交待过当时他人在哪里吧?"

"母亲和儿子都一致认定父亲开车离家以前,他就回到家里了……他们的说辞足以让宪兵们信以为真……"

"我明白了……男孩赢得时间来烧死他的父亲和车子,之后便回家睡觉?"

"朗布依埃离出事地点不过七公里的距离……走路稍微快一点,是来得及的。宪兵们赶来的时候,他已回到家里很久了。"

"我不想烦你,"上尉说道,但隐约可见其尴尬神色,"即便我要在你家里熬夜,我还是很想喝杯咖啡……"

"我只有速溶的……"

"总比一无所有强,告诉我咖啡在哪里,我自己来冲吧,你也要吗?"

"别!"慌忙起身的索尼娅大叫,"等等,我来弄吧!"

拉扎尔看着她冲进厨房里,显然,她不乐意。他觉着有些失望,又有些好玩。索尼娅忙碌了一阵,回来时端着一杯滚烫的咖啡:

"对不起,我没有糖……我知道你会在咖啡里加糖。"

"嗯,是的……没事的,还是要谢谢你。"

"我们可以重新开始了吗?"她问道,"我明白让勒维尔纠结的事情是什么了! 说到张扬酒吧的凶杀案,艾莉薇儿·博尔特曾经在案件调查时被传讯过,她的儿子也一样,对此有一页半纸的记录,一笔带过,你都不能……他们的家里没有被搜查过……电话调查表明艾莉薇儿·博尔特在双亲遇害时是待在家里的。晚七点,她接到过橘子电信公司推销员的电话。通话持续了三分钟。接着,半小时后,有人从市中心的某个电话亭给她打过电话,通话时间为两分钟。随后,九点时,她给帽厂的青年活动中心去了电话,通话时间持续了三分四十五秒。十点,给父母亲去电。十点十五分,再次去电,两次电话均无人接听。她在证词里说道……"

拉扎尔想到了问题所在。他读着艾莉薇儿·博尔特的证词:

二〇〇一年十二月二十日的那天晚上,我没有离开家里。我没有要出门的事由……七点三十分,杰里米给我打了电话,告诉我他要去合唱团排练。我不相信他的话,于是在九时给青年活动中心去了电话,想知道他是否去了那里。接电话的人告诉我第一堂课的学生们刚刚离开了,他不知道杰里米是否去了。我想不起来是谁接的电话,我不认识那里的任何人,那个人也没有告诉我他是谁。就在此时,杰里米回来了,他吃过饭了,他去房间里看电视……给我父母去了两通电话,是想告诉他们我没有生病(我有些感冒的症状),还有第二天早上我不会去上班。我给自己倒了点格罗格酒①,就去睡觉了。我父母没有接电

---

① 用朗姆酒或威士忌酒兑水而成的酒。

话，我并不为此吃惊。他们用很"特别"的方式对待我，有时甚至不接我的电话。那天晚上没有能够和他们通上话，我担心他们会不高兴，所以第二天早上，我照平日里该上班的时间去了咖啡店……

"你瞧，说得多好听，她儿子对她所说的都一一确认过。"
"合唱团的学生和青年活动中心是怎么说的？"
"那天晚上没有人看见杰里米来彩排，可是他一直在骗他母亲。我，让我颇为惊讶的是，他给他妈妈打了电话，只是对她说谎而已……可是，好吧，他俩的陈述都是一致的。两位老人离世后，艾莉薇儿·博尔特在医院里住了一段时间，男孩交由某家人照看。这或许说明了那个问题。勒维尔再次查案时，时效已经过期了，你知道我说的是什么，我们在案发最初的四十八个小时里忘了做的事情……"

"我知道，这是没有办法的……好吧，我们知道博尔特夫妇的女儿和父母间的关系并不怎么好……那么他们和杰里米的相处又如何呢？"

"他们没有接触，老人们反对女儿所做的一切事情，包括生下这个孩子。照他们看来，这孩子天生缺陷。"

"那么，经济状况呢？我们来看看会有什么发现？"

"截然不同的两种状况：博尔特夫妇的女儿和孙子贫困潦倒到了极点。他们住的贫民窟漏水了，房子是用森林里的一种木材搭成的简易房。他们多次被断电、停过电话。他们曾整整一年付不出房租。让·保尔·迪穆兰收入微薄，却酗酒抽烟。相反地，小酒吧老板的生意虽不算兴隆，却日日都有进账。他们做酒水生意，住在酒吧旁的房子里，不仅如此，他们还在朗布依埃拥有房产，并将其租给一位医生，另以多方共有权的形式在西班牙南部置得一套公寓。

"当然，我想到的第一件事就与钱有关。艾莉薇儿需要钱，而她父母也算是有钱人。杀死他们，她就可以继承……"

"当然。但我觉得她难以完成谋杀的任务，因为她个子很小，老人们还是能够自卫一下的。看看尸检报告是怎么说的……"

索尼娅照做了：

"让·博尔特的腹部、胸部和脖子被刀捅了十次。罪犯的体型和受害人的体型近乎一致，死者倒地时，又被捅了几下。没有伤口显示死者曾抵抗过，也没有打斗的痕迹，指甲下方没有任何印记。罪犯从丽莲娜·博尔特的后背袭击了她，同样使用了刀作为作案工具。她的体形比丈夫的小，然而遭遇袭击的过程显然是一样的。她没有过多地抵抗或是与凶手搏斗。谁最先遇难无从而知，因为两起凶杀的时间不过先后几分钟而已……"

拉扎尔想到这并非卑鄙无耻地作案，因为凶手在杀害死者之前一定要让对方痛苦挣扎，目的无非是让受害人说出他们的积蓄或值钱的东西放在哪里而已。

"不只这些，还有收银台，"索尼娅表达自己的看法，"大家都知道他们会在这个钟点打烊，几千法郎足以让两个小丑想入非非了。"

"为什么说两个？"

"看看作案现场，我马上就想到这点了！谋杀是同时发生的，从捅刀的过程可以看出是有男女二人同时参与谋杀的，不是吗？"

"是的，"拉扎尔说道，"勒维尔也是这样想的。"

报告的下文记述的是脚印、指纹的搜寻过程，以及 DNA 的提取，没有多少新的进展。大量的 DNA 被提取出来，但大部分都说明不了什么问题，一只咖啡杯上留下的许多指纹也是一样的情形。没有发现什么可以让调查深入下去的东西，除了厨房里唯一的一个乳头状的脚印，以及门槛那儿能提取到 DNA 的几滴血，但也神秘莫测。执行最早的调查工作时，勒维尔和他的队员们对酒吧客人名单一一进行了"排除"。几百个人被警方传唤，警方收集了他们的指纹和 DNA，核实了他们在双重命案发生的那天晚上的活动。勒维尔也想过是两个性别不同的凶手，为了取证，他把所有有可能行凶的"一对男女"都记录在案。从形影不离的伴侣到露水夫妻都被调查过，自然，堆成山高的文件也被翻遍了。

"我现在更加理解为什么勒维尔会把所有精力都放在博尔特夫妇的女儿身上了。"读完一半诉讼案卷后，索尼娅低声说道。

拉扎尔哈欠连天，却毫不避讳。他已筋疲力尽。

"去睡吧，我来看完所有材料吧，我还不困……"

上尉没有让她再说第二遍，两分钟后，他已躺在小床上沉沉睡去。

32

马克西姆·勒维尔醒来时，胸口火烧火燎。他连第一支香烟都还没点燃，就咳得上气不接下气。他蹒跚着找到家里的药箱，吞下医生一年前给他开的糖浆，当时是用来治愈因感冒引起的支气管炎的。咳嗽终于平息。他咳了半天，屋里也没人回应。他走至女儿房门前，却没有勇气敲门。她放假了，需要休息。下楼梯时，心底一个不怀好意的声音悄悄响起，对他说，这样的说法不过是又一次让自己心安理得罢了。他睡去了，深夜无人按响门铃，这本是常理。肺部没有剧烈疼痛，他感觉自己有了精神。他在餐桌上给莱娅留了言："今晚，我领你去餐厅晚餐。我爱你。爸比。"当然，他很内疚，不知道如何解决问题，宁可迟些时候再去面对。他还希望女儿看到留言上微微示弱的措辞时，会心领神会地微笑。

他换上干净的衣服，灰色西服加没有打领带的白色衬衣。他的着装如此可笑。他觉得自己就像是一只企鹅要去赶赴一场高雅的约会一样。

33

　　昨夜霜降露重，森林里的景象仿若仙境。树木因层层雾凇栖枝而低垂身姿，在阳光的照耀下，它们发出或彩虹般的色彩，或银光闪闪。地面的雪已凝固，那些野生动物留在小径上的脚印随之不见了。连素日里缺乏浪漫情调的索尼娅也被这样的风景感染了。她注视着坐在警署公车前座的两个男人，百般感慨。驾车的勒维尔打扮时髦；一旁的拉扎尔穿戴整洁，这是因为她已经给他洗过衣服了。看到他们将自己收拾得体体面面，她竟有些小小的骄傲，即使她知道勒维尔是不会刻意花钱来装扮自己的。车里的人沉默不语，但是她感觉得到他常常从后视镜里投向她的目光。他也会望向那些冒冒失失的人。他的目光望向拉扎尔时，对方只好朝梦幻般的森林望去。她感到勒维尔已失去耐心。树木突然消失了，城市的郊区跃然于眼前。

　　"你们花时间看命案的材料了吗？还是你们又喝得烂醉如泥？"他"客气"地问道。

"倘若你知道她对我做了什么……"拉扎尔呻吟着哭诉道。

"我不想知道……"

"他在我家过了夜。"索尼娅加上一句。

"是的，在她的温柔乡里，"拉扎尔捧腹大笑，"你可能不知道我的背有多痛！"

勒维尔突然刹车，避开一辆从平行侧道里冲出来的卡车。他咒骂着卡车司机，让他的两位同事乐开了花。

"你们到底在说些什么？""老东西"对莽撞的卡车司机发泄完戾气后，嘟哝着问道，"你们是在寻我开心吗？"

"不是的，头儿，我们说的是真的，"那两人异口同声地回答，"等一会儿我们再跟你说说来龙去脉吧。"

索尼娅恢复了严肃的口吻，向少校解释了昨天夜里他们一起做了哪些工作，后来她独自一人工作至深夜，就这样他们完成了手头上的事情。他们分析了他认为艾莉薇儿·博尔特及其儿子是犯罪嫌疑人的看法，可问题就出在酒吧正门门上留下的拇指指纹还有门槛上的血迹不属于他们任何一方。

"是的，"勒维尔低声埋怨道，"我知道，我不能把这两个白痴抓起来，但我向你们保证，沿着这个思路去查案是没错的。可前期调查已经搞砸了，法官叫我对艾莉薇儿和她的小淘气说话客气些。的确，那些留下的证据又不能证明我们的推理。他们比较了几白个DNA，没什么'关联的'。我得找出我也说不清是什么的证据来鉴定出留下指纹的手是谁的……"

"其实，从案件调查的大局来看，您做的工作非常棒，"索尼娅大为赞赏，"不管怎么说，您离揭开真相的时机不远了，您或许已经掌握了哪个人或者说哪些人是凶手，不定什么时候……"

"你说的对,谢谢,我也觉得。"勒维尔喃喃低语,他们已经进入了严格意义上来说的朗布依埃郊区。

"我就是因为这个原因才要寻找另一个突破口。你觉得我遗漏了什么了吗?"

"我想,是的,可是太……要怎么表达呢?"

她话说了一半,悬在空中,而她的两位同事则凝神静气地想要听取下文。勒维尔朝后视镜里看了她一眼,她不得不把心里想的话说完:

"其实,或许会发现有意思的事情……不过,说到底,事关纳坦·勒比克,我在他外婆的证词里发现了一个细节……"

34

勒维尔从未遇到过纳坦·勒比克,他拼命克制自己的急躁心情。为了不让男孩感到害怕,小心起见,他独自进了屋里。纳坦年纪轻轻,个头很小——身高不到一米六——他长得瘦骨嶙峋,还有些驼背。他的头发很短,鬓角处头发已然花白,偌大的框架眼镜让他的视线有些模糊。眼睛斜视很明显,看上去像是心不在焉的样子。他穿着加厚的灰色运动衫和运动鞋。

"纳坦刚慢跑回来……"他母亲急于解释,这是一个四十出头的女人,一脸倦容。

"我先生有事不得不离开一会儿,一小时后他就回来了……"

"您要我们等等他吗?"

"不,没这个必要……可我不认为纳坦会告诉您什么,毕竟很长……时间了。"

就在勒维尔和孩子母亲约定时间的时候,孩子的父亲出现了,他善解人意且性格开朗,打算协助勒维尔解释儿子的回答,还要设法恢复儿子的记忆。母亲则脸色阴沉，几乎到了昏厥的地步。她的这副模样足以毁了他的生活。他用手机给拉扎尔打电话，后者接听电话时听到周围嘈杂的声音，有些怀疑。

"您在哪儿？"

"对面，我在澎湃酒吧里喝咖啡呢。"

"我还以为您在外面受冻呢……回来吧！"

勒维尔交待拉扎尔留心勒比克太太的一举一动，她叫伊雷娜。他借口说需要记录她儿子的状况以及其过去十年的生活。女人并不情愿，然而站在对着大街的客厅窗前的纳坦却开口说话了，惜字如金：

"前面停的是您的车吗？"他开口询问，却不转身。

"呃……是的……"

"标致407，二〇〇四年的款式，PSA[①] EW7发动机，排量为1.749升……那种灰色是专门为公车配制的颜色……车上装了旋闪灯，天线不是原装的……"

"嗯……是的……你说的对，这种天线是警方内部联网的天线……"

"Acropol[②]，"纳坦·勒比克补充道，音调未变，"它符合法国警察部队使用的数码无线电通信设备的标准，由欧洲宇航防务集团设计，无线联网，数码加密产品，波段380～400兆赫上接收……"

厨房门口，拉扎尔设法让伊雷娜·勒比克进去。对方疲惫地笑了笑。三位警官没有回到刚才的话题上来。上尉将电脑和一台激光打印机插上电，接着打开电脑。他抬起头望着屋子的女主人，这位

---

① 法国标致雪铁龙公司缩写。
② 指法国警方自1994年起使用的无线通讯设备，没有对应的中文译名。

障碍天才的母亲甩着两只手,呆呆地站着。

"勒比克太太,您请坐,"拉扎尔轻言,"您别担心,他们会愉快地交谈的,勒维尔少校和布雷东中尉会控制住局面的……"

"看来,您并不了解我儿子……"伊雷娜·勒比克喃喃低语,"一个月来,他一直和我们生活在一起,就在这里,我问自己将他重新接回家里是否妥当……我觉得不管怎样,他最好还是待在寄宿学校里……"

最终她坐到了一把灰色的塑料椅上,那灰色如同这阴沉的环境及外面的天气,太阳已不知去向。她的神情异常激动。

"您没有别的孩子吗?"拉扎尔没话找话。

她脸上闪过一丝苦涩的笑:

"我想您是在说笑吧?"

"不,我是认真的……"

从早上起就收到妻子短信轰炸的拉扎尔此时五味杂陈,他根本不想说笑。伊雷娜·勒比克继续说道:

"纳坦很小的时候就被诊断出不正常,所以我们不会荒唐地还想再生一个孩子。我跟您说的是真的,检察官,因为患有阿斯伯格综合征①的家庭很多。十五年来,我们碰到了各式各样、程度不一的自闭症患者。我们遇到了一对英国夫妻,他们将三个孩子留在了纳坦所在的治疗中心。您想想看?三个孩子都是自闭症!要如何咒骂自己呢……哦,当然,我们的孩子是个小天才。他看完某个说明书后,

---

① 阿斯伯格综合征属于孤独症谱系障碍或广泛性发育障碍,具有与孤独症同样的社会交往障碍,局限的兴趣和重复、刻板的活动方式。在分类上与孤独症同属于孤独症谱系障碍或广泛性发育障碍,但又不同于孤独症,与孤独症的区别在于此病没有明显的语言和智能障碍。

时隔两年还会凭记忆跟您复述出来，连逗号都不错。可这种记忆没有意识，他不会挑选信息，也难以理解，所以他很难把这些信息加以应用。他只是将信息扫描，然后存入大脑。他善于分析细节。这点，是的，这让人过目不忘……因为人们不会一直做这件事情。"

"现在他算是步入社会了吗，没有吧？"

"照理说是步入了，可这个过程很复杂。他已掌握很多，还有很多不足。我承认，我们曾经希望他能够完全独立地生活……"

她意味深长地撇撇嘴。大学生的小房间、大学里的课程、父母家的周末，这一切似乎还很遥远。伊雷娜·勒比克深深地叹了口气：

"说到底，和他一同生活有如在地狱受苦。我们有些无所适从……我担心您的同事会误会他，但我又希望自己一无所知……"

"您别担心他，我只是想告诉您，我们在一起无非是回忆一下命案发生时的某些片断……"

隔壁房间里，当事人不知所措。勒维尔开始和对方聊天，索尼娅尽量让对汽车声音过分敏感的纳坦保持安静，路边的汽车声使男孩一直惶惶不安。他坐下的时间不会超过两三分钟，只要一听到发动机的声音，他就竖起了耳朵，从未有过差池。勒维尔第三次努力让他说说博尔特双重命案发生的那天夜里他看到了什么。男孩专心听完问题，他似乎知道关键的东西。他看着勒维尔，仿若一个核心事件呼之欲出，随后不知多少辆车的发动机发出的隆隆声引得他探头去看，这种轰鸣声总是让他坐卧不定。

"抱歉，"他马上说道，"我的记性不是很好……"

可这似乎成了一句口头禅，像是被人教过、重新组织过的话语似的，用来应对各种发问。

勒维尔快要失去耐心了。

"我们上楼去你的房间，好吗？"索尼娅突然想到这个提议，"你可以给我们看看你做的，还有你倒腾的东西。"

"这得问问妈妈。"男孩小心翼翼地说道，其实这也告诉了来者，母亲并非每日都对他微笑以待。

"老天，这个家的父亲在干吗？如果只有孩子一人，我们简直是在浪费时间。"勒维尔情绪激动地说道。他向索尼娅做了个手势，后者起身去了厨房，她为自己的擅自闯入找了个借口——她要喝杯水。她小心谨慎地征询勒比克太太的意见，后者虚脱到了极点。而拉扎尔呢？他一脸烦躁的样子。回到客厅，她看见勒维尔已将所有东西都收拾妥当了。

"她同意了，"她高兴地说道，"几分钟后她会来见我们。"

纳坦欣喜于母亲的答复，可索尼娅隐隐觉得他们找错人了。然而要让勒维尔放手博尔特命案，这一步势在必行。如此便可永久根除祸患。她愤恨地认为这两个卖啤酒和红酒的商人是死得其所，因为他们的人生平淡无奇，没有任何遗憾，他们枯瘦如柴的女儿憎恨他们，而他们也仇视并否认这个家庭成员的存在。老实说，现在除了勒维尔，谁还会操心是谁将他们锯成了碎片？

纳坦在他们前面，隔着几步的距离。他进了房间，房里的东西让所有人变得鸦雀无声。小男孩的病症全都在房里表现出来了。随手画的草图贴满了墙壁，全是陆空交通工具的发动机，每一件物品的详情、说明文字、列出的数字及公式一一映入眼帘。地板上堆满了金属零件、螺丝钉、螺栓和车号牌。一张单人床贴墙而放，可几乎没有人坐的位置了，书和画册的纸张铺了一床，内容单一而偏执：机械学。索尼娅注意到他的房间里既没有电脑也没有电视，没有什么东西可以体现现代生活。或许是这家人有意为之，因为眼前的这些汽车配件应该正被这个同样被病魔纠缠的男孩严密监控着。纳坦匆忙赶到窗前。勒维尔跟着他，把手搭在他的肩上。

"您知道，我没有再去数它们了。"男孩喃喃低语。

"你说什么？"

"汽车……我不再去数来往的车辆了。"

说完了这些话，他神情堪忧。勒维尔突然意识到自己对孩子的父母抱怨太多。他脑中瞬间闪过莱娅的样子，感觉到一种以叹气来表现的无奈在心际弥漫开来，时时提醒自己她不过是个厌食症患者而已。他是对老天做了什么才要长久地在苦海中挣扎？

"纳坦，好好想想，"勒维尔谨小慎微地要求对方，"当时你站在窗前……你认识酒吧里的人吗？比如博尔特先生和太太？"

纳坦没有回答。勒维尔却再三坚持，拼出那些人的名字，还有酒吧的名字。站在这里，酒吧一览无余。他突然想到那天夜里，孩子甚至有可能认出酒吧里的人来。

"从这儿，你肯定看见他们了……"

纳坦动了动嘴唇。沮丧的勒维尔担心他还在数来往的车辆。接着他听到了纳坦不同于平常的声音：

"一辆小摩托车，一辆红色的比亚乔拳击手摩托……"

索尼娅屏住呼吸。拼命克制自己吸烟欲望的勒维尔突然感觉从地面抽离了，他往纳坦背后做了个手势示意中尉记录下来。她言听计从。

"你说一辆小摩托车？你是什么时候见到的？"

纳坦轻轻地跳了起来，手指着酒吧说道：

"看！杰里米在那儿……现在是他接手了酒吧，是我父亲告诉我这件事的……"

勒维尔险些咆哮起来。妈的！他来这鬼地方做什么？讨厌的格特朗说的没错。我们能指望一个患有阿斯伯格综合征的病人做些什么？难道他会变成爱因斯坦、莫扎特抑或是比尔·盖茨吗？他们忍受着此种疾病的痛苦，却又都是天才。他叹了口气，望向澎湃酒吧。门口停着一辆霸气的黑色路虎揽胜。

"店门口的那辆揽胜，是杰里米的车。"纳坦又发言了。

他就是个节拍器，一台欲罢不能的机器而已。勒维尔告诫自己要冷静，而索尼娅则劝自己再耐心些。

"纳坦，警察发现丽莲娜及其丈夫前的那天晚上，你看到了什么？"沉默良久之后，少校终于发问了。

"一辆红色的比亚乔拳击手摩托，还有几辆汽车。有好几辆车路过此处。另外几辆开走了，因为酒吧打烊了。是让关了酒吧的门，也是他放下了窗帘。"

"该死的窗帘，我竟然把这个细节遗忘了。"少校勃然大怒。的确，酒吧是有过窗帘的。只是，努力回想，他记得抵达现场时，窗帘早被人拉起来了。妈的！诉讼里有人说到窗帘了吗？这起命案的所有诉讼中有人说到过吗？

"没人提到过窗帘的事，"年轻女了凑到他耳旁说道，"对此我非常肯定，昨天夜里我看过笔录。"

警察到来之前有人拉开了窗帘。只可能是艾莉薇儿·博尔特干的。可她为什么对此只字不提呢？

"纳坦，你还想起了什么？"

"阿琳外婆来看我睡了没有。她来了好几次，也因此而关上了百叶窗。"

"啊……所以你什么也没看见？"

纳坦终于看着老警察了,尽管他的眼睛看起来不那么对称。随着男孩结结巴巴的说话节奏,勒维尔在希望与失望之间徘徊。男孩终于调皮地笑了笑:

"我又重新打开百叶窗……"

勒比克太太起身了,好几次想要出去,她担心隔壁屋里可能出事了,因为她听不到一点儿声响。每一次,拉扎尔都费尽心思地让她重回座位,而代价便是他要绞尽脑汁地劝慰对方,很快,他变得口干舌燥,备感无力。她说想来杯咖啡,以此作为借口,来回避拉扎尔的问题。而后者依然不依不饶:

"勒比克太太,我希望您回答我的问题:您认为纳坦能够想起那天晚上所发生的事吗?您有没有在家里,当着他的面提过博尔特夫妇的遇难?"

女人正把圆底杯子插进咖啡机里,她摇了摇头,夹有白丝的褐色发绺随之晃动。

"在纳坦的记忆里……我不知道他能够想起什么。他真的就是一台电脑,而当时的事情杂乱无章,他无法记起。现在,他可以有一些选择权,这也不过是……一个月的时间而已,我想……"

"夫人,我还是要问……他后来有说过那天晚上的事情吗?"电动咖啡机发出隆隆声,女人再次摇头。咖啡机停止了,伊雷娜·勒比克端着杯子坐回餐桌旁,也不问问上尉是否也要来上一杯。她呆滞的目光定定地望着焦躁的拉扎尔,后者竟无法避开她的眼神。

"他曾和我母亲聊过,"她终于松懈下来,"她去年过世了……"

"是的,我知道,抱歉……"

"哦,她和纳坦一样承受着痛苦。她太操心了,连我们都无法忍耐……"

"您母亲有没有对您说起过什么特别的事？"

"她了解博尔特一家，他们家族的几代人，她都认识。她就像是他们在朗布依埃的亲人一样。何况，这栋房子还是她的呢……"

"竟然有那么多事未在卷宗里提及，这真令人诧异。"拉扎尔心里默念，他想自己也许会知晓某些具有决定意义的情报。

"您母亲，她和这些人交往吗？"他问道。

"交往？您言重了，她只是认识他们而已。我想她曾和丽莲娜一起上过学。"

"勒比克太太，请您仔细想想，这很重要！"

"重要？对谁而言呢？对那些您想送进监狱的人吗？"

"太太，只是针对真相而已。我们只为此工作，唯有如此才可伸张正义。如果您的母亲就是丽莲娜·博尔特，您会怎么做？您会作何感想？"

"不可能！除了这栋房子，我母亲没有什么财产。为了我们，她付出了一切，倾尽所有。她仁慈慷慨，她和丽莲娜·博尔特不是一类人……"

她咬着下嘴唇，将杯里的咖啡一饮而尽，随后把杯子重重地扣在杯碟上，接着说道：

"我知道您要对我说什么。也许我很啰嗦，也许很寡言。我倒是想起母亲告诉过我的一件事来，就只想起这件事了。当年，博尔特夫妇打算抛售他们的财产，我说的是他们的一切财产。他们决定停止经营张扬酒吧，然后带着钞票去过幸福的日子。您别问我母亲是从何而知的，因为我不知道。"

纳坦终于坐下了。令人诧异的是，有时他的姿势和正常年轻人并无二致，这或许是多年来接受情绪控制的特殊教育的结果。说了一些没头没脑的话，又异常激动了一阵后，他终于冷静下来，开始正常说话了。

"外婆阿琳照看我的时候，会带我出去散步，"他若有所思地说道，"她带我去森林里，我四处奔跑，还爬树，但常常摔下来……"

勒维尔意味深长地看了索尼娅一眼，似乎在告诉她："终于，他回想起了往昔的快乐。"但年轻的中尉却朝他瞪眼。得让小伙子把话说完。她拿走了男孩对面椅子上乱堆的纸张，与他相向而坐。她微微低头，接住了纳坦的目光。纳坦看着她说道：

"圣诞节前的某天，也就是我们去朗特纳康复中心前的最后一个圣诞节前，我和外婆路经对面的酒吧。外婆给我买了杯热巧克力，她自己要了一杯掺了桂皮的格罗格酒。"

"是丽莲娜给你冲的巧克力吗？"索尼娅尽可能放慢语速说话。

"是的……可我不喜欢她，她的下巴上长了一颗大大的瘤，而且上面还长了毛……她对杰里米不好，说他和他父亲一样是个混混……"

"当天，丽莲娜和你外婆聊天了吗？"

"聊了，外婆问她要不要和孩子们一块儿过圣诞节。她大笑，我到现在都还记得她那阴险的笑声……她说：'不会。'让老爹当时正洗着杯子，他看着我说道：'难道这一切不痛苦吗？我们就不应该让这些障碍孩子活着，他们就和我们自己的女儿一样，是社会的负担。就这样，没什么可说的！'"

"天哪，他们这样讲话可不太好……"索尼娅喃喃低语。

"是不好。还有，我们正要离开的时候，丽莲娜说她和她丈夫即将'远居他乡'，如此便可永别这些有缺陷的人。她是望着我说这话的……外婆说：'你们可不能丢下孩子们，如果你们走了，他们要如何生活?'"

勒维尔屏住呼吸。他甚至不去想支气管手术刀了;他只是觉得自己已在云里雾里。

"我敢打赌你外婆的话让他们觉得很可笑?"索尼娅猜测道。

"是的,外婆叫我穿上大衣,戴上帽子,接着我们就离开了。我记得她紧紧握着我的手。我想她那时已怒不可遏。"

勒维尔示意索尼娅保持同样的语气和纳坦交谈下去,现在的纳坦平心静气,不费吹灰之力就找回了记忆。他轻轻退出房间,下了楼。楼下,他撞到了刚回家的贝特朗·勒比克,对方怀里抱着一棵圣诞树。两个男人都对对方很好奇,彼此打了声招呼。他们是第一次见面。

"勒比克先生,您来得正好,我来会会您太太。您有空吗?"

纳坦情绪激动起来。索尼娅明白他注意力集中的时长已达到极限。一会儿他就要到处乱跑或是贴在窗户上去数来往车辆,他说不数了,其实依然在计算着来往汽车的数量,这从他微微张合的嘴唇就可以看出来。索尼娅想要问他一直让她纠结的最后一件事情,那是她在阿琳外婆的证词中读到的,却无人对此产生疑问:

"纳坦,墙上的这些画是新的,对吗?"

"是的,爸爸同意我在墙上画画,他把白纸贴在墙上。他说如果墙上的白纸画完了,就换掉它们,让我接着画。我想他没有骗我……"

"他没有任何理由骗你……以前你还住这儿的时候,在去朗特纳康复中心前,你不已经在墙上画画了吗?"

"没有画过,因为外婆不同意……她说过这里是她的家,但是我已到了写字和画画的年纪,就像现在一样……"

"你还记得当时画了些什么吗?"

"当然记得,她给我买了画册,好多本画册。我画汽车、发动机、我看见的来往汽车的车牌号码……有时我看不清,因为车子开得太快了。"

"那天晚上呢?"

"晚上我看得很清楚,我只是有一点昼盲症……"

"你知道那些画册在哪儿吗?"

纳坦·勒比克站了起来,那神情仿若女警官在他背上插了标枪一样。他瞪大了眼睛:

"啊,我不知道!你瞧,我真的什么也不知道。也许妈妈把它们撕了或扔了。有时我觉得她恨我。"

"不,不是的,不信咱们走着瞧。为什么你要这么说?"索尼娅轻言细语地安抚他道,她的失望快要藏不住了。

"她老是在说:'我是对老天做了什么才会落得如此下场?'其实我知道她说的就是我。外婆阿琳较之她而言对我更好。或许是她留着我的那些画册……可您知道,我外婆,她死了。"

丈夫出现时,伊雷娜·勒比克突然变得神经兮兮。拉扎尔立即告诉自己这对夫妻正处在困境中。贝特朗·勒比克相貌堂堂,浑身上下都透着幸福,而正是这样的满足感让他面如冠玉,目光炯炯有神。他回避妻子的眼神,可她自他一进入厨房就紧张起来。上尉从他俩的举止里看出:家里隐藏着惊天的秘密,或是男方在离家不远的地方与别的女人共建了爱巢。障碍孩子让夫妻俩饱受考验。人们很想知道为什么他们维持了这么久。勒维尔出现在贝特朗·勒比克的身后,厨房里的氛围立刻让人窒息起来。"老家伙"像一台被耗尽的机车般喘着粗气,加之疾病缠身,他的脸色泛红。

"勒比克太太,"勒维尔质问道,"为什么警方调查博尔特夫妇命案时,您没有提过您认识他们呢?"

"警方并没有问我这个问题。"她反驳道,语气极具挑衅,也许是因为她正用愤怒甚而仇恨的目光注视着丈夫的缘故。

"你身上的香水味儿,还有那个小贱人的味道,"她向对方咆哮,"坏家伙,你以为我什么都不知道吗?"

"别闹了,伊雷娜,"丈夫苦苦央求道,"现在不是说这个的时候……"

"从来都没有说这事儿的时候!什么时候说呢,嗯?"

"哦,哦!"勒维尔大发雷霆,"你们马上停止闹剧!我们来这儿是查案的,不是看你们夫妻俩掐架的!勒比克太太,还是请您回到正题上来吧。"

她很不情愿地放过丈夫,回到主题上来。她眉头紧蹙,额头皱起,脸上沟壑纵横。拉扎尔承认此时的她并不能让男人过多地"产生欲望"。可是显然,因为纳坦,她早已不在乎外表了。她已放弃了作为女人的权利。

"我对这家人的了解不过就是这些了,"她终于说话了,语气里全是沮丧,"要是家里有人认识他们的话,那就是母亲了……"

"他们遇害的那天晚上,您母亲有没有和您聊过他们的事?"

她用眼睛的余光飞速扫了丈夫一眼。后者则低头看着自己的鞋子,随后望向天花板,最终将目光锁定在上方扩散的裂缝上。他行驶的婚姻之舟不也是这样的吗?

"我想知道您不会因此而拘留我们吧。"一直犹豫不决的伊雷娜·勒比克终于发问了。

"那得看看您说的是什么了。"勒维尔说道,他的语气突然变得坏，因为此刻他正在等待真相，他的人生同样在等待着。

"如果您告诉我的是您杀害了博尔特夫妇，那么我就什么都不敢保证了……"

"您疯了！"女人喊叫起来，"其实……只是我母亲……最后……噢！她当时没有意识到自己做了什么，等她想到后果的时候已经晚了。她也为此而离世了。"

"你真夸张！"贝特朗·勒比克开始抱怨妻子，"你母亲病了好多年，她身患癌症……博尔特夫妇遇难的那天晚上，我丈母娘曾打过电话。她就是干了这件事儿。悲剧不就是这个吗？我说的不对吗？"

拉扎尔敲键盘的手指停在了空中，勒维尔则哐啷一声坐到了椅子上，以便他所听到的信息可以在脑海中上下回旋。

"这事儿要对我说个明白。"没有征询主人的意见，他点了一支烟，继而说道。

逼仄的房间里，所有人都沉默着。他们听到楼上模拟骑马驰骋的声音和大笑声。贝特朗·勒比克抬起了头，他的妻子却一动不动地坐着。

"不会有事儿的，"勒维尔让他们镇静下来，"你们的儿子有人陪着玩儿呢，犯不着担心！勒比克太太，要是您能和我聊聊……"

女人重新抬起头，忧郁的眼神望向远处。随她的目光看去，可见落地窗前一座笼罩在雾凇下的袖珍花园。

"我母亲带纳坦出去散步，到了晚上七点他们还没回来，我便担心起来，所以出去找他们，正好见他们从张扬酒吧出来。回到家里，我母亲情绪激动。她拼命拨电话，想和某人取得联系。但那天天气恶劣，电话受到干扰。于是她重新穿上大衣，又出去了。当然，她的行为让我感到很讶异……"

"她没有手机吗？"

"没有，她……很抗拒新事物。一刻钟后，她回来了。就在这时我丈夫也回来了，我们得收拾一下出去了，纳坦紧张极了。我猜可能与他下午和妈妈一起经历的事有关，但我得承认，我没有勇气问他们到底发生了什么。我们很难迈过这一关，还有……"

勒维尔希望她接着说下去，如此便可了解为什么这十年来这桩命案一直悬而未破。朗布依埃这个小区的电话网坏了，此种说法或许过于牵强？

"您知道的，我们一个月后就搬家了。圣诞节第二天，我母亲去旅游了，很久之后我们才知道她其实……深受着那天夜里痛苦记忆的折磨。"

"因为她给艾莉薇儿·博尔特打了电话，告知其双亲正在预谋的事情吗？"勒维尔问道，拉扎尔颇感意外，因为他还没有完全意识到接近晚上七点半这通从朗布依埃电话亭里拨出去的电话产生的后果。艾莉薇儿·博尔特竟将这通电话说成是她打给儿子的！

伊雷娜·勒比克赞同地点点头。

"母亲的癌症病痛缓解了几年，但又发作了，这个时候她开始说起这件事情了。她固执地以为这些人的死都是由她一手造成的，而您从来都没有发现什么异常，对吗？"

"要是我们知道您母亲打过这通电话，要是她能及时作证，我向您保证，我们早将真相大白于天下了。可您为何一直守口如瓶呢？"

伊雷娜·勒比克耸耸肩。她不相信对方的话，也没有衡量过这件事对于破案的意义何在。她更不愿意为难自己，或是让家人如此这般地坐在审问室里。她每日都在忍辱负重地活着，不知道他们有没有看出端倪？

"的确，太太，但要安心前进，就得懂得后退一步，"勒维尔边说边将他的烟头揉碎了扔在洗碗槽里，"目前，我们的收尾工作是将真相公之于众，我们让你们一家人团聚，但您可能会被预审法官传唤。虽然您不是当事人，但您的证词很重要，尽管还有些不全面。您以前做足了准备来避开司法部门的调查，然而从现在起，您得做好心理准备了。您会随时被传唤。"

看到伊雷娜·勒比克一副愤愤不满的抗议表情，他接着说，她应该感觉庆幸，因为警方并未因她隐瞒事实而追究。女人默认了，她说完了话，再无任何挑衅之态。

索尼娅下楼了，只为询问勒比克夫妇最后一件事情：纳坦那些众人皆知的画册在哪里？他从不休息的大脑在画里记录了他的所见所闻。贝特朗·勒比克和妻子暗中交换了一个眼神，然后宣称他们对此一无所知。勒维尔寻思那里面肯定有他们不愿意公开的事情或者他们就是要以此为要挟，这让他暴跳如雷：

"我劝你们好好回想一下那些该死的画册在哪儿，"他恐吓他们道，"否则，我向你们保证，我一定会让人拆了这屋子，直到我们找到画册为止。"

他们回到凡尔赛时，太阳终于穿越灰色云层，露出脸来。拉扎尔和索尼娅已然筋疲力尽，因为他们苦口婆心地拦住了勒维尔，才让后者没有立马去逮捕艾莉薇儿·博尔特和她的儿子。

"婊子，她要坐立不安了！"离开勒比克家时，少校破口大骂。而纳坦则从他房间的窗口对索尼娅做了个手势，双方极有默契地明了其中深意。

"今天是十二月二十四号了，"拉扎尔抗议道，"我们不能继续这样了，毫无准备。你连她儿子在哪儿都不知道……"

"我当然知道,既然他重新接手了酒吧,所以不难……"

"今早我们并没有在酒吧里见到他,或许他正在某个地方逍遥度假呢……"

"他就在里面。看那辆车,前面那辆,那就是他的车,纳坦刚刚说过了……"

"就算是这样……又能改变些什么呢?至于艾莉薇儿,你还可以等两天,她又不会飞掉……"

"你和她针锋相对,实在是不可取,"索尼娅想得更远,"这都不说了。即使现在已经知道她是真凶……可纳坦的外婆不可能出来作证了,你只有她女儿的证词。如果艾莉薇儿'翻来覆去'地折腾,你还是破不了案……"

"好的,就这样吧,我明白你们的意思了,"勒维尔吭声了,"你们说的很对。我们去吃一顿吧,我快要饿死了。"

"我不说什么了,但出师不利,后续不顺。"索尼娅若有所思地说道。

"瞧,每次只要我一说该干活了,你们就表现得好像比登天还难!"

他们刚好坐到了勒比克家隔壁的餐馆里,正看见一个年轻人从澎湃酒吧旁的房子里走出来,径直朝停在近处的黑色路虎揽胜走去。老实说,这家伙高大魁梧,身披深色长大衣,一头金发朝后梳起,貌似茨冈人。

"看看这个杂种,"勒维尔咬牙切齿地嘟哝,"好好享乐吧,小伙子,享乐吧……"

35

回到司法警署，还在工作的人已寥寥无几。局长那层楼的灯全熄了。罗曼·巴尔泰局长未再现身，但他们从安东尼·格拉斯耶的口中得知刑侦分局局长加亚尔还在待命，他承担了圣诞周末的值班工作。勒维尔先派索尼娅去技术科见格拉斯耶，看看对博尔特一家的监听有什么结果。让大家回家享用圣诞大餐前，他还想了解斯达克命案的进展，然后他决定立即去见加亚尔。拉扎尔请辞说他要离开一会儿；站在勒维尔身后的格拉斯耶对拉扎尔做了个咄咄逼人的手势：

"中午前，你妻子突然到访，"逃过了头儿的顺风耳，他向对方窃窃私语，"她吵吵闹闹，简直无法无天，我告诉她你和马克西姆去查案了，她才善罢甘休，可她'强烈要求'你给她去电话……"

"她可一直等着呢……"

"你还是管管吧，因为她可能又会来闹了。你知道马克西姆最烦这种事儿了……"

"好吧，好吧，我这就去管，"上尉满腹牢骚地朝出口走去，"我一小时后返回……"

勒维尔忧心忡忡，然而在宣布了对纳坦·勒比克的调查后，麦尔奇约法官并没有跳起来。于他而言，除非持有确凿证据，否则他们的所为不过是白费力气而已。还有，从时效的角度来说，这些证据无法呈列，他们得从某个地方把它们揪出来，非如此不可。否则，警方对艾莉薇儿·博尔特和她儿子都束手无策。索尼娅双手杵在勒维尔办公桌的边儿上，桌上的"博尔特"命案卷宗被人打开了。她听到身后的格拉斯耶传来的叹息声，有人来找他谈论斯达克命案，可他……

"现在我们知道杰里米并未在晚上七点半给母亲打过电话。"勒维尔再次发言，却没有觉察到两位中尉一脸的震惊。索尼娅一直以为艾莉薇儿·博尔特于九点给青年活动中心的去电不过是想了解孩子是否真的在那里而已。

"也就咱们之间内部说说，我还真被这事儿震惊到了。"索尼娅已不顾自己什么表情了，她说道："当时杰里米已能自由行动，为什么她要拼命查证他是否在那里呢？"

"除非她有绝佳的借口找他，只是……"格拉斯耶想到了什么，现在轮到索尼娅身旁的他将案情往前推进了。

"因为她刚刚知道父母的诡计？"

"这果然是一个很好的切入点，"勒维尔表示赞成，"何况，我们也没有查到当天晚上她到底和谁通过话，青年活动中心的工作人员对此没有任何印象。"

"通话持续了三分钟以上，"索尼娅想得更远，"以此为借口，这主意不错……你有没有想过，其实，也许是……"

勒维尔再次抬头盯着她看，满眼狐疑。"当然，倘若我们从这里切入……可……好吧，我得说唯一不能回答这个问题的人就是玛里珂·勒维尔，理由众人皆知。"

"我自问她为何……但等等，我们要好好想想……"

他们在这个问题上纠结了许久，这段时间里，司法警署走廊各个办公室里的值班人员几乎走光了，因为只有他们办公室里还亮着灯，门也开着，某些人探进脑袋，祝愿"享用圣诞大餐"或是"圣诞快乐"等诸如此类的陈词滥调。刑侦分局局长加亚尔也露脸了，说他要回家了，会一直待在家里，除非斯达克的案子又出现"意外"，当然，这是他最不情愿见到的。他怂恿勒维尔的队伍也回家过节去，因为只有他们还在工作。少校似在礼貌回应，又像在抱怨，他再次陷入沉思。他似乎想起了什么。那日他带着那张在皇后小吃店拍的照片去见艾莉薇儿·博尔特的时候，她好像说过什么。

"啊！我想起来了！"他嚷嚷道，吓得另外两人直哆嗦，"她撒谎了，她光会撒谎！"

"是吗？"

"是的，每次找她调查的时候，她总说杰里米从不去看望外公外婆，而他们也不能来看他。某天，在她家里，她很肯定地跟我说杰里米有时候会去外公外婆家过夜。"

"这的确是个切入点……可这和你的妻子有什么关系呢？"

勒维尔凝视着格拉斯耶，后者谨慎而又惜字如金地让他们重回到了最开始的话题。

"我还不知道，但肯定有关系。她也对我说过，玛里珂坚持让孩子重回合唱团，而正好在那之前，因为孩子父亲的去世，孩子放弃了一切。她明知道儿子不会再去合唱团了。既然如此，为何要打电话去青年活动中心找他呢?"

"嗯,你说过的,她找儿子,刚好是知道了父母的阴谋诡计之后,所以她恼羞成怒,想和儿子聊聊。我,我猜的。她自己曾说过他可能确实是去青年活动中心了……不过,我要提醒你,孩子没有手机……她给青年活动中心去电,正好是你妻子接听的……"

"这之后,没有人再见过我妻子……"

"别激动,马克西姆,"格拉斯耶留心到了对方的情绪,"你想到点子上了……"

"不,我只会把一切搞砸……可你说的对,我没有确凿的证据来支撑这个想法,真是不堪回想。然而我们已经打开了一个出口,真相似乎要浮出水面了。"

"你想到什么了?"

"艾莉薇儿于七点三十分接到来自纳坦·勒比克外婆的电话。她慢慢接受了这个消息,然后开始寻找儿子。她使出浑身解数找到了他。他们一起去向老人讨要说法,继而一人杀害了一位老人,然后他们回到家里拾掇自己,又统一了口径来应付外界。"

"就像你说的,他们给老人的去电是在十点到十点一刻之间?"

"这是他们一致的托辞……我们对此无可奈何,因为我们没有办法去查明老人死亡的具体时间。所以艾莉薇儿·博尔特以此而自鸣得意。"

"你觉得这个女人能如此居心叵测地酝酿一场凶杀?"

"她丈夫死亡时,早就该追究她了。他的死亡疑点重重,并未被解释清楚……杰里米是个败类,不要忘了这一点。他们偷收银台的钱不过不想让人们误以为那只是恶劣的打劫案,接着他们只需坐等老人的钱财转入他们的账户。"

"是的，谋杀环环相扣。"安东尼·格拉斯耶对勒维尔的分析持赞同态度。他耗费了一天中的大部分时间来检查"继承者"们的银行账户。钱财入账前，他们还需等待多年。几份保存的合同与案件有些瓜葛。其实，博尔特夫妇早为抛售他们的财产做足了准备。艾莉薇儿·博尔特和她的律师早已对这些私署文件提出异议，买家们也曾寻求过法律援助，但这已是几年前的事了。接着，成年后的杰里米据理力争，重新接手了由其母亲经营的酒吧，继而实施管理……到后来，他将母亲安置在朗布依埃的家中，那房子曾租给一位医生。他接手管理了生意，又获得了老人们离世前意欲在西班牙南部隐居的度假房的产权。他们原本计划最迟一月离开。

"如果我没说错的话，艾莉薇儿有充分理由为儿子争取所有的东西。"

"说真的……她继承的房子家徒四壁，事实上，她已一贫如洗了。而他，他目前的财产价值三百万欧元……"

"啊，有那么多！"

"可不是嘛。电话里监听到的'嗡嗡声'却没什么可爆料的。自监听开始，母亲和儿子就没有过任何交流，他们也不再给律师打电话了。而酒吧那边倒通了很多次电话，却都无聊透顶。不过，我得告诉你他们有惊天动地的'交友'活动，我所说的'交友'是……接下来的两天没什么动静，每天两点到四点这个时间段，总会有超过三十次的预定，参与活动的人要么两人、要么六人同来……还有人甚至从巴黎赶来……"

了解完所有情报后，勒维尔说道："很好，把你们所说的都记录下来，然后你们可以回家了。"

"这样的安排对我再合适不过，"格拉斯耶说，"我要去卢瓦雷和父母同享圣诞大餐。不管怎么说，艾迪·斯达克的案子现在处于停滞不前的状态。由于强暴风雪来袭，他的养子被困在了纽约，托马斯·弗雷沃那边也没有动静。我们没再见到他，他的手机也一直关机。所有这些情况我会记录下来，二十六号一并带回。"

"干得好。"少校回应，却有些心不在焉。

"头儿，今晚你做什么？"勒维尔正要拿电话出来的时候，索尼娅问道。

"我会和女儿在一起，可前提是她想见到我才行。"

一小时后，套上夹克衫的索尼娅·布雷东再次经过头儿的办公室门口，勒维尔又一头扎进那堆无用的废纸里去了。她站在门口提醒他休息一下。良久之后，他才抬起头：

"你要走了吗？"

"嗯，是的，只剩下我……和你了！还好吧？你和女儿通上话了吗？"

"没有，她不接电话。我觉得她还在赌气……"

"虽然如此，可你们会有一顿其乐融融的圣诞晚餐的……"

"哦，你知道，我无所谓……"

索尼娅朝门口走去，突然更改心意，又折回：

"你知道，马克西姆，如果你今晚独自一人，我……"

他做了一个模棱两可的手势，不置可否。

"别误会，"她随即补充道，"我是很真诚地邀请你。如你所知，雷诺已去过我家里，我寻思……其实，就像你听到的那样……"

"小姑娘，你尽可以靠身体做你想做的任何事。"勒维尔言简意赅，却锋利如刀。

他点燃一支烟，对着她吞云吐雾。他充血的眼睛里流露出坏坏

的想法。索尼娅觉着自己快要炸了。她用手挥了挥飘过的浅灰色烟雾,而这烟雾也像是有意调侃似地朝她扑去。她往前迈了一步:

"你知道什么?"她咆哮道,"说到底,你和他们都是一路人。蠢货!晚安!"

她扬长而去,门被重重地砸了一下。勒维尔目瞪口呆。两天的时间里,人们两次把他当作白痴。他终于相信他们说的没错。

大区司法警署空旷阴森的大厅里,索尼娅撞上了一个身影。她怒不可遏,险些被撞得四脚朝天。

"你这副模样是要去哪儿?"拉扎尔的声音传来,"你是见鬼了吗,到底怎么了?"

"别烦我!我敢说你们这些家伙一个个都是些蠢货!"

"可我还是要谢谢你!我特地回来找你,而你就是这样回报我的!"

他的脸拉得老长,索尼娅哈哈大笑起来。他们一上车,她便向他说起博尔特命案的最新进展,这桩"陈年旧案"已经让勒维尔没了耐心。

"现在,他真的相信博尔特命案与他妻子的失踪是脱不了干系的。"索尼娅叹息道。他们在灯火辉煌的凡尔赛城里艰难前行。

"这又不是什么新情况,"拉扎尔说道,"很久以来,他深陷其中难以自拔……终于他要把这桩命案永远地丢在身后了,这样很好。自此之后,我想他会换个角度来看问题的。"

"你说的当然对,说真的,你刚才去哪儿了?"

她感觉到拉扎尔在黑暗中微笑。

"我本该准备准备,"他回答说,"我回家收拾了几件衣物,然后和今早来司法警署大吵大闹的妻子聊了聊……"

"不可能吧!"

"我没有骗你。我得把这些事情整理一下。"

"然后呢?"

"还好,我觉得她想通了。"

人是可以决定一切事情的。然而拉扎尔此时并不想让索尼娅掺和到他们两口子的破事里。她既没有必要知道其实他并未回家,他只是去了一家人满为患的超市里买了几件临时换洗的衣物;也没有必要知道他给妻子打过电话,告诫她不要再纠缠他了。她难以接受,喊叫、恐吓、侮辱轮番上阵,他和妻子的交流少得可怜。旁人和她相处时,如同他一样,总会忐忑不安。最终,他告诉她只有在她冷静下来并且接受商议如何分手的时候,他才会去见她。他好像听到了她的啜泣声,但这是她惯用的手段之一。

"你怎么了?一直在看后视镜!"索尼娅突然发问,此时他们好不容易摆脱了长长的车流,往右转去开往切斯奈①。

"嗯?"

"你不停地看后面。刚刚在停车场,你一直看后视镜,似乎在寻找谁……你是害怕她跟踪你,对吗?"

拉扎尔没有回答。

"她让你感到害怕吗?"中尉一再追问。

"她没有让我觉得害怕,你想知道什么?我不想让她毁掉你的生活,我了解她。倘若她知道我住在你家,她会毁了你的……就是因为这个,我才……"

"听着,雷诺,圣诞节到了,我很理解你改了心意。你回家去

---

① 法国伊夫林省内的一座小城。

吧……"

上尉情不自禁地微笑起来。他历来都对女性的直觉和她们剥开男人脑洞的非比寻常的方式赞赏有加。

"今晚你没必要和我待在一起,"她很执着,"你可以下车了……"

"啊,不要啊!我已经不是二十岁的小伙子了,我可是需要充足的睡眠的……"

"那好吧,别磨磨叽叽的,避开这该死的堵车吧!"

"不跟车流了吗?"

"不跟了!"

"我们走了!"

快到晚上十点,勒维尔才决定回家。索尼娅走后,他犹豫着要不要打电话给她,为他刚才的言行道歉。但他还是没有把电话拨出去,他不知道是什么原因。在他看来,这个小女人也有些问题。问题也许出在她的个人形象上,也许因为她还在找寻方向。他知道很多自卑的女孩会在她们的人生旅途中邂逅成熟男子,而她们在这些男人身上想要找寻的竟然是父亲的影子!此时,他想到了莱娅,心如刀绞。他一直没有联系上她。他一反常态地不想回去,收起散落在周围的文件,把它们整理好后放到柜子里,熄灯,穿上罗登绒厚呢外套。他优哉游哉地转了一圈,每间办公室里都空空如也,然后他下楼到了大厅里,两名工作人员守着寂静无声的屋子。他不带任何嘲讽语气地向他们道晚安。入行二十五年来,他已习惯了过节的晚上和同事们一同值班或者是赶赴现场。他突然很想见玛琳,这想法有些迫切,又有些可笑。站在皇后小吃店门前,他看到里面的灯熄了,铁卷帘门也已放下了。他因此而愤然不已。

36

索尼娅的确是个性格古怪的女孩子。一路上她难抑兴奋,因为拉扎尔险些失去理智,不仅闯了红灯,还越过了人行道。她用嗓音刺激他,还给他指出捷径。她已经不再是那个为不弄脏屋子宁可贴墙而走的小心翼翼的女孩儿了。抵达目的地时,他们确信没有被人穷追不舍,他感觉自己又年轻了二十岁。

他们像一对于某个节日夜晚回到家里的疯狂夫妻一样。可是她没有一次真正在意过他们会把节日的夜晚变成什么样子,屋里没有任何过节的装饰,冰箱里空空荡荡的。难道他们要在冰箱前跳快步舞曲吗?整座城市弥漫着古斯古斯面①和阿萨橄榄柠檬炖鸡的香味。她麻木地开门、开灯。就在门打开的一刹那,她惊呆了。拉扎尔则享受着自己的劳动成果带来的快感。他用一个小时把同事空荡荡的客厅变了个样。在窗前放了一棵小小的、简单装饰过的圣诞树。由

---

① 北非一种用麦粉团加作料做的菜。

于时间过于仓促，他只是随便装饰了一下，五颜六色的小鸟形状的花叶边饰顶上安了一颗俗气的、荧光闪闪的彗星。拉扎尔好不容易才在厨房里找到一张折叠餐桌，于是把它放到了客厅中央，又在桌子的对立面放了两把椅子。桌上盖了金色的纸桌布，两只香槟杯放在一束白玫瑰旁。

"这些都是谁弄的？"索尼娅喃喃低语，一脸沮丧。

"我不知道，也许是圣诞老人吧……"

中尉决意在客厅里走上几步，因为她不相信眼前所见，也不知道自己该做些什么。站在她身后的拉扎尔尴尬难当，他觉得自己就像一个擅入者，或是一个没有教养的客人，未经主人同意就将其房子占为己有。

"对不起，"他说道，声音有些哽咽，"我不该……我本以为自己做得很好……"

索尼娅将包丢在客厅中央，对于像她这样有"洁癖"的人来说，这个动作很不得体。她朝圣诞树走去，此时，拉扎尔担心她会啜泣起来。他不知道该如何安慰她，既不愿意看她毫无意义地哭泣，也不想去搀扶她因啜泣而抖动的身体。当她朝他转身的时候，他已做好了撤退的准备，不过是收拾东西走人而已。然而，他看到对面的年轻女子神采奕奕，眼神像个小女孩般寻寻觅觅，仿若在纸盒里寻找遗忘了十年的旧毛绒玩具。

"我想你应该买了香槟吧！"

37

勒维尔还是没有回家。他抗拒回家,他料到自己并不想去面对问题。没能见到玛琳,他有些懊恼,于是去黑月亮酒吧里坐了会儿,也不为什么理由。他脑中突然闪过一个想法,如此做或许是想弥补自己对斯达克案件的漠不关心,又或许是想看看那个八卦酒保的模样。和素日里一样,他总是跟着直觉走。但其实他并不想承认直觉这回事,之所以进入酒吧完全是因为自己良心不安。一名重案侦查员得要讲求效率、坚信事实。他推门而入,一打开门,便完全陷入到里面的氛围里了。满眼是柔和灯光、桌上的蜡烛、香槟酒杯、冰桶里的酒瓶、花叶边饰及灯笼。吧台那里,一名棕发女郎打扮得像萨巴女王一样,穿着饰有金银箔片的黑色开叉连衣裙,裙子长度只及胯部。她正用喇叭口的酒杯调着玫瑰红、绿、蓝三色鸡尾酒,调好之后在杯口放入碎冰,再将这些杯子整整齐齐地放在吧台上。

"先生?"

"请给我一杯威士忌!"

"抱歉，酒吧今晚被人包场了……不对外营业。"

勒维尔环顾四周，最后紧盯着门口，言下之意是："你把我当白痴吗？"

他似乎不想离去。她深呼吸，在他的面前站定，双臂交叉：

"您想喝哪种威士忌呢？"她不再驱赶他。

"无所谓，给我两杯就好。"

她为他盛上酒，回头去调鸡尾酒，再没搭理他。

"晚上一般是一位男士在这里服务吧？"勒维尔一口气饮下一满杯大力斯可① 后，问道。他将双肘杵在漆了深紫红色油漆的柜台上。

"您是说斯蒂夫吗？他晚点儿才来。今晚过节，老板同意他晚来。十二点我就下班了，我得回去抱抱我的宝贝们……"

"啊！今晚真的是私人聚会吗？还是……"

"没有还是，别想那些有的没的，这就是很私人的聚会……"

勒维尔一口气饮尽杯里剩余的酒，他对着棕发女郎晃了晃杯子，后者正忙着往小酒杯里装橄榄和干果。

"不，先生，可以了！"

"就一杯！"

"不，我要告诉您的是：我本没有必要为您提供服务的……好吧，今天是圣诞节，您不用买单了，算酒吧的账。您走吧，现在就请离开吧！"

勒维尔移步到了人行道上，寒气突然袭上身来，冰凉浸骨。寒冷的夜色下，他用手摸了摸火烧火燎的喉咙。立在黑月亮酒吧前，他打算以毒攻毒，于是点燃一支万宝路香烟。吸第二口烟时，他感

---

① 大力斯可是大力斯酒厂纯麦威士忌。——译者注

觉气管燃烧起来,支气管似乎爆裂了。他弯腰杵着车子,立在寒冷中不停地咳嗽。寥寥无几的路人漠然地看看他,脚步匆匆地往家里赶去,那里可是有塞满食物的火鸡等着他们呢。每次他因咳嗽而全身抖动的时候,膀胱就会渗出尿液,泪水模糊了他的视线,顺着脸庞滑下,很快结成霜。他真想倒在地上,死去,一了百了。警报器的响声将他拉回到现实中来。他猛地吸了口冷空气,就像吸了麻醉药一样,暂时缓解了气管的剧痛。一辆大车不停地打着大灯,示意他让道。他做了个手势告诉对方马上就会离开。他放置的遮光罩挡住了愤怒的大车司机的前灯,对方摇下车窗,对他下达"动动屁股"的命令,居然都不用别的表达。他挑衅地将驾驶座的音箱音量调大。勒维尔骂骂咧咧地发动车子,大车司机以及和他一样德行的"蠢货"、"畜生"及"小杂种"都需要一辆大车来彰显男子汉的气概。他还在流眼泪,只勉强认出那是一辆大型四轮驱动汽车。

38

香槟酒瓶里几乎滴酒不剩。虾和鹅肝小吃也被一扫而光,索尼娅的吃相可谓狼狈,拉扎尔从未见过如此贪吃的她。拉扎尔刚在小烤箱里加热了肉馅鹌鹑,厨房里飘来阵阵香味。他早已决定由自己来负责今晚的一切。在酒精的作用下,他年轻的同事终于放松了。她放了音乐,"肖邦的小夜曲是她在这世上最喜欢的音乐"。他则躲在迷你厨房的橱柜后面,忙着打开一瓶梅多克红酒,一瓶穆利的比斯东-布莱特①,这种葡萄酒是他和妻子在西南部度假时发现的。一想到那次旅行,他便觉得胸口似乎被人拧了一下。转瞬之间他问自己今晚她会在哪里,想到此时她正和肌肉男杯觥交错,双颊通红,眼睛熠熠生辉。他不该念旧,更不能让步,他要保持头脑清醒。

"你得和我说说情况怎样了。"他拿了瓶酒过来,对她说道。

---

① 这是法国波尔多左岸梅多克区幕里斯次产区的一支布尔乔亚中级庄分级制的优秀中级庄(Cru Bourgeois Supérieur,简称 CBS)佳酿。——译者注

"你知道，"她喃喃低语，"我有些醉了，我不可能去看……"

"不行，你要看到……"

"雷诺，我得和你聊聊。"她吭声了。

"咱们聊聊？好的！"拉扎尔生闷气了，"该来的肯定会来的……"他隐约觉得她可能会向他表达爱意，又或许会对他倾诉她童年时遭遇过的恐慌。他把酒瓶放在桌上，慢条斯理地换上喝红酒的酒杯，继而端走了空盘子。

"说吧，我听着呢……"

39

家里空空荡荡的，阴冷、幽暗。勒维尔并不觉得意外。他甚至故意耽搁，一再推迟回家的时间。可他已没有力气开车到巴黎去再找一家还在营业的酒吧。玛琳没有接电话。他又想到索尼娅，还有她的单身三人聚会的提议。他不敢，他和她待在一起对她不公平，她也不会感到顺心。他只配孤家寡人，命运早已做了安排。

"瞧瞧，到家了。"他自言自语，将钥匙插进门锁里转动开门，"我找遍了所有认识的人。"就在进门的一刹那，他感觉自己极其孤独，这感觉强烈到呼之欲出。他觉察到自己的裤子湿了，肺也在轰鸣。进到屋里，只有几个快要喝空的酒瓶在等待着他。他打算把它们一饮而尽，滴酒不剩，再吞下几片"安眠药"。突然，他极度不安起来，仿若飓风来袭，紧紧将他裹住。他急忙冲向女儿的房间，却撞到了紧闭着的门。在内心深处，他已然知晓：莱娅昨晚就离开了。他脑海中瞬间闪过一个自己不堪承受的想法：莱娅去了某处，然后自尽了；又或许她正在医院里，疼痛难忍，却又无法通知父亲；又或者……他不敢再想下去了，慌忙跑至自己的房里。他曾偷偷在自己屋里放了家里每道门的备份钥匙。莱娅房间的钥匙挂在一颗镀金的心形钥匙扣上，他一眼就见到了，心里惶惶不安。小女孩的房间井井有条，床也收拾得整整齐齐。电脑关了，目光所及之处没有一张留言条。他忐忑地告诉自己，她至少等了他两天，她的父亲不见她的人影也惴惴不安。他倒在了女儿的床上，双手抱头，痛哭流涕。

40

"你应该知道我小时候曾被家暴过，还遭受过性侵。我现在这个样子全拜那些经历所赐。"索尼娅开口说话了，她看都不看拉扎尔一眼。

上尉克制着自己，没有接话。他全神贯注地听着，想到要去分担索妮娅身上的重负，内心便隐隐觉得害怕。索尼娅一开口，他也开始惶恐了。

"或许你已经注意到，我有点疯癫……"

他审慎地做了一个模棱两可的手势，言下之意是："没有比别人疯到哪里去，说实话，就多了那么一点点，就是这样……"

"嗯，我就这点儿不堪的往事了。要是没有被好色的爷爷强奸过，也没有被淫荡的神父侵犯过……所以，我现在为什么会是这个样子？不苟言笑、冷若冰霜、无夫无子，家里的风格布置得像个诊所似的，会因为歪斜的椅子脚发疯……"

她等待着拉扎尔的回应、点评或提问；他却置若罔闻。她的怒气不打一处而来：

"难道不是这样吗？这个问题，你不问问我吗？我知道你想问的，那就问吧！"

"是的，我想问你，可……"

"你看吧！不要对我说我得去看心理医生的话！因为我很清楚自己为什么会成为这个样子！"

"索尼娅，"拉扎尔终于吱声儿了，却一脸为难之色，"我不知道……"

"你不知道自己是否想了解？"

"不，不，不是这个，而是我不知道自己是否可以做那个能真正帮助到你的人，因为我个人的问题……"

"啊，对不起，我还以为你要说……"

她突然沉默了，这就是她，总让人难以捉摸。她出其不意地拿起那瓶穆利的酒，往杯子里倒酒。拉扎尔表情怪异地看着她，觉得她亵渎了圣物，毕竟这是万人景仰的神之甘露啊！他不贪杯，也不必再为自己加酒。他面无表情地起身，走至烤箱那里把鹌鹑拿了出来。把美食放到桌子上的一瞬间，他看到索尼娅目光迷离，面带倦色却温柔可人。他故意不去看同事那双水汪汪的迷人眼睛。此时，他突然冒出一个想法。他对着索尼娅举了举杯。她紧紧地攥着杯子，远远地、轻轻地和拉扎尔的杯子碰了一下，几乎没有看他。

"你知道，索尼娅，"他轻言细语地说道，"你应该给她打个电话……"

"给谁打？"

"你妈妈。"

41

快到午夜十二点了，勒维尔查尽了所有可能找得到莱娅的资料。他打开莱娅的电脑，在里面发现了信息几乎为零的联系人地址本，其实他自己的也差不多是这个样子。他终于和女儿的几位同学取得了联系，可她们对莱娅的去向也一无所知。莱娅竟然自闭到了如此地步，连他都无法想象。莱娅的一位名叫娜塔莎的同学说她可能躲到了教文学的女老师那里，她有时会和这位老师交流交流。而这名女教师此时正和家人在贝藏松共度圣诞节，她很婉转地提示勒维尔该做做自我检讨，还说他现在才担心女儿的命运未免太晚了。他的再三坚持毫无作用，她不再多言。但可以确定的是莱娅并没有因为父亲而躲到老师那里。老师最后的话语像一记耳光打在勒维尔心上。他接着询问了大区的每家医院，甚至还求助了警事应急队和消防队。

他待在莱娅的房里，开始在她的电脑里查找，结果让他大吃一惊，他竟然不知道女儿还有另一面。他宁可从未读过她的那些邮件，她在邮件里诉说着惶恐不安的寂寞与痛苦，很多留言已在前几天被删除了。他终于在回收站里打开了一封法航代理点于一周前发来的邮件,一个署名为左拉的人请莱娅尽快联系她一下。震惊之余,他意识到莱娅的确离家出走了。她乘飞机远走高飞了。他站起身,如同一棵迎接强烈暴风雨的大树般摇摇欲坠。置身女儿的屋里,他觉得自己的人生一塌糊涂,好像有人在身后狠狠地捅了他一刀,而另一个陌生人又在前面击打着他的胸膛。他突然觉得房间变得狭小了,地板猛然升起,和他的前额碰了个正着,还来不及做什么就往前倒下了,头撞到了床支架上。夜色弥漫,他倒下了。

42

品尝第二口肉馅鹌鹑时,索尼娅说不想再吃了。不是鹌鹑不可口,而是因为她饱了。拉扎尔也饱了。他们拿着穆利酒瓶,坐在硬度与木头无异的加垫长椅上。

"她从来没有爱过我。"索尼娅在饮第三杯红酒时终于说话了。

她谈论母亲时拉扎尔并未插话。她继续说道:

"她欣赏我父亲。而他,就是一匹脱缰的野马,从来没想过成家立业。为了拴住他,她想方设法地怀上了他的孩子,而我就是那个孩子。我父亲第一眼看见我的时候,就很喜欢我。也许这话说得有点过,总之是因为我,他才留下陪她的。为此她从未原谅过我。我竭尽所能地想讨她喜欢,因为如果连她都不喜欢我了,谁还会在乎我呢?可让我不能接受的是她并不这样待我的两个哥哥。在她眼里,我就是她的情敌,她只想父亲为她一人存在。"

索尼娅倾诉衷肠,拉扎尔却一直沉默不语。她尝试着像男孩子一样生活,因为母亲是这般希望的。没有人能改变这一切。她把杯里的酒一饮而尽,他又开了另一瓶,还从冰箱里拿出了几块冷的小蛋糕。他可不允许圣诞大餐没有饭后甜点。

"我想她从来没有亲过我,也没有抱过我。"索尼娅喃喃道,就在此时,她的手机响了。

过了好一会儿她才回过神来,而拉扎尔的头脑已在飞速运转,其实他们两人是在家待命。两人之中,他的军衔较高,他应该被第一个呼叫才是,至少也应该是和索尼娅一起被呼叫才合理。索尼娅完全置若罔闻,她还沉浸在自己的经历中无法自拔,对电话铃声无动于衷。

"哦,索尼娅!你得接电话!"

而当她看见手机屏幕的时候,提高了声音分贝,无可奈何地骂了句"他妈的"。拉扎尔明白圣诞夜就此结束了。

"把车停在那儿!"黑月亮酒吧门口,索尼娅对拉扎尔发号施令。

"没有车位了。"拉扎尔反驳道。

"我不相信大半夜的还有那么多人在闲游浪荡……你就待在车里吧,我保证很快完成任务!"

拉扎尔听从了她的命令,目送同事走远。她藏在一件大大的羽绒服里,有些缩头缩脑;脚上穿了保暖的长筒靴,头上戴了顶绒球羊毛帽,看起来像极了俄罗斯套娃。酒吧的玻璃窗蒙上了一层水汽,但可以看见里面摇摇晃晃的身影。上尉手臂交叉,贴着绒面夹克衫,将冻僵的双手藏在袖子里。饮了酒、享用了极为丰盛的晚餐,听了索尼娅推心置腹的话语,加上从昨日起就下定决心隐身于虚幻世界里,此时的他困意袭来。他很渴望躺在柔软的床上,钻进被窝里,拥抱着温暖的胴体……

他没有再浮想联翩下去,而是监视着酒吧的动静,准备随时跳下车去支援同事，而对方却来电告知竟然遇到斯特凡·布格朗了。半小时前，酒保来黑月亮酒吧上班了，他负责圣诞夜下半场的私人聚会。他刚才在参加聚会的人当中居然瞧见了那个说出艾迪·斯达克患了艾滋病的家伙。

"你说的是托米吗？"索尼娅问道，声音里满是疑惑，"就是我在司法警署里给你看过照片的那个人吗？"

然而今夜在黑月亮酒吧里欢庆圣诞节的人并不是斯达克的园丁——托马斯·弗雷沃。而是另有其人，是别人。

"我到了。"索尼娅对他说道。

拉扎尔一直原地待命，出发前他们带了一台相机。去见酒保的路上，他们犹豫着要不要打电话给勒维尔，这也可能是斯蒂夫耍的花招或是给他们设下的陷阱。但不管怎么说，他们对这个男人知之甚少。索尼娅并未告诉斯蒂夫她还有个同伙，她在衣袖里藏了东西，这可是她的法宝。拉扎尔自言自语，说自己做的工作既让人厌恶又肮脏不堪，牢骚才发完，便看见索尼娅回来了。她重新坐进了雪铁龙的车里，还对着冻僵的手指吹气：

"那个人溜了！"她说，"我再也不相信斯蒂夫了！"

"他溜了？何出此言？"

"可不是嘛，就在我们到来之前的一会儿工夫，他拿了衣服走人了。"

拉扎尔沉下了脸。

"你不觉得你的酒水商贩在耍你吗？"他问道，满脸狐疑。"他其实只想你来陪他过夜？"

"你说的对，我也这么觉得……我倒要看看我的担心是否多余。"

"你在说什么？"

就在这时,索尼娅电话响了,是短信铃声。她点开短信,一张照片出现在手机屏幕上。这是一个男人的照片,从侧面拍的。照片有些模糊,花叶边饰的灯光照着他脑后光滑浓密的栗色头发,长至脖颈。他戴着茶色眼镜,像那些好出风头的人一样,神情有些炫耀。勒维尔把这些爱炫的人叫做"开开党"。

"斯蒂夫没有骗我。"索尼娅喃喃低语。

"照片上的人是谁?"

"我还指望你告诉我此人是谁呢……"

"没有关于此人的消息吗?"

"什么都没有。这家伙喝醉了,醉得不省人事。他好像是在酒吧里勾引到一个女孩,然后一块出去了。斯蒂夫没有看到他们上了哪辆车。这两人一直待在外面吸烟,接着,斯蒂夫不得不进去照顾客人了。"

"消息少得可怜……但他不会无缘无故去酒吧的,里面肯定有人认识他。"

"那我们要不要去问问酒吧里的人呢?咱俩也去凑凑圣诞狂欢夜的热闹?去吗?"

"为什么不去?难道你不想喝杯威士忌吗?"

斯特凡·布格朗为他们开了吧台后方的门,此门与酒吧侧面的走道相通。

"大举进攻吗?"他直起身了来,愤愤然说道,如同一只生气的小公鸡。

"嗯,话说,不是你一直给我打电话吗?"索尼娅纠正他道。

"我的确给你打了电话,只给你打了,但没打给你的……"

"同事……拉扎尔上尉!"

索尼娅提高音调。斯特凡看看他身后,眼神慌慌张张。

"嘘!"

"我们能进去吗?"

"不能,今晚被包场了,包场的人会询问你们的身份……"

"那我们就远远地待着吧。我们必须和你谈谈,斯蒂夫。"

拉扎尔已经将门推开。他们溜进了厨房,这时另一个男人也闯了进来。

"嘿,斯蒂夫,我渴了!"

"好的!"

"这两人是谁?"男子全身湿透了,说话结结巴巴的。

"他们是进来清理厨房的。您回大厅去吧,我马上就来!"

一会儿,斯蒂夫端着两杯香槟酒回来了。厨房里没有旁人,满地乱堆着脏脏的碗碟,酒吧生意不错,老板将货箱贴着墙码起来,都快触到天花板了。

"刷碗工要明早才来,"酒保觉得有必要解释一下,"今天只提供自助餐。过节的时候,客人们就是来喝酒的。"

"都有哪些客人?"

"朗布依埃一家大型修车厂的老板。他只修理高级车:保时捷、法拉利、阿斯顿·马丁……他邀请家人及朋友共度圣诞,其中有几位是他的重要客户,少说也有百来号人吧……"

"啊,有那么多人!"拉扎尔大惊小怪地叫了起来。

"是的,每个人,我们收两百五十欧,你们可以想见……"

"照片上的那家伙是谁?"索尼娅早已没了耐性。

"他们管叫他杰里米。其他的,我也不了解。"

"他多大年纪?有二十五六岁了吧?"

"差不多吧。那个女孩子叫马尔戈,在一家酒吧里做服务员,其实应该是那家酒吧里的'小姐'吧。反正就这么个意思。今晚这里来了几位小姐,修理厂老板和他的哥们儿就喜欢这样的……"

"哪儿呢?"

"你问的是什么呢?"

"你说的每一件事情。杰里米,你是在哪儿找到他的?还有那个马尔戈,她又是在哪儿招揽生意的?"

斯蒂夫耸耸肩表示一无所知。他一直盯着大厅的侧方。

"喝完你们的香槟酒就赶快走人吧!"听到有人在吧台那儿大呼他的名字,他急急说道,"我得回去工作了。"

"你不觉得他们会回来吗?"索尼娅说道,"他们也许只是出去抽抽烟而已……"

"那小子已醉得不省人事,"斯蒂夫讥笑道,"我觉得他们回来的可能性不大。我甚至都不相信他还能抽口烟或是做别的事情……可要是他回来了,我就给你打电话……"

"不用了,你让我们待在这里就好了……"

"你们要亲眼见到才死心。"

两名警察眼神交流了一下,彼此心领神会:留在这里也没有多大意义。索尼娅将酒一饮而尽。拉扎尔再次举起酒杯,今晚他肚里是吞了满满的气泡。

"你尽量去打探杰里米的情况。好吗?"索尼娅命令酒保道,她凑近他,两个指头摸着对方的胡子,"你要记下他的车牌号,还要想办法拿到他的手机号码……听清楚了吗?"

"哦,我当然听明白了,你不就是想让我做眼线吗……"

"瞧瞧你,马上就用了这么大的词!你帮了我们的忙,仅此而已。作为交换,我们还你清净。"

"好吧,可下次就只能你自己一个人来!"

回去的路上,他们犹豫不决。时间还早,也没什么急事非要把勒维尔叫醒不可。可他们最后还是给司法警署的头儿去了电话,告知了案子的最新动态。勒维尔是完全可以料到案子进展的,但没有人看见过他,自从他离开单位后,就再也没有出现过。

"他正和女儿一起过圣诞呢,"索尼娅忽然想起来,说道,"我们就让他清净一下吧,何况也没有什么急事非得告诉他……"

"你说的对。这可真有意思……"

"什么有意思?"

"我也不知道……也没什么要紧的事……但我有个奇怪的感觉,好像在哪里见过此人一样……"

索尼娅看着他,一脸讶异。这和勒维尔有什么关系?

"你在说谁?"

"杰里米,照片上的那个人……或许只是感觉罢了。"

拉扎尔不再说话了,他们回到索尼娅的家里。很多人家的窗户还亮着灯,但天寒地冻,停车场里空无一人,楼房的入口处也不见人影。

"索尼娅,让我高兴高兴吧,"一踏进屋,拉扎尔就开口了,"咱们喝完瓶里剩的酒就去睡觉,明早再收拾屋子吧。"

自打进了屋,年轻女人就将自己紧紧包裹起来。

"这个嘛,我不知道我是否还能……"

"那么由我来收拾屋子好了。"

"不,你今晚已经把所有事情都做完了。去睡吧。"

临时起意的出门办案,还有对他们平凡生活的追忆,让这个圣诞之夜扫兴不少。至少，从索尼娅沮丧的神情可以猜出她的几许失望，她再怎么坚持也没有用。拉扎尔把她推进了她的房里。她终于和自己独处了。他在心里告诉自己："她刚刚向前迈出了一大步。"表面却不露声色。他放了肖邦的小夜曲，然后专心地清洗碗碟。把一切收拾妥当后，他长久凝视着窗外的这片郊区。勒维尔管这种地方叫"破烂区"，它们是被大家遗忘的地带，仿若有一堵隐形的墙把它们与尘世永久隔绝。

拉扎尔从窗旁起身，忍不住连连叹息。他并非今晚就能解决"高压"郊区的问题。他在书柜前看了看索尼娅阅读的书，摇摇头，这个花季女孩也有让人动容的读物，可她却把自己藏在了无所畏惧的圣斗士面具之下。他将瓶里剩的红酒一饮而尽，只是想忘记他在单人房里有多可怜。走过索尼娅的房门前时，他听到她正在打电话。他能听到她像个绝望的小女孩那样说话、抽泣，也许她正在恳求。当他听到她叫出"妈妈"两个字时，他匆忙逃进自己屋里，关上了房门。他与小单间合为一体，一种压迫感钻进他的胸腔里。他发现自己使劲攥着电话，好像攥着别人不愿伸给他的手一样。他一直看着电话，因犹豫而痛苦。终于，他决定给妻子去电话，电话响了很久，却无人应答。

43

　　刺骨的寒冷让勒维尔苏醒了过来。他不知道刚才自己是失去了知觉还是昏睡了过去。他也不知道自己"休克"了多久。屋里的灯还亮着，他花了点时间才认出这是莱娅的房间。他的身体像匹死马一样瘫在女儿的床脚处，他拼命想站起身来，但感觉力不从心。他只能用一只眼来看东西，因为另一只眼被一种黏黏的东西完全堵住了，根本无法睁开。他仿若坠入悲怆的噩梦中，无法前进、后退，连出声都艰难。幸而，他还知道自己正躺在女儿书桌的下方。他突然想起莱娅失踪的事情来，很快，胸口迸裂的疼痛也随之而来，他终于知道自己不是在做梦。

　　他心里想到的词语只有"见鬼"，因为他骂不出声来。

　　他的左臂卡在无法动弹的身体下，抽不出来。他尝试动动右臂，而付出的代价是痛彻心扉。

　　"滚你妈的蛋！"他在心里破口大骂，"我要孤零零地死在这里了……"

他感到死亡正慢慢走来。他的心脏出卖了他，肺也咳成了碎片。谁会来这里找他呢？他的队员吗？可要等到什么时候？他常常离群索居，他们最终会觉得一只在洞穴里独自死去又不堪入目的熊是正常不过的事。他们不会来的。他们会欣喜于不再见到他的事实。拉扎尔会取代他的位置成为队里的头儿，然后被提拔为少校。可谁来做副手呢？米穆尼或是格拉斯耶？还是索尼娅！拉扎尔会选择索尼娅，目前他们住在一块。还有莱娅？只是，她会回来吗？如果她不是心甘情愿地离家出走呢，就像十年前她母亲的行为一样？这是他第一次如此残忍地做出这样的假设。他激动不已，然而内心再怎么澎湃也不起作用。幸而，他觉得腿稍微有了些知觉，尽管这种知觉不足以支撑他站立起来或是行走，但他意识到左胯那里有个东西一直抵着他，那东西还紧紧贴着房里的地板。是他的电话！他险些狂喜地吼叫出来。可这只是一部电话，这玩意儿一旦用完，他还会抱怨几句：手里的羁绊，现代的奴隶，耳朵的嫁接物，既无野心也无想象的人类的拐杖……它就在那儿，他快要抓住手机了！他还得再努力一下。他为此出了不少汗，几乎昏厥，但最终成功地将右手挪到了左边的口袋里，虽然还是不能拿出被死死卡住的电话。几分钟过去了，他还在努力，最终筋疲力竭。他绝望地摸索着，触碰到了手机的按键，凭印象他按住了某个之前输入过的号码按键。他也不知道按下的键是否正确！

44

代理检察官路易·格特朗在床上翻了个身。他被某种声响惊醒了。侧耳倾听，原来那细微的声响是从熟睡的妻子那里传来的。她半张着嘴唇，发出轻微的声音，也不知道说了些什么，声音轻得如同气泡，无论如何也不足以让他从睡梦中醒来。可她有时也会打鼾，让他完全无法入睡。碰到这种情况，他自有解决办法。他将她侧身翻转，贴着她的脊背，然后和她做爱。她几乎感觉不到丈夫对她做了什么，因为她睡得很沉，但她会感受到愉悦，然后身体微微抖动，这说明他并未白费功夫。而今夜，让他摆脱噩梦的人并不是她——圣诞大餐一如既往地铺张浪费——他明白此刻的自己将难以入睡了。他看了一眼放在床头柜上的闹钟：五点十分。起床未免太早，而要重新投入梦神的怀抱又太晚。路易·格特朗摆了个舒适的睡姿想要试试是否还能入睡。突然他听到藏在套房里某个地方的手机发出了极具个性的振动声。尽管裹在羽绒被里的他浑身发热，他还是决定不作回应。今天不是他值班，一定是打错了，某个烂醉如泥的家伙拨错了电话号码。他将眼皮底下钱包里的东西翻了一遍，没找到一样东西能合理地解释此时不合时宜的呼叫。电话铃声响完之后短信的嘟嘟声紧接而来。打电话的那个人活该要等等了。妻子仍旧熟睡，身体翻了几下，含糊且无厘头地说了几个字。他把手伸给她，意在告诉她，他就在身旁。此时《新世界交响曲》的旋律再次响起。

"不会吧，"他怨声载道，光火地掀开被子，"没完没了了！"

"怎么了？"妻子的声音黏黏的，"你病了？"

"没事，什么事也没有，你快睡吧……"

他在客厅的小圆桌上找寻手机的间隙，铃声戛然而止了，一条新短信来了。路易·格特朗拿起电话。他眉头紧蹙，因为他看到了呼叫人的名字：勒维尔。勒维尔少校！他险些想咆哮了。妈的，这家伙又怎么了？他为何要来电呢？圣诞节凌晨五点来电，还一副不依不饶的样子？他又挑事了，要来找他的麻烦？代理检察官的双手微微颤抖，按下了留言按键。除了一些模糊的声响，他没有听到任何人讲话的声音。似乎有刮擦的窸窣声，还有一种声音，像极了醉醺醺的爬行动物发出的声音。格特朗火气冲天。他脑海中掠过一个画面：躲在酒吧或夜总会或妓院的某个角落里喝得不省人事的勒维尔，在口袋里寻找香烟的时候，不小心碰到了手机的按键，然后拨出了他——代理检察官——的号码！也可能他就是要故意恶搞他一下，反正没什么区别！

"他要为此付出代价。"格特朗嘟哝道。他依然沉浸在那幅画面里：少校正在一家跳脱衣舞的夜总会里和别人胡搞。

然而就在电话快要挂断的时候，出现了奇怪的声响，好像是打嗝的声音。他怀疑自己弄错了。通话断了，代理检察官聆听了第二条留言，以便让自己心安理得。他仍然听到了奇怪的响声，毋庸置疑，这一次他的确清晰无误地听到了哼唧声，这绝非性欲高潮时发出的呻吟。最终，正好在通话被打断前，他听到了"救命"，还有类似"帮帮我"的话语，但是他不能肯定是少校本人——但也只可能是他——在承受痛苦。格特朗犹豫了一会儿，看电话的眼神如同在看毒品。他的第一个想法就是给勒维尔重新打过去，问问他玩这种小把戏有什么意思呢？然后他思考了很久。因为如果勒维尔在哪里喝醉了酒或者是陷于险境，随意地给他——格特朗——打电话是合乎逻辑且名正言顺的，因为他们之间的关系较之少校与自己的队伍——甚至于与警事应急队的关系，是最不密切的。这其中必有原因。他一定要知道事情的原委吗？他太了解这个家伙和他的古怪脾气，要是他拨电话过去，就给对方创造了大好的机会，然后事情会没完没了，永远都无法抽身了。他这一晚算是白过了。除此之外，他的圣诞节，连同在岳父母家享用的午餐和温顺的妻子都搭进去了。他的妻子虽然是个任性鬼，可是为什么这个见鬼的脾气暴躁的勒维尔要给他打电话呢？为什么是他呢？妈的，为什么这么倒霉？

45

索尼娅恢复了平静,她不再说话、啜泣或者喊叫了,拉扎尔这才勉强入睡。他游离在睡眠与清醒之间,就像一个航行者或是在医院值班的医生惯有的状态一样,手机铃声的第一个音符响起时,他竟然惊跳起来。他的心脏剧烈跳动,以为是妻子终于来电了。他斜睨了一眼,现在是五点二十分,来电者是代理检察官格特朗。

拉扎尔极为不情愿地听着检察官说起勒维尔的奇怪留言,然后起床、穿衣。无论如何,这个夜晚死气沉沉。不管少校做了什么,都不足为怪。给格特朗去电话,完全是出人意料之举。勒维尔并不欣赏代理检察官,骂他"软蛋",还觉得他很刻板。拉扎尔很疑惑,是因为他处于危难之中才给检察官去的电话吗?他暂时得出的结论是:勒维尔之所以给格特朗打电话,是因为唯有如此才能展开行动。

他尽量不发出声响。可刚走出房间,索尼娅房间的门就打开了。这个年轻女子套在一件宽松的黑色 T 恤里,T 恤上印着"没有未来"的淡红色字母,双眼浮肿,蓬头垢面地说:

"发生什么事了？我听见你说话……"

"是格特朗检察官给我打电话。"

索尼娅睁大了她那双被睫毛膏晕染了眼皮的眼睛：

"检察官？"

"是的……他接到了马克西姆的两次来电……"

"马克西姆给他打电话？"

"听着，索尼娅，不要重复我的话……回去睡觉，我会处理……"

"可你处理什么？他妈的，起码也要告诉我发生了什么事！"

拉扎尔耸耸肩，然后朝客厅走去，他手里拿着手机，拨了一个号码。等待对方应答的时候，他抬头看了看一直跟着自己乱转的中尉：

"我真的一无所知，你知道的。勒维尔给格特朗打了两次电话。他好像喝醉了，我们不知道他在哪里……"

"可是他说了什么？他为什么要给检察官打电话呢？"

"见鬼！我真的什么都不知道，索尼娅。勒维尔也没说什么，只是在要挂电话的时候说出'救命'之类的话来……"

"妈的！他在酒吧里被人袭击了还是怎么了？"

拉扎尔示意同事安静。值班领导接电话了。

从拉扎尔车里的温度计得知车外的温度是零下九度。两位警官整装完毕，朝勒维尔家飞奔而去。多亏了司法警署的定位系统，操作此软件的值班负责人在几分钟之内便成功定位了勒维尔的来电区域。少校家就位于该区域的正中央。维护公共安全的巡逻队立刻掉头以便近距离验证手机发出信号的位置，他们刚刚报告说勒维尔的警车停在丁香街十号房屋前。房子底层和一楼还亮着灯，警察们借着灯光找到了上锁的门，不管他们怎么按门铃或呼喊，都无人回应。

拉扎尔和索尼娅赶到现场后,看到小区里一半的居民都聚集到了窗口或屋外,将警车和前来救急的消防车团团围住。拉扎尔要求小队长——身着"蓝色"制服的巡逻队队长,将那些唯恐天下不乱的好事者全都打发走,然后他匆忙去见某个消防员,对方正打算破门而入:

"后面有一扇窗户,"他急忙说道,"这扇窗户后面应该是车库,我们可以从车库进入屋子……"

消防员往前冲去,这时拉扎尔看见索尼娅手里摇晃着一样东西跑来:

"邻居家有钥匙……"

一分钟后,他们找到了头部流血的勒维尔,他侧身躺在女儿的房间里,已失去知觉,呼吸极度困难。

46

  所有人都认为圣诞节这天是个奇怪的日子。人们拯救了处于危难之际的勒维尔，他居然设法引起了别人的关注，也不再抵抗。因为他的心脏还在跳动，也就意味着他还活着。自拂晓起，拉扎尔和索尼娅就穿梭于安德烈·马尼奥医院和司法警署间，他们需要处理警署里亟待解决的事情。刑侦分局局长加亚尔也知情了，他去了医院了解勒维尔的状况。拉扎尔给代理检察官格特朗去了电话，后者并未现身，但打来电话意欲跟进近况。坦白说，勒维尔给检察官打电话的理由让后者颇为困惑。拉扎尔解释说这是因为警察的体位所致，即右手放在口袋里的电话上，呼叫检察官纯属偶然！患上妄想症的格特朗终于松了口气。自打拉扎尔感谢他即时采取行动并挽救了少校的生命后，他不停地对自己说：他就是当日的英雄。

  快到八点时，警署领导菲利普·加亚尔收到了由凡尔赛公共安全指挥部寄出的关于昨夜发生的案件的电报。案件不仅包括事关圣诞假期外出度假的二十多户人家的入室盗窃，还涉及两起致人死亡的车祸以及多起发生在结冰路面和迪斯科舞厅出口的无人员伤亡的车祸。据初步统计,全省有八十二辆车被烧毁。该电报毫不避讳地指出同一天发生的事故今年比去年多了两倍以上。当然没有超过去年在圣西尔维斯特节①次晚的案件总和,该地区那夜所发生的案件数记录尚未被打破。

"媒体还没有公布这些数字。"分局局长面带愠色地看着报纸。

"选期将至,这些数字真不吉利!"此言刚出口,他就看见值班领导招手给他打招呼:

"不好意思,出了点儿问题……"

有辆车子被焚烧了,公共安全部还未将其记录进数据库里,车子是刚刚由早起的晨练者在朗布依埃的树林里发现的,它就停在离布瓦涅森林两公里处,就在通往王子池的小路上。大火熄灭了,但车子还冒着烟,而且跑步的人还看到车里有一具尸体。拉扎尔和索尼娅互看了对方一眼。他们的圣诞节彻彻底底地报销了。

---

① 每年12月31日是法国传统节日圣西尔维斯特节,人们和朋友们聚集,互致新年祝福,喝香槟,跳舞、拥抱。

47

消防车和警事应急队的车辆抵达事故现场，人们突然感觉安全了。鉴定科的同事们和索尼娅与拉扎尔同时现身，刑侦分局局长加亚尔坚持要和他们一起赶赴现场。真是活见鬼啊，他的三个孩子看来要耐心等待他去为他们打开圣诞礼物了。值班的代理检察官也风风火火地赶来了。车尾还在冒着烟雾，车很大，轮胎、驾驶舱都被烧焦了，所以完全看不出车子的颜色、牌子和车牌号。左前门是开着的，人们看见在驾驶员的座位上分明有一具烧焦的尸体。法医已经开始从外部进行检查了，他并不在意燃烧后的塑料和皮肤散发出的难闻味道，起身对着警察们做了个鬼脸：

"没留下什么重要的东西，"他说道，"我甚至都不能马上告诉你们里面这个人的性别……这已经不像是一个人了，更像是被遗忘在烧烤架上的烤腊肠。"

警方有条不紊地展开工作：拍照、记录、取样、录口供、搜寻印迹以便确认车辆型号。这些工作完成之后，接着就应该确认被焚烧的死者的身份。大家都各自安静地忙碌着。警方仔细检查了池塘周围的地带，发现有很多车轮碾压过的痕迹，而霜冻冰封了这些痕迹，让人一览无遗，都不需要使用制作模具的材料了。似乎有人在此处驾驶过那辆被烧毁的车，而且险些坠入池塘。鉴定科的一位技术人员提醒大家注意这一点，因为他拍到车轮的痕迹一直延伸至池塘边缘。

在消防员的监督和帮助下，车子的发动机泄露了至关重要的机密：车子底盘下方刻了一串号码，这是离燃烧点最远的地方。接着，尸体被抬出送至加尔什法医学院检验。但还是有好几个线索浮出水面：头发、皮肤、脸部的肌肉被烧化了，牙齿却依然保存完好，尽管已成了炭黑色。终于有迹可循。死者应该是一名年轻人，牙齿整齐完好，没有矫正牙齿的痕迹。左手的某些部位避开了大火，可能是因为正好卡在车门夹袋里的缘故。不难想象，死者应该在那里抬过手。手上的皮肤已荡然无存，然而至少三个指头上存有皮肤烧皱的痕迹，其中有一个是拇指。与身体黏在一起的胳膊下方留下了未被大火侵袭的布料碎片。清理犯罪现场的技术人员提取了几块类似一件T恤或是一件灰色或浅绿色外套的布料碎片。不见鞋子、鞋底、皮带、金属纽扣、布料或纤维残余物的痕迹，丁•鲁瓦大夫断言死者的下半身很可能是赤裸的。案件自然而然地转向了性丑闻。此外，无论是在车子的残骸里还是在焚烧后的残留物中，都没能发现什么可疑的东西。长裤、短裤、钱夹等物件均未被发现。

"车外如此天寒地冻，应该是欲望太过强烈，"法医一语中的，"才会亲热……"

拉扎尔也是这样想的。值班的代理检察官刚刚通知他，已抓来了几小赛人区司法警署的刑侦支队，因为她认为这起案件"困难重重"。

"我们几乎没有发言权。"索尼娅说道。尽管她穿了羽绒服、戴了手套和帽子,但还是不停地哆嗦。自她到达后,就抑制不住恶心,因为她的鼻子呼吸到了难闻的火化气味。

趁借用的另一个队伍工作的时机,刑侦分局局长加亚尔和拉扎尔交流了片刻。勒维尔出局了,剩下的人员人心涣散。光凭他们两人是无法同时应付各路人马的。拉扎尔对此表示赞同。但他认为破坏同事们的圣诞节毫无可取之处,而同事们则非常肯定地告诉他,他们随时待命。剩下的事情就留到明日再来处理了。

索尼娅的电话在口袋里振动的时候,他们差不多要结束现场的调查工作了。她接了电话。拉扎尔则看着工作人员将汽车架进行了解除,将把它运往警局的修车厂,以便技术人员可以在保密的情况下完成鉴别工作。对于消防员而言,他们是当之无愧的专家。由于大量的碳氢燃料遍布整个车身,大火显然是被点燃的。还有一部分碳氢燃料则分布在死者身上及其周遭。至此,完全可以排除是烟头或是加热器的不当使用造成车祸的假设。

上尉见索尼娅急匆匆地回来了。她的脸上又现光彩,双眸熠熠生辉。他知道她将会告诉自己一条独家新闻——去医院看望勒维尔刻不容缓。

48

少校被安置在呼吸科的一间病房里。经过医生五六个小时的抢救,勒维尔很快恢复了知觉。值班的实习医生告诉他的同事们现已确诊为肺病,需要注射大量抗菌素,但不排除其他并发症。医生将为少校做全检,检查结果要在几天后出来。勒维尔换上了病号服,骤然间苍老了很多。

"别这样看着我!"他怨声载道,"也许病情没那么糟糕。我没什么事了,一两个小时后就可以出院了!"

他们不敢招惹他,宁可让医生在合适的时间里告诉他诊断结果。同事把案件的最新进展对他和盘托出,他居然不做任何评论。

"我要给你看点儿东西。"索尼娅一边说一边摁着手机按键。

"杰米"的照片出现在手机屏幕上。勒维尔微微抬起身子以便看清照片,突然惊跳起来,反应如此强烈,连输液架也跟着砰砰作响。

"这个小蠢蛋。"他低语,紧接着咳嗽起来。

医生给他打了针,十来分钟后,给他戴上了氧气面罩,他的呼吸才恢复正常。然而医务人员请两名警官离开病房，因为他们耗尽了病人的体力。可这两名警官并未因此而有所行动，他们需要勒维尔确认刚才所说的"小蠢蛋"是否就是他们想到的那个家伙。

"你从哪儿搞到了这张照片？"勒维尔只要能讲话了，即开口问道。

索尼娅告诉他他们暗访过黑月亮酒吧，终于在中午前接到一个电话，而当时他们正在森林里被焚烧的汽车前受冻呢。

"是黑月亮酒吧的斯蒂夫打电话给我的……他从夜晚光顾酒吧的顾客口中听说过照片上的这个'杰米'，此人在朗布依埃开了一家时髦酒吧。"

"澎湃酒吧？"

"正是。"

勒维尔陷入沉思。这条线索为他打开了思路，此前他还在寻寻觅觅。杰里米·迪穆兰和托马斯·弗雷沃，他们怎么可能会有牵连呢？

"需要彻底调查弗雷沃，"勒维尔哈欠连连地说道，"一定要彻查到底，我们得了解他是怎么潜入斯达克家的。这个园丁的故事，我简直难以置信……"

"来看你之前，我查过他的电话记录，却一无所获，"索尼娅补充道，"他一直'宅'在他母亲菲林斯的家里。"

"这个托米，务必找到他。如果他和杰里米·迪穆兰联手给我们演戏，你们就要好好收拾他们。"

他们见勒维尔眼皮渐渐下垂。镇静剂发挥作用了，该让他好好睡一觉了。于是他们走出房间，从过道离开了。他们突然意识到没有人提起莱娅。他们需要通知她吗？此时她又在哪里呢？勒维尔说过他和女儿要一块度过圣诞夜的，可是为什么父亲突发状况的时候她竟然不在家？为什么"老东西"会出现在女儿的房间里？

49

凡尔赛的警察们没有想过朗布依埃森林里被焚烧的汽车居然在圣诞节期间被迅速鉴定出来了,是一辆型号为 L322 的路虎揽胜,排量 5.0,至尊限量版,黑色极光,价值高达十二万欧元,顶配。六个月前,这辆车从朗布依埃的瓦鲁尼昂车行售出。凯瑞·瓦鲁尼昂是黑月亮酒吧圣诞聚会的发起人!而车子的买家正是杰里米·迪穆兰。十二月二十五日八时,他宣称汽车被盗。他首先打电话报警,警局将其记录在案,然后十一点钟,车主现身警局,警方为其录了口供。十二月二十四日至二十五日的深更半夜里,有人在澎湃酒吧前将车盗走,偷盗就在杰里米·迪穆兰——即众口一词的"杰米"——从黑月亮酒吧的聚会现场返回之后发生的。时间在凌晨两点到早上八点之间。

"你不觉得可以趁此去会会杰米吗?"索尼娅提议,"我们只是去通知他,他的玩具灰飞烟灭了。"

"可车里还有一个家伙呢?"

拉扎尔擦擦嘴唇上留下的咖啡沫。他刚刚喝完一大杯,将喝完的咖啡纸杯揉作一团。他不喜欢毫无目的地去找杰里米·迪穆兰，这位新晋的年轻富豪可能是几起案件的主谋，正慢慢露出狐狸尾巴。

"派治安队的人员去通知他吧。"拉扎尔思虑良久后作出决定。

"为什么？"

"去看看他如何反应。一旦刑警队现身，他立刻就明白是怎么回事了，因为他们必须和他聊聊那具死尸的事儿……可要是宪兵队现身，他们只会说有人发现他的车子被焚烧了……"

"哦！我懂了……那么你认为事态会如何发展呢？"

"我对此一无所知，但是他的反应一定会提供些暗示……一旦他被警方通知有疑点，我们就会派出人员一直跟着他，绝不放过他，时刻追踪他的电话。我想马克西姆也会同意我的部署……"

"你觉得焚烧汽车的人就是他自己吗？"索尼娅一脸狐疑地问道，"可话说回来，倘若他要除掉谁，也没有必要毁掉自己的座驾啊。"

拉扎尔撇撇嘴，他也一直讶异于多数男人和汽车之间难舍难分的情分，在这一点上，他同意同事的观点。

"而且，"他说道，"无法绕过他可以从谋杀中获取补偿的事实，不是吗？他会获得保险赔偿，对于一个像他这样的混混来说，这个价位的车意味着什么？此人没有工作！假设这个案子不是由我们组的人接手，他们既没有调查过斯达克案件，也没有跟进过博尔特案件，那么此人可能会蒙混过去。不管怎么说，他应该是受害者。有人偷了他车，然后偷车贼在车里被焚烧了……"

"好吧，可是他也太夸张了！"

"是的，这个杰里米·迪穆兰就是个自大的家伙。我想我们所有人都对此深信不疑……你回想一下他父亲是怎么死的！"

"车里被烧死的那个人，你已经猜到是谁了吗？"

"八九不离十。"

50

拉扎尔和索尼娅抵达了菲林斯,下午的时间过得很快。他们狼吞虎咽地吃完三明治后,递交了弄了一上午的新案件的书面材料。他们一边等待着去通知杰里米·迪穆兰其四驱座驾的悲惨结局的警队返回,一边又写了调查笔录。杰米并未怒气冲天,只是问了句是"谁"干的。警方回应:某个或某几个窃贼还没有被查出,大火烧毁了所有的东西,没有留下任何调查线索。他想知道车子被拖去了哪家修车厂,这样的话他可以通知保险公司。整个谈话期间,他都没有关心过人们发现被烧焦汽车的地点。然而,这通常是受害者们第一个提出的问题。虽然这也说明不了什么,可警方还是感觉有些异样。一支调查小分队接到跟踪澎湃酒吧小老板的命令,就在拉扎尔和索尼娅动身前往菲林斯之前,身穿黑衣的男子们告诉他们杰里米·迪穆兰几分钟前出门了。他上了一辆深灰色铝合金车轮的保时捷卡宴,这是瓦鲁尼昂修车厂的私人用车。司机是一名五十多岁的男子,可能就是凯瑞·瓦鲁尼昂本人。跟踪行动始于下午四点整。

托马斯·弗雷沃和母亲蜗居在一幢中等住宅楼旁边。他们给大楼看门,还要在门口为人指路。两名警察不小心撞到了一个忙着倒垃圾的黑大个身上,那人起初没有留意到他们,后来则小心地避开与他们的眼神交会。索尼娅径直走到屋子的门口,里面黑黑的,听不到任何声响。他们询问了那个黑人。此人认识弗雷沃一家,但只是泛泛之交而已。当这家人去度假或是度周末的时候,看门的工作就交给他。他告诉了警方雇主的名称——菲林斯低租金住房局的代理商,可以告诉他们弗雷沃一家更多的事情。这家人的工作不算太认真,因为他们在圣诞节前三天不打招呼就擅自走人了。

"你不觉得还是很奇怪吗?"拉扎尔说道。他们返回警车时,并没有打探到多少与弗雷沃一家有关的消息。

他们从一扇装有铁栅栏的窗户里望到了屋内,室内还算整洁,但给人一种空空荡荡的感觉。

"哦,奇怪的是,"索尼娅同意对方的观点,"他们在斯达克死亡的第二天就逃走了,没有向谁说过,也没有人知道他们到底去了哪里……我觉得这个案件真讨厌,你不觉得吗?"

"我们现在干什么?"

"去见头儿。"

51

他们到达医院的时候,勒维尔并不在病房里。他突然咳嗽,甚而出乎意料地发起了高烧,医生于是带他去照 X 光。放在滑轮搁板上的盒饭已然冷却。

"这就是赫赫有名的病号餐了。"索尼娅边说边弯腰去嗅餐盘,菜泥里弥漫着纸的味道,而鱼汤里的小方块食物则飘荡着一股破抹布味儿。

"我在想为什么病人们在医院里的伙食是如此难以下咽……"

"怕他们赖着不走呗。"拉扎尔一脸悲伤地说道。

想到即将来临的夜晚,他陷入了沉思。如何去面对第三晚的独处?这又会把他带往何方?他开始怀疑自己这种有理有据的选择。其实说白了,是因为他太太一整天都没有来电,这让他心情沮丧。他感觉喉咙紧绷。

索尼娅的状态更糟,她的黑眼圈快耷拉至脸颊了。他不敢问她在和母亲的彻夜长谈后是否有所收获,但显然,她还是闷闷不乐。

明天，他一定要想法子改变这样的局面，这迫在眉睫。归根结底，和索尼娅共处一室并不是什么好法子，不仅没有解决任何问题，而且两人同居两天之后居然不知道如何面对真实状况了。拉扎尔好像突然成了一个暂时离家出走的顽固孩子，他感觉每况愈下，只要一闭上双眼，脑海中就会浮现阿梅尔和健身教练卿卿我我的样子。他无法忍受这样的画面。

少校终于回到病房了，看起来疲惫不堪，面如土色。他不想再打肿脸充胖子了。当他瞧见两名下属的时候，最先谈起的竟是他的女儿。

"我不知道她去了哪里，"他喃喃低语，双眼早已泪光闪闪，"请你们找找她！"

拉扎尔和索尼娅想从勒维尔口中打探更多的消息，可他毫无头绪。他最后的记忆停留在那个片段：他愚蠢地把蛋糕扔到了垃圾桶里，莱娅或许已远远地逃开了，唯一的线索是来自法航的邮件。

"我们会去找她的，"拉扎尔的话让他安心，"今晚就别指望能找到她了，可说不定明天就……别担心，你女儿她长大了……"

勒维尔绝望的眼神让他想起孩子在父母心里永远都是孩子，可他还没有孩子……

一位身着白大褂的女人进来了，见他们还未离去，便蹙起了眉头。她怒气冲冲地对他们做了个"离开病房"的手势，接着朝少校走去，后者像受伤的鲸鱼一样靠在床上，泪如泉涌。

"这样很危险，"她一边嘟哝着说道，一边数着他的脉搏，"你们得让病人清净一会儿了，他的身体糟透了。你们是他的家人吗？"

她忙着和他们说话，没有看勒维尔。"老东西"的举止很奇怪，完全像是换了个人，对此毫无反应。半闭着眼睛的他正在死亡边缘游走。

"我们是他的同事,"索尼娅轻声说道,"我们在警局里和他是同一个部门的……"

女医生点点头,继而又好奇地打量着他们。查看体温记录表前,她脸上的表情极富表现力,然后她战战兢兢地在表格上潦草地写了几条指令。勒维尔微微向离他最近的索尼娅抬起手来,女孩凑到他跟前:

"青年文化中心……"

"什么?你说什么?"

她俯身靠近他,闻到他脸上的混合味道,那味道里掺杂了药品、汗水、呼吸气息和小便的气味。

"帽厂的青年文化中心……你得去那里看看……"

索尼娅重新起身。她听清他说什么了。她的眼睛在找寻拉扎尔,但他已经走出了病房,她正好与集慈悲心肠与蛮横无理为一体的实习医生四目交错。

"你得离开了,"女子再三叮咛,"走吧,对他说再见!"

他们都觉得好像听到她说了"永别"二字,但这一定只是错觉而已。

52

他们又钻进了拉扎尔的雪铁龙车里,较之昨晚的同时段,凡尔赛的街道变得冷冷清清。自打他们离开法院后,就没有交流过片言只语。为了克制自己不去想勒维尔的惨状,他们埋头扎进了案件里。目前已从调查组那里得知,杰里米·迪穆兰和他的司机凯瑞·瓦鲁尼昂已抵达警署后勤处的修车厂。征得拉扎尔的同意后,一名守卫将他们带至停放路虎揽胜处,车子被稳稳地放着,似乎翘首以待专业人士的取证调查。随行警员密切注视着杰里米及其司机的一举一动,他们围着车子绕了一圈,然后在车前站了很久。

"先生,您在担心什么?"守卫先发制人,然而对方根本就不敢提问,更别说开口了。

"其实,没在担心什么……我想知道……你们没有在驾驶座上找到什么吗?"

"您是说找到什么东西吗?"

"……"

守卫演技一流,佯装不知在车里燃烧的东西。

"我想所有的东西都在这里了,"他故意试探对方,但不知后者会有何反应,"您明天再跑一趟吧,也许会有人告诉您……"

他们离开了。在调查组成员拍摄的照片里,赫然看到满脸愠色的杰里米和表情极其不自然的凯瑞·瓦鲁尼昂。紧接着,调查组的两名成员抵达菲林斯,他们在车里窥伺着弗雷沃家里的动静。在此期间,杰里米打进几个电话,听取了托马斯·弗雷沃的语音留言后,未作任何反应。弗雷沃太太的座机被捆绑了录音电话。他用这部电话拨通了澎湃酒吧的电话,和某个名为琳达的女孩通上了话:

"你照我说的收拾好房间了吗?"

"哪间?"女孩边嚼口香糖边问。

"你他妈的没听明白我的话吗? 太平洋间……"

"明白了。可为什么要收拾?"

"因为……你这个白痴!我问一句你答一句。"

"我做了你吩咐过的所有事……我这儿有一对夫妻一刻钟后会到……"

"好吧……"

女孩没再说什么就挂了电话。调查组的两人从菲林斯回至朗布依埃。瓦鲁尼昂的店面沿街而建,他们进了一幢有两层楼的小洋房里。杰里米·迪穆兰就是从这儿打了他那天晚上的最后一通电话。他致电鲁瓦西-戴高乐机场的国际航线柜台,意欲乘坐次日十二点三十分的第一班航班动身前往伊比沙岛。他预定了头等舱单程机票,并用航空公司记录在线的信用卡支付了三百九十五欧元。由此可见他经常旅行。拉扎尔要求调查组跟紧杰里米,后者已惶惶不安,想借他朋友凯瑞的某辆赛车升空机场登机逃走。

从加尔什法医学院那里确认即将在凌晨解剖那具被烧焦的尸体后，拉扎尔和索尼娅利用晚上不多的时间来准备传讯杰里米·迪穆兰。可以想见他现在已经火烧眉毛了！没有任何悬念，这家伙一定和车里的那具尸体有关。他去警署后勤处的修车厂，无非就是要亲眼确认警方是否发现了什么。然而在那里他却乱了方寸，因为他脑海中闪过路虎揽胜燃烧起来却无人在内的画面。警方也无法获得他拜访菲林斯并给弗雷沃一家连续致电行为的解释。

"所以被烧死的那个家伙，可能就是托米？"索尼娅问道。

"极有可能……但杰里米自己却傻眼了，因为没有人跟他说过尸体的事，所以他认为托米可能已经逃离了，或是有人把他从车里及时地拖出来了。他想最后一搏，躲到西班牙去……"

十余年来，法国的流浪者常选择去西班牙寻求庇护，而且博尔特夫妇，也就是杰里米的外祖父母，还在那里买了度假的房子。案件的千头万绪终于理清了。第二天早上，格拉斯耶一到警局，拉扎尔就要求他调查杰里米·迪穆兰。

车里，索尼娅看着车窗后的楼房渐行渐远。从灯火通明的窗外，她隐约看见自己想象过的幸福生活的某些片断。她努力猜想挂在阳台上、放在别墅屋顶上或是悬挂在壁炉上的圣诞老人们的眼中会发生的事情。想到自己绝不会拥有家庭和孩子，她险些落泪……谁会喜欢一个拿着扫帚而且疯疯癫癫的女人？只要有人不经意闯入她冰封已久的内心，她便会产生难以言状的焦虑。开车的拉扎尔并未比她好受多少。他差点停在第一个映入眼帘、靠近凡尔赛左岸火车站的宜必思酒店前，可他害怕索尼娅会不高兴。说真的，他很苦恼，因为他既想把索尼娅送回家又想回到自己家。越逼近博利卡，他就愈加确信这是自己该做的事情。至少他要和妻子谈谈，他们需要一吐为快，逃避及躲藏都只能成为贴在受伤腿上的一剂膏药。他们得检查伤口，看看它是否还能治愈，否则就只能截肢了。想到这些，拉扎尔不由得打了个寒颤。

"我们明天几点动身？"为打破沉默，索尼娅先发问了。

"越早越好……"

"需要这样吗？"她差点脱口而出，但又觉察到情况有些不妙。她想告诉拉扎尔，如果他想回到自己家，她是可以理解的。可不知为什么，她没有开口。是害怕冒犯他？还是不想独自一人待在家里？就在他们钻入停车场寻找空位的时候，拉扎尔突然刹车了。索尼娅随着他的目光望去。他紧紧盯着一辆红色丰田小车的尾灯，车子的排气管在冒烟。她认出了坐在驾驶位上的那个人，而对方也察觉到两名警官的折返。丰田车的门打开了，一名瘦高的棕发女子从车里下来，稳稳地站在拉扎尔车子的前灯前。索尼娅生气了。

"是阿梅尔……"拉扎尔的声音很轻。

女人一动不动，目光紧盯着她的丈夫。她有一种破釜沉舟的气势，索尼娅刚开始的时候感觉惊愕，但后来明白自己其实没什么可担心的。阿梅尔·拉扎尔不是来这里痛扛她一顿的，她只是想带走自己的丈夫。从她忏悔至几近哀求的表情就可以看出一切了。而他，却有些麻木不仁，只是像示爱的鱼一样，鼓大了眼睛，死死地瞪着他的大宝贝。

"去吧，"中尉说道，声音里满是温柔，"别让她等着！"

"抱歉，索尼娅……"

"别道歉，现在这样更好，我想说的是，这样对你更好！"

"我不知道，我现在有点儿晕……但，是的，或许这样更好……我把车交给你，明天……"

"我会把你的东西带来给你的……明天几点见?"

"七点,办公室见?"

然后他下了雪铁龙车。索尼娅目送着他朝妻子走去。他们面对面地站了一会儿,彼此相视,好像两个孩子,什么都没有做。她没有继续等下去,而是回到了自己家。

53

第二天早上他们如约碰头。拉扎尔没有睡好,眼睛下方长长的灰褐色眼圈出卖了他。索尼娅什么也不问,他却一脸释然。以后有的是时间来聊昨晚发生的事。她呢?则用了半个晚上的时间来整理自己的公寓,重新铺好她同事睡过的床铺,然后为他收好她之前洗过、熨好的衣物。站在关掉装饰灯的圣诞树前,她对自己的状态想了又想。今早起床的时候,她决定给自己的公寓提高温度,然后去看望母亲。如果她们之间仍有隔阂,她也只能听之任之了。其实很简单,成长不就是这样的吗?

米穆尼到达的时候,安东尼·格拉斯耶已坐在电脑桌前了。前者穿得厚厚的,鼻子红红的,发烧后的眼睛泪光闪闪。

"你就不能待在家里吗?"年轻中尉质问米穆尼,眼睛却不离电脑,"你会把感冒传染给大家伙的!"

"你的欢迎致辞还真热烈!但我还是要对你说圣诞快乐!开始工作吧,雷诺阿等着对我们做出指示呢!"

把勒维尔的消息告诉他们之后,拉扎尔就不再说话了。格拉斯耶和米穆尼觉得圣诞节头天及当天所发生的事情可真够热闹的。

"阿布德尔,你带一支队伍去菲林斯,一定要弄清楚弗雷沃家发生了什么。到那之后,你要调查关于托马斯的全部,从他长第一颗牙起,彻头彻尾地调查他所有的事情。关于他母亲的调查,也是一样的。安东尼,你继续调查杰里米·迪穆兰,范围还要再大一些。你去看看杰里米和他的伙伴修车厂老板凯瑞·瓦鲁尼昂到底有什么不可告人的勾当。最终,你们会明白为什么'老东西'一直对这些事情感兴趣,对这起博尔特的陈年旧案兴致不减!索尼娅,你去旁观在布瓦涅森林里被烧死的那个人的尸检,之后再去朗布依埃的青年文化中心转转。马克西姆一直想做这件事……"

他停顿了一会儿。他们组剩下的成员和调查组的人在隔壁房间里等待着接下来的命令。

"我呢,我要去朗布依埃,去澎湃酒吧。目前,杰里米还没有什么动作,但一旦他出去,在场的便衣警察就会立马传讯他。我要带一些人马过去,刚刚请示过分局局长加亚尔了,他们会立刻申请搜查令。我还要派一队人马去艾莉薇儿·博尔特那里,我们得仔细搜搜她的小木屋。这一次,她也许会吐出点什么秘密来……出发吧,赶在一切之前。今天会很漫长……"

"可惜勒维尔没能在场看到这一切……"

没人注意这话是谁说的,可大家都在想同一件事:他为这个案件殚精竭虑,却未能亲见压轴大戏登场,这未免有些讽刺。

54

纳坦·勒比克从窗口看到警察们已在酒吧周围排兵布阵,他依然将其叫做张扬,因为在他浩瀚而又断裂的记忆汪洋中,只有这家酒吧能够让他想起幼年时光,尤其会让他想起外婆阿琳。在梦里,甚至清醒的时候,他依然会清晰地感觉到她的存在。他的感官记忆似乎已到了极限。从玻璃窗后,他瞅见驶来一辆灰色汽车,里面坐了四个人。他认出了秃顶的上尉,那家伙曾与索尼娅还有那个暴躁的老警官一起来过,还聊起过他的画册。至于那位脾气暴躁的老警官,在他离开后,母亲说过他可是能让死人开口的。他蜷起脖子想见到那个美丽的棕发女孩,然而她并未出现在视线中,于是他有些失望。不可否认,她让他有了些改变。但他思念她的时候,却无法说出这令他心烦意乱的事情到底是什么。"索尼娅。"他喃喃地呼唤着她的名字。

自从他重返这个房间并嗅到童年时的甜蜜气息时,就再也无法停止站在窗旁观察外面的举动了。他会急忙扑到墙边,赶紧在上面记下车牌号和那些在酒吧周围闲晃的车辆的特征：路虎揽胜和几辆轿车的往返次数，它们不停地穿梭往来，足以打发他寂寞的时光。就连从昨晚出现的便衣警察的走动，都未能逃出他的视线。他一眼就认出了他们的身份，即使对方行动谨慎且远离"目标"。他知道他们为什么会出现在那里。当他写完最新的数字清单时，他意识到自己想去撒尿。他打开走廊上的门，听到父母在楼下说话。母亲时常唉声叹气，对丈夫说话的语气咄咄逼人；父亲则尽量用低沉、稳重的声音让她平静下来。他其实根本就不把成年人的苦恼放在眼里。对他来说，最重要的事情就是用他的方式观察窗外动荡不安的世界。就在他撒尿的时候，外婆阿琳来和他"说话"了。他闻到她身上薰衣草香皂的味道，这味道轻轻弥漫在整个房间，她刚洗完澡后的满头银发也让他想起薰衣草的淡蓝色调，没有任何一种香气可以超越这味道。他感觉到她在身后的体温，听到了她的声音，那么近，近到让他惊跳起来。他因此把尿都撒到墙上了。

"你瞧，亲爱的……我们得把你的画册藏在那里……要是被你母亲发现了，她肯定会把它们扔了，我了解她。她不能忍受那些东西的存在，因为这会让她想起'黑色年代'。可是我的孩子，你要知道，对我来说，那些岁月是我最喜欢的……"

纳坦仰起头，仔细看着父亲为隔出一个小角落而安装好的聚苯乙烯板。角落处有块平板被轻轻抬起过。而且，他似乎又看见外婆站在卫生间的马桶上，一只手拿着她动过的平板；而他，正一本本地把画册递给她。这个场景如此清晰地浮现在他的脑海里。她把所有画册都藏到了那上面，之后她去车库里找了一个小钩子来拉平被单独掀起的平板。钩子拖过的痕迹依旧清晰可见。纳坦犹豫了片刻。今早他没有时间拿回画册，因为他要去打高尔夫球。他更喜欢待在窗后,看着大街上人或车的穿梭来往,以及将所见之物记录在墙上。但是父亲坚持要他去打高尔夫球,他得服从。如此一来,剩下的时间他便可以耳根清净。正巧,他听到父亲在楼下叫唤他。

"我来了,"他喊道,"我在卫生间!"

今晚他会再回到这里,那时父母都在看电视。他可以用整整一夜来好好看看那些珍贵的画册。明天,他整理好了后,就把它们交给那位美丽的棕发女子索尼娅。他会给她打电话。

55

索尼娅·布雷东根本想不到自己竟然令纳坦·勒比克想入非非。此时她离开了法医院，几近呕吐，因为尸体上腐烂的肌肉比"烧焦"的部分更让人恶心。法医们戴上了含有薄荷脑的鼻塞，但气味依然渗透了出来。

索尼娅来到朗布依埃，她衣服的纤维里仍然含有那股味道。在去往城市的另一端——帽厂小区——之前，她禁不住想从菲力-福尔广场穿过。她看见在澎湃酒吧周围潜伏的警察们。显然，他们正在那儿搜查。她很想去看看，但还是克制住了。相反，她告诫自己，如果能给拉扎尔打个电话告诉他尸检的情况，他定会对自己赞赏有加。

56

就在前往菲林斯的间隙里,阿布德尔·米穆尼用掉了整整一盒纸巾。两名和他同行的组员故意避开他、隔离他。他们由此而推断:两天后,整支队伍都要被传染了。路上,米穆尼顺道走访了马塞尔·弗雷沃太太的雇主公司。她的经理也认为看门人及其儿子突然失踪确实很反常,要知道,他们俩可是要负责梅赞吉城的四个入口的。她在小区看门十年有余,从未擅离职守。就在圣诞节前的两天,公司还接到她儿子弗雷沃的来电,告知其母生病住院了。而他本人则因为个人原因不能上岗工作。从那以后,他们就杳无音信,甚至未向公司提供过医疗证明或是住院单。幸而公司已经安排了一名代班人员。米穆尼请求公司派一名职员带着看门人家里的另一把钥匙去梅赞吉小区的屋子与他碰头。等他们到达的时候,看见一名年轻女子正在看门人的家门口走来走去。她朝米穆尼走来。这是一名金发美女,三十来岁。她的五官太符合男人的审美标准,以至于令米穆尼忘记了自己的重感冒。

57

拉扎尔刚刚决定逮捕杰里米·迪穆兰并告知当事人要对其进行拘留的时候,索尼娅的电话来了。惊愕于警方介入的年轻人开始信口雌黄了。他不认识拉扎尔,当然他的反应也不同于和勒维尔在一起的时候。然而,警方的调查规模和立即执行的搜查行动还是让他惧怕了。他背着手,面无血色,歇斯底里地要求见到他的律师。

"我们会安排的,"拉扎尔回应道,"我们不会剥夺您的合法权利,而且我们还将向法院提起诉讼。现在,八点三十七分,我们正式逮捕您,同时对酒吧进行搜查……"

他刚从索尼娅·布雷东那里得知,杰里米·迪穆兰的路虎揽胜里被烧死的尸体根据尸检结果大致可以认定死者为一名男子,从其骨盆形状、四肢长度以及内部依然保持完整的生殖器来看,死者是一名年轻男子,身高约为一米七五,体型瘦长。从其肺部的燃烧状况及剩下的灰烬推测,死者显然是活活被烧死的。因焚烧的剧烈疼痛,死者本能地作出吸气反应。无论从解剖学还是毒药学的角度来看，都可以证明这一点。随着对其内脏的深入检查，可确定在其被烧死前曾服用过安眠药。而从心脏里抽样的血液可以检测出死者的DNA。其左手的三个指头没有其他指头受损严重，那些指头的骨髓已经完全熔化了。解剖受损稍小的指头末端形成的水疱后，鉴定科的技术人员终于提取了死者的指纹。浮肿部分有点形似被烧焦的疱疹，但至少其中一个是可以拿来鉴别的。接着，就只能祈祷指纹的主人曾经被录入过警方的指纹库了。

"有没有发现什么首饰？"拉扎尔问道，他突然想起托马斯·弗雷沃的耳钉。

"没有，什么也没有，从尸检来看，他是被剥了个精光后才被烧死的。然而他们在他的胃里找到了一条金链子……"

"金链子？在他的胃里？"

"是的……"

"要是我没记错的话，托米也戴着一条？"

"是的，可别问我这件首饰是如何跑到他胃里去的……法医认为死者很有可能是故意吞下金链子……"

"哦，是的，我明白了……他们拿出金链子了吗？"

"当然拿出来了，同时还提取到几块布料。鉴定科研究过了，这些布料碎片很有可能是一套厚深灰色运动服的上装。袖窿处是皮革，而且应该有类似红色皮革的滚边。如果你运气好的话，可能会在搜查中发现运动服的裤子……"

挂断电话后，拉扎尔转向由调查组的人单独看守着的杰里米。他仔细凝视着对方的脸，然后微微一笑。那个男孩却觉得这微笑如同朝向腹部的一记重击。

58

索尼娅·布雷东行走在帽厂的铺石路面上。帽厂坐落于漫长的甘贝塔街尽头，离火车站不过几步之遥。这座古老的工厂于上个世纪二十年代经历了鼎盛时期。工厂外墙色彩艳丽的涂料倒是让人一眼就能将其认出。索尼娅好奇地打量着一把两米高的人造低音提琴，它置于旁边作为保护的巨大画布上，背景用线条勾勒出城市场景的方方面面。她从一扇半掩着的门缝观摩到了一堂舞蹈课。离露天走廊更远一点的地方，有个大厅正对着一间画室。两个孩子因为画笔的问题争论不休，颜料都跑到他们的头发和快乐的脸庞上了。她饶有兴致地看着一幅幅宣传画，各种内容的图片都被图钉固定住了：音乐会、表演，还有语言、音乐、网球等培训课程。旁边的几个橱窗的某个摄影展览，是青年文化中心自一九六〇年创立以来的活动回顾展。索尼娅最感兴趣的是近十五年来的照片，她一眼就认出合唱团成员的一组照片。他们按个头排队，背着手，有一脸稚气的，也有年纪渐长的。他们歌唱时望向一位女性，人们在相片里只能看到她的背影或侧身。这是一个美丽的女子，一头耀眼、滑顺的金色头发，有时扎成马尾，有时挽成发髻。而合唱团的成员们都激情昂扬，因为这个用指挥棒指挥着他们的女子身上有某种力量。索尼娅从在一张摄于二〇〇〇年的照片上认出了杰里米·迪穆兰。他和现在一样消瘦，却有种近乎粗鲁的气质，尤其是他朝后梳起的长发，更加强化了这种印象。而在他的身旁，是另一名少年，矮他一截，看起来虚弱不堪。那少年头发卷曲，索尼娅有种似曾相识的感觉。但她没有时间来搜索记忆。

"小姐，您想唱歌吗？"身后传来一个声音。

中尉被吓了一跳。发声的是一个胖女人，垂在额前的黑发被剪成了方形。她戴着一副丑丑的眼镜，显得有些滑稽，身体却包裹在一堆花里胡哨的织物里，可谓衣冠不整。她做了自我介绍：维罗妮卡·拉贝尔，"活跃生活"组织的志愿者，三十年来一直负责组织青年文化中心的各类活动。旺盛的生命力让她成为了协会里年纪最大的成员，当然也是唯一见证过合唱团时期玛里珂·勒维尔的人。

"您知道，玛里珂很了不起，"听索尼娅对她解释了到访缘由后，她说道，"您到底想了解些什么呢？"

这个问题很难回答，因为连索尼娅自己都不知道她希望从她这里打探到些什么。她记起勒维尔前天晚上低低说出的几句话。但那显然不足以成为探访的理由。

"拉贝尔女士，您还留着当时的档案吗？"

"当然，我们保留了所有的东西。您要找什么？"

"比如玛里珂·勒维尔教过的学生名单，她消失前报名参加合唱团的学生名单。"

"她开了两个班，"女人叹息道，"成人班和少年班……"

"那我们就从少年班找起吧……"

维罗妮卡·拉贝尔请她随她到一间房间里,屋里弥漫着纸张和灰尘的味道。几张桌子上放着纸杯和几袋撕开口的饼干。咖啡机放在盛满杯碟的洗碗槽旁的草垫上。热腾腾的咖啡香味飘荡在房间的各个角落里。

"这是我们的杂物间。"胖女人说话直截了当。走了十米之后,她的气息如同一辆轰鸣的机车。

"您来一杯咖啡如何?"

索尼娅表示不喝,女人于是朝摆满架子的屋子深处走去。她从一个偌大的文件夹里抽出几张纸来。玛里珂·勒维尔执教的四年光景里,先后有三十来名男女学生报名参加过合唱团。杰里米·迪穆兰是最后两年才来的。之后,出现了一个前面名单上没有的名字:托马斯·弗雷沃。维罗妮卡·拉贝尔记得他和杰里米·迪穆兰是让人惊艳的二重唱组合,而玛里珂·勒维尔对他们二人更是寄予了厚望。的确,拥有低沉男中音的杰里米的唱歌天分远远超过了他的同龄人,而同龄的托马斯还未进入青春期,但他那纤细悦耳的嗓音却在独唱中脱颖而出,再配合杰里米的声音,堪称完美。他们不能彼此分离。

"可惜,他们不好好珍惜,"女人惋惜道,"他们在一起胡作非为。"

"比如?"

"哦,也没什么大不了的,就是搞些恶作剧,但也会在更衣室里偷盗,翻别人的手提包……杰里米把托马斯带坏了……玛里珂曾想过把他们再叫回来上课,可惜她没能如愿,他们再也没有来过。"

"勒维尔太太失踪的那晚,您还记得他们是否来过合唱团?"

"没来过,他们两人谁都没来过。"

"您确定?"

"确定,我很确定。因为当时玛里珂很生气。她为圣诞夜在圣吕班教堂的弥撒精心准备了数月……她担心因为这两个家伙而把表演毁了。我觉得她是想去见见他们的家长的,至少见见他们的母亲,因为这两个男孩子有个相同点:都没有父亲。"

"她言出必行了吗?"

"听着,别的我就不知道了。那天晚上我八点就离开了,她当时正在排……"

"还有别人吗?"

女人好像没有听明白这个问题。

索尼娅又问了一遍:

"当时管事的还有其他人吗?"

"啊!您的同事们在玛里珂失踪后也问过我们相同的问题。没有别人了,那天晚上就只剩她一人……她和大家一样有一把钥匙,一旦合唱团成员离开后,她出去时就会把门锁上。您知道,后来得知的消息让我们大家都很难受。她失踪后,我们再也没有组织过合唱团的活动了。"

"关于托马斯·弗雷沃,您知道些什么呢?"

维罗妮卡·拉贝尔耸耸肉嘟嘟的肩膀:

"了解不多,印象中是个腼腆的孩子,肯定很情绪化……"

"我想他母亲当时是有一份工作的?"

"如果可以的话,我去看看他的档案?"

"好的,谢谢!"

她叉着腰又往屋子深处走去,然后在一张摆放了电脑的办公桌前停下。她用手指轻敲键盘。一分钟后,她重新抬起头:

"她曾经是朗布依埃圣玛丽私立诊所的助理护士。这对您有用吗?"

59

米穆尼将弗雷沃家的屋子检查完毕，努力克制着不打喷嚏。他觉得那名女子一直盯着他红肿的鼻子看，若想和她调调情，这样的窘态实在有些为难。可偏偏雇主公司的女职员不曾离开过他半步。她应该是接到了上方的命令，要随时盯牢他。还好，搜查屋内的工作很快就完结了，里面既没有死尸，也没有凌乱不堪到让外人以为屋子的主人生活拮据的程度。然而主人留下的痕迹却充分证明他们是仓皇而逃的。床铺未被整理，脏兮兮的碗碟堆满了洗碗槽。娱乐频道的节目停留在十二月二十日的页面上。也许当天早上他们就已然离开，还没来得及收拾床铺。在客厅沙发的坐垫间隙里，米穆尼找到了一部最新款的苹果手机，上面有十二条未读信息以及十二个未接电话。正当他要追查那些电话的时候，口袋里的电话却响起了，是索尼娅。她请他去托米的房间里找一件私人物品，牙刷、梳子或是用过的纸巾，都可以。他刚要问她为什么要找这些东西，她却挂了电话，没留下让他开口的时间。他从来都不了解女孩儿，对来电的这一位更是知之甚少，可他喜欢这位可爱的、姓布雷东的女孩儿。加之，她对他的抵触愈发让他情绪高涨。他返回客厅，雇主公司的那位美丽金发女子正对他翘首以盼。经过马塞尔·弗雷沃的房间时，他看到几个相框放在五斗柜上。这些相片见证了托马斯的各个成长阶段，其中一张照片里出现了一位成熟女性，是一张黑白相片，那名女子的脸上，鼻子的最左边有一颗很大的肉瘤。

60

"我们的推断似乎是成立的,"拉扎尔对中午前赶到司法警署集合的组员说道,"经过法医对残留的 DNA 进行检验后,现在可以确定路虎揽胜里的死尸就是托马斯·弗雷沃。"

"残留的……如你所言。"刚刚抵达的安东尼·格拉斯耶接过话题,他手里晃动着一份材料。

同事们的眼里满是疑惑。

"德拉玛尔所长一个小时前曾联系过预审法官……他想知道他该做些什么,因为最近有人去他所里要求公开艾迪·斯达克的遗嘱。"

"谁?"另外三人异口同声地问道。

"托马斯·弗雷沃!"

惊呼声此起彼伏。所有人都无法理解。

"我还没有说完!"格拉斯耶大声嚷嚷起来,其他人立刻安静了。

"一名保险公司的职员刚刚现身,是安盛保险公司的,当然是因为知晓了斯达克的死讯。他最近收到这个名叫托马斯·弗雷沃的人的请求，要求保险公司付款给他，因为斯达克在购买保险时指定的受益人是他。这笔金额相当于三百万欧元。保险公司已经核实过，两年前他们确实与投保人签订过保险合同，而保险的唯一受益人正是托马斯·弗雷沃。"

"此人真是不可低估，我居然没想到这一点……"索尼娅喃喃低语。

"我不明白他怎么可以做到投保如此的人寿保险，却没有一个人对此质疑！"米穆尼忿忿不平。

"原则上，保险公司职员之间是不会交流客户信息的，"格拉斯耶解释道，"我想说的是，客户的资料是不会统一到同一个地方的。安盛保险的那个家伙给我的解释是，法国的保险公司职员都加入进了反保险作弊协会，但此协会里的成员均非外国保险公司的。"

"然而他们签署如此一大笔钱的合同却不做任何调查！"

"不，他们要求担保。这也是以防万一的处理措施。斯达克不再年轻了，他们要求投保人体检，并出具完整的体检报告，其中包括抽血及其他项目的化验……"

"我猜体检表一定显示正常。"拉扎尔发言了，此时他想到了勒维尔。

"'老东西'和他令人难以置信的嗅觉早已猜到斯达克隐秘的艾滋病一定是个问题。然而在这出闹剧中，弗雷沃的角色是什么呢？首先我们得知道，他是从哪儿给公证员和保险员去电的？"

"大区信息技术处正在落实，"格拉斯耶说道，"我们很快就会知道答案了。"

杰里米·迪穆兰拒绝和警方谈话，因为他还心存侥幸。他嘴角掠过一丝坏笑，谢绝去看医生，但指定要见他的律师——朱潘大人。

此号大人物曾在他母亲被传讯时为其做过辩护人。他没有白来，刚刚集合了组员的米穆尼一直在追问他。而此时另一支队伍正在搜查艾莉薇儿·博尔特的屋子。如果此次搜查也和澎湃酒吧里的战果一样辉煌，那么这家人的麻烦就大了。和酒吧连在一起的房子，以前是博尔特夫妇——让和丽莲娜的住所，他们若见到如今的改变，一定不忍直视，一定会立刻返回坟墓里去。底层的隔墙被除去了，墙壁刷上了红漆，装饰的壁画庸俗不堪，天花板上安装了镜子。整个格局被改造成了蜂窝状的结构，每间房里放置了一张圆形大床，布置可以根据客人的需要进行调节。楼上房间的装饰淫欲感十足，每间房的名字不是什么海就是什么洋。

太平洋间里的搜查收获颇丰。搜查之所以如此顺利，归功于一名叫琳达的女服务员。警方要求她解释应杰里米的要求由她清理这间房的目的所在。一开始，她满腹牢骚，因为害怕老板会报复。可拉扎尔警告她可能会把她送进监狱关押二十年，因为她在袒护一起谋杀案的同谋，她便如实交代了。那四天里，她并没有见过住在太平洋间里的客人，却看过自己塞进垃圾袋里的一些物品，那也是杰里米的命令。她本该将垃圾袋扔到街上的垃圾箱里，但是琳达很懒散，何况她还要"接待"很多客人，所以她把垃圾袋留在了酒吧的后厅里。她也没有认真清扫房间，因为鉴定科的工作人员在屋里发现了很多指纹、头发和体毛，而且这位客人的首选明星还留下了在床边、门旁清洗过血迹的线索。警方将垃圾袋里的物品呈到杰里米跟前，他连看都不看一眼。琳达说在床下找到了一条奥姆牌的黑色大号三角内裤，一只赛里欧牌海蓝色袜子，尺码为四十二至四十五厘米。扶手椅下有一条灰色运动长裤，好像沿腿缝处有红色皮革滚边。她还在太平洋间的浴室里收拾过一件白色手术衣、一件无袖风雪大衣和一顶无边软帽。另外两名"上楼服务"的女服务员和当天名叫娜塔莎的主管都被警方传讯至警署。她们得向警方交待她们到底在这家妓院（这并不难猜想）里做了什么，尤其是最近这几天里，她们都看到了什么。从所有线索来看，弗雷沃一家，从母亲到儿子均难逃厄运。

安东尼·格拉斯耶不费吹灰之力就重新联系上了那位发广告传单的年轻女大学生玛丽昂·瓦隆。由于她在维利兹①工作的缘故，她承诺只要一有时间就会来凡尔赛司法警署。中尉希望她能认出在太平洋间的浴室里找到的衣物，以及马塞尔·弗雷沃的照片。他觉察到真相正慢慢浮出水面，于是告诉自己这不过是流程所需而已。

到了下午一点，仍然没有人抽空去打听莱娅·勒维尔的消息。医院打来电话说要求和负责人谈话，拉扎尔才想起他对头儿的承诺。勒维尔即将被转去医院的另外一个科室。来电的医生含糊其辞，上尉明白头儿已生命垂危。少校正承受着疾病恶化的痛苦，肺癌在他体内正迅速扩散，医院需要联系亲属以商量治疗方案和手术安排。拉扎尔突然感觉后背发凉。他记起自己以前经历过这样的事，当时有人告诉他里尔的某位同事自杀了。他永远都无法理解为何在不到一分钟的时间里，世间万物，面目全非。他情非得已地将这个消息通知同事的妻子，那是他有生以来最不愿想起的事情之一。他不认为自己还可以再次经受这样的考验。电话放下良久，一抬头他看见索尼娅正望着自己。她也知道少校生命垂危的消息了。她坐下，先是沉默不语，然后拿起了电话。

---

① 维利兹，venzy 音译，伊夫林省城镇。——译者注

61

艾莉薇儿·博尔特眼睁睁地看着警察在家里进行搜查。米穆尼将卧室一角的塑料垃圾桶里乱扔的纸张拿起，竟然有厚厚一摞，她却熟视无睹。卧室残败不堪，脏乱到了无以复加的地步。其他房间则又湿又冷，待在里面一定会生病的。感觉恶心的米穆尼，手里攥着所有材料，打算待会儿抽出几张看看。他们离开房子，正要锁门的时候，这个女人第一次开口了。她有气无力地问道，自己晚上是否还可以回到家中。米穆尼告诉她不要对此抱太大的希望。她几近崩溃，仿若她已得知自己已处于生命的尽头，即将带着无尽悲伤地结束一切了。她身体的每一个部位都已知晓自己的宿命。她面如死灰、蓬头垢面、四肢无力，臃肿的腰身已然将她的衰老展露无遗。拉扎尔觉得传讯杰里米的母亲会让他有所动摇，挖掘他秘密的时机也随之而来了。艾莉薇儿·博尔特一定比别人更了解自己的儿子。他们一走到街上，当米穆尼还在犹豫要不要给她戴上手铐的时候，她居然挣脱放松了警惕的警卫。但她在挣脱警卫之后，只能勉强站立了。她看起来是那么筋疲力尽，似乎每走一步就会倒下。但她又发现自己身上还有满满的力量，因为她一直沿着保罗-杜美街奔跑。突然，她不要命地朝一辆公车撞去……

62

索尼娅不费吹灰之力就在法航系统里查询到莱娅·勒维尔的行踪。莱娅购买了一张去往斯德哥尔摩的单程机票，交易付款是由瑞典一位名叫奥拉夫·斯文森的人完成的。索尼娅想起拉扎尔曾告诉过她玛里珂·勒维尔的籍贯，于是她断定莱娅飞往的城市就是其瑞典外祖父母居住的城市。航空公司的职员记录了电话号码，索尼娅赶紧拨出电话。她用英语对口气生硬地接电话女子解释一定要和莱娅谈谈。一开始，外祖母宣称对此一无所知，可索尼娅生气地威胁她说，她有绑架未成年人的嫌疑，对方这才妥协，于是把电话交给了外孙女。索尼娅对着莱娅一阵狂喷乱吼，最后莱娅在电话里啜泣了：

"我知道我一无是处！"

"不，你不是一无是处，"索尼娅说道，语气也缓和了些，"只是你一定要来和你父亲说说话。"

说别人总是很容易的。尤其对于索尼娅而言，她几年来都没怎么和自己的父亲说过话，也没有和母亲更多地沟通。

"他需要你，莱娅。"

"他的病情严重吗？"

"很严重，我不想骗你……可如果你在他身边，或许他就有动力战胜自己。"

她没有继续说下去，其实十年来勒维尔都在慢性自杀。没必要告诉莱娅。莱娅一定深谙此理，她自己也为了同样的理由而自我摧残。小姑娘答应当天晚上就飞回巴黎。

艾莉薇儿·博尔特出事的消息刚刚传到警局，气馁的米穆尼在电话里一直自责。拉扎尔不想批评他，但他对米穆尼多少还是有些埋怨。做警察的人是不能信任任何人的，甚至连那些貌似不会伤害别人和比他人更羸弱的人都不能信任。艾莉薇儿·博尔特被送到了她曾待过的安德烈·马尼奥医院里。最具讽刺性的是，她的床位离勒维尔的病房不远。拉扎尔一想到"老东西"如果知道他没有管好部下、给了他们犯错的机会、并对此作出评论时，就不由得一阵颤栗。上尉坐在头儿的办公室里，身影覆盖在那一堆文件上。博尔特命案的材料似乎已经摆明了是在嘲讽他。就在他拿起电话要告知分局局长加亚尔坏消息的时候，索尼娅进来了，格拉斯耶紧随其后。

"我找到莱娅了，"年轻女子说话的时候察觉到上尉的脸上写满了忧郁，"她今晚就到……"

"很好。"拉扎尔喃喃低语，此时分局局长正好来电了，他接起电话说道："领导，我要说个坏消息……"

索尼娅听着他在电话里语气平白地汇报。由于手下的疏忽，刚刚被送往医院急救的艾莉薇儿·博尔特的下肢被城市公交车轧坏了。她虽一息尚存，但还能有多少时间呢？分局局长试图安慰上尉，并告诉他会给他增加人手。勒维尔团队调查的案件随时都会有突发情况，派出增援人手理所当然。

格拉斯耶中尉汇报的消息让分局局长精神为之一振。德拉玛尔所长的事务所来电告知，安盛保险公司要求解冻客户的人寿保险及其遗产，并为其配备了一张提前预付卡，大地公司已将卡转售至尼古拉·斯尔塔齐的名下。

"看来，他根本不把我们放在眼里……"索尼娅提出抗议，拉扎尔惊愕地望着她，他的思绪太过凌乱，根本没听出索尼娅的嘲讽。

"是的，"格拉斯耶也明确表示，"他根本就是在嘲笑我们……所以我请求德拉玛尔所长和安盛公司的保险员与这位偷着乐的替领人联系，并且明确告知对方：提供付款凭证和书面材料，如此才能取款。"

"那么这个爱开玩笑的家伙是怎么应答的？简直目中无人！"拉扎尔露出笑意，这说明他已经跟上了节奏。

"显然他已经做好准备了。他说材料都已经书写完毕。为了争取时间，他会亲自带材料过来。"

"什么时候？"

"明早。"

"很好，"拉扎尔松了口气，"我们会周密部署的。我一会儿通知上级。"

他刚说完，分局局长加亚尔便推门而入，来告诉大家朱潘大人已经来到警署。所以对杰里米·迪穆兰的审讯可以开始了。

索尼娅和安东尼·格拉斯耶待在一起。后者穿着牛仔裤和一件宽松的蓝色爱尔兰羊毛套衫，那蓝色和他的眼睛颜色是一样的。他的头发比平时长了些，卷曲地垂到脖颈上。他背对着她，她因此可以仔细地观察他,这可是她从来都没有做过的事情。她观察到他漂亮的臀部,肌肉结实,如同雕塑。他还有一双修长匀称的腿,脚上穿了双崭新的运动鞋,看起来既运动又休闲。她估量着他撑起羊毛套衫的肩膀的宽度,方才意识到其实对方并不消瘦。安东尼·格拉斯耶突然转身。他应该是从索尼娅眼中看到了窘迫,于是他也慌乱了,而且涨红了脸:

"你是在看我的奇装怪服吗?我本来正在度周末,但不得不离开鲁瓦雷,当时雪还没停……"

"你没必要解释!衣服很称你!"

"啊,是吗?你真的这样以为吗?"

"我想说的是棒极了!说真的,你这样穿,像是换了个人!"

"索尼娅,快别打击我了,你可以和别人开玩笑,但我求你别对我说这样的话!"

他偌大的眼镜后,一双漂亮而迷离的眼睛正望着她。他的手揉着进勒维尔办公室时拿到的纸张。他的手也很漂亮。索尼娅自言自语,仿若她才第一次见到它们一样。

"我没有嘲笑你的意思,"她认真而忧伤地说道,"我也不会对别人做什么出格的事情。我其实很孤单,也许你根本无法想象!"

米穆尼的到来结束了这种尴尬的场面。

"见鬼!"上尉大声嚷嚷,"我真是蠢到家了!当时为什么不把她铐起来,现在真是追悔莫及!我真是个白痴!"

"她怎么样了?"格拉斯耶问道。

"她的腿折了,你还想她怎么样呢?医生也无法预知她还能活多久。可我怎么会摊上这样的事呢?你们说说?"

"请你别再自责了!"索尼娅说道,语气尖锐,"事情既然发生了,就顺其自然吧。她仍没有苏醒吗?"

"不,她当时昏迷了,但现在醒了。"

"所以在她断气前,我们还是可以和她聊聊的?"

两个男人一脸惊愕地打量着她。她却耸耸肩:

"怎么了?她选择自杀,一定是因为心理负担太重,她可能不确定自己在审讯的时候是否能一直守口如瓶,而且她还要面对那个一直觊觎……"

"可那个觊觎她的人已经决定放手了,"米穆尼说道,"我来的时候碰到他了,他正和拉扎尔谈话……他说从今往后都不会再管杰里米的事了。"

"好吧,瞧瞧……"索尼娅一脸笑意地对格拉斯耶说道,"她的儿子改变了她的生活,而她的律师又放弃了她……我们一定要和她聊聊……"

63

两位预审法官纳迪亚·宾奇、马丁·麦尔奇约，代理检察官路易·格特朗以及分局局长菲利普·加亚尔碰头了，他们要商量上上策来应对近一周来警局提交给他们的颇让人头疼的案件。加亚尔提前几分钟到达法院，并带来了一条重大消息：布瓦涅森林中的路虎揽胜车里被焚烧的死者正是托马斯·弗雷沃，法医从他的胃里找到那又他曾戴在脖子上的项链，样式新颖的搭扣上面刻着他名字的首写字母。法医正在对比尸体心脏血液中和在菲林斯搜集到的四个人物品上的DNA，结果很快就会出来。但大家都得耐着性子等上几个小时。同时，警方还在太平洋间的浴室里找到一些物件（白色罩衣，风雪大衣和无边软毛领饰）及马塞尔·弗雷沃太太的衣物。上午，拉扎尔上尉已经进行过推论，经过圣日耳曼昂莱实验室的研究证实，认定托马斯·弗雷沃及其母亲是被强迫带至澎湃酒吧的。托马斯死于搜查酒吧之前，警方没有任何关于其母马塞尔的行踪。他们担心她也许和儿子一样遭遇了厄运。显然勒维尔分析起案件的各个因素来会更有效率，但天生具有综合思维能力的分局局长加亚尔也轻而易举地发现了案件的端倪。

"故事也许是这样的，"他对法官们说道，"十二年前，杰里米·迪穆兰和托马斯·弗雷沃相识于朗布依埃，确切地说，是在帽厂。他们参加了玛里珂·勒维尔的合唱团。所以，他们一定会有交集。这一点还有待确定，因为弗雷沃一家于二〇〇三年举家迁至菲林斯，而此时弗雷沃太太正好辞去了她在圣玛丽诊所的工作。外祖父母去世后，杰里米·迪穆兰在别人家里度过了几年的光景，因为其母亲无法履行照顾职责。我提醒你们注意：让-保尔·迪穆兰，杰里米的父亲，其死因疑点重重，而且刚好发生在博尔特夫妇命案前不久。"

代理检察官格特朗嘀嘀咕咕，好像说了句："我们不会还要再去研究那些可疑的材料吧？"但两名法官丝毫不理会他的幽默，他们示意菲利普·加亚尔继续。马丁·麦尔奇约做笔录，而纳迪亚·宾奇则使用现代武器，启动了口袋里的录音笔。

"现在我们需要去填补这两个男孩生活中的几个漏洞，可他们好像在三四年前又开始联系上了。艾莉薇儿·博尔特当时还在经营澎湃酒吧，而杰里米早已引起了司法部门的注意。他也没犯什么重罪，不过就是小混混的做派……但最近这几年他似乎变了。托马斯·弗雷沃则专注于风景建筑师的学习，后来取得了认证。他帅气英俊，来钱也很容易……两个男孩在夜总会，也就是那种男人勾引男人的地方里再次重逢。正因为如此，他们才会邂逅了艾迪·斯达克。图片资料和他们在网上交流的证据是一致的，尽管弗雷沃不予承认，但他是一个具有说服力的证人。从那时起，他的魅力其实就不管用了，因为斯达克并不是一个忠贞不渝的爱人。弗雷沃被他留下做了家庭园丁。而此时，杰里米·迪穆兰也驻扎在明星家里，并做起了专业的皮条客，为明星寻觅多名男孩和女孩。当母亲最终把酒吧的经营权转让给他的时候，他掠夺了她的一切，只给她留下保尔-杜美街上的那栋老木屋。我们已拿到他在伊比沙岛购买的房地产证据，目前警方正努力调查其付款方式。"

"好的，那么与斯达克死亡有关的证据，"格特朗抱怨道，"你们查到了吗？"

菲利普·加亚尔陈述了与勒维尔队伍一致的观点：弗雷沃一家和杰里米·迪穆兰均与斯达克的死亡有关，这条线索已经慢慢明晰起来。警方认为，他的死亡多半与生前购买的保险合同及所立的遗嘱有关。

"可这说明不了什么！"格特朗咆哮了，"弗雷沃应该也参与作案了，因为他是受益人名单上的第一位！"

麦尔奇约法官抬头望着天花板。

"而这并不是因为他和斯达克的恋人关系。我觉得斯达克的本意不是这样的，这其中一定有什么问题……"

"什么意思？"

"勒维尔少校很早就对斯达克隐瞒疾病的举动产生了怀疑，这是此案的关键！"

麦尔奇约法官伸长了耳朵倾听，但此时他们中的一人口袋里的电话响了，随后分局局长加亚尔的一番言论让他突然想起一些陈年往事。

"至少在十四年前，我处理过一起案件……"他说道，而此时菲利普·加亚尔掏出了他的手机——"一起精心设计的保险骗局……某位新闻业巨头……居然意外溺水身亡……至少，人们当时以为是那样的……"

"这和我们的案件有何相干呢?"代理检察官愈发恼火,"难道你说的那个报业巨头也患有艾滋病吗?"

"嗯,的确,你还真说对了!但无人知晓……"

"就算是这样,然后呢?"

"为了让他的家人能够领取保险金,他在抽血化验时做了假……"

"这也没什么大惊小怪的……"

"可离奇的是,他其实并非意外溺水而亡,而是自杀。你知道这两者的区别是什么吗?"

菲利普·加亚尔的电话打完了,法官们见他面如土灰。

"是布雷东中尉的电话。"

"怎么了?"宾奇法官抢先发言,拦截了暴躁的格特朗。

"照勒维尔少校的推断方向所调查的结果,"菲利普·加亚尔继续说道,"我们确定斯达克在他的化验结果上做了假,就像法官先生您说的那位报刊巨头一样。"

"啊!"麦尔奇约一阵狂喜,"这就对了!我就知道我们会查到这一步的!"

"据我们目前联系到的保险员所述,斯达克的化验是由某家私立化验室完成的,而且那家化验室的口碑无可非议。还有,马塞尔·弗雷沃已在医疗行业混迹多年,这是我们要详细研究的重点。"

"这家化验室在哪里?"

"布雷东中尉刚刚告诉我,化验室就在朗布依埃。我已在那里安插人手进行调查。"

"因此,我们可以设想在保险员拿到的材料中,化验结果有可能不是斯达克本人的。只要他找到和他有同样血型的人即可。因为,验证的步骤是由保险员来操作的……照这个逻辑，我们可以从斯达克对托马斯·弗雷沃的慷慨赠予上来推断……"

菲利普·加亚尔朝马丁·麦尔奇约赞许地点头，后者一语道破了他的想法。

"我们确实想到了弗雷沃……"

"不可能吧!"格特朗有些激动。

分局局长并不理会代理检察官，只顾朝两位法官说道：

"斯达克的血型是AB型，而弗雷沃的是O型。"

"啊，如此说来，他们的化验结果是没法替换的。"麦尔奇约不无遗憾地说道。

64

一个小时的审讯足以让拉扎尔对杰里米·迪穆兰恼羞成怒。在朱潘大人的配合下，他佯装毫不知情。律师一直望向摄像机，里面记录着其客户的口供。他示意客户什么都不要说。后者只是提到他的路虎揽胜在圣诞夜被偷盗一事，还说自己认识——照他的原话是勉强认识——托马斯·弗雷沃。这样说不过是因为他知道警方很快就会拿出证据来。拉扎尔强压怒火，但是他知道四十八小时的拘留需充分利用。无论是谁，都会觉得拘留时间充裕，哪怕拘留者再强词夺理也无济于事。同时他也希望朱潘大人今晚谢绝警方邀请，不去旁听其客户的第二轮口供……为了保持冷静，他常常避开杰里米的目光。此人长了一张鳐鱼嘴，但凡看见的人都想揍他。他记录了杰里米的谎言和满口污秽地拒不承认。同时他告诫自己会等待时机，这并不会让他损失些什么：坦白说，这样的口供没有价值，不过是自圆其说而已。当分局局长加亚尔的脑袋出现在审讯室的门窗后时，他停止了记录。他无视朱潘大人的言论，后者借口还要处理其他事务，恳请警方放过其客户。拉扎尔走出审讯室去见加亚尔。

玛丽昂·瓦隆一眼就认出照片上身着黑白服饰的马塞尔·弗雷沃。当然应该说是后者鼻子上的肉瘤太过显眼了！安东尼·格拉斯耶询问年轻女孩，为什么这个女人一直让这颗如此难看而且还会让她斜视的瘤留在脸上，从医学角度来看有没有什么依据。年轻女孩咯咯笑出了声，她给出的解释是此类畸形肉瘤是一种白色的良性痣，它会长大，人们无法控制它的体积；通过外科手术来摘除肉瘤是有风险的，因为这种令人讨厌的东西还会在同样的位置或是旁边的地方再长出来，在鼻子上摘除肉瘤极有可能留下一个比脓包更大的洞。

"一般而言，"她最后总结道，"人们只有去习惯它的存在。"

她还认出了假护士穿过的衣服。格拉斯耶得到她的确认后，突然冒出一个想法来。

"您具有敏锐的洞察力，瓦隆小姐，"他大为赞赏地说道，"这很少见……"

"我对发生在自己周围的事情都有兴致……"

"那么车呢？您对汽车感兴趣吗？"中尉坚持不懈地问道，语气中尽显真诚。

她莞尔一笑。

"您知道我是个女孩！车嘛……这得要……得要是辆漂亮的车，我才会留意的。"

"您回想一下，就在您看见这名护士的那天，您有没有注意到一辆车？假定有些特别的车驶过？"

"您在开玩笑吗？那种地方会出现特别的车……比如说什么车呢？"

安东尼·格拉斯耶犹豫了。年轻女孩很想取悦他，这一点，他已从对方黑色的瞳孔里看到了，可惜她当时并未留意到任何一部汽车。

65

纳坦·勒比克听见父母在争吵,母亲发出刺耳的喊声。之后,其中的一方摔门而去。他看见父亲穿过广场朝旋转木马那头渐行渐远。纳坦从不愿意坐在旋转木马上,他的脑海中不会浮现梦想,只有汽车发动机和数字。

他每天要花两个小时打高尔夫。除此以外,他就站在观察外界的位置上,自早晨伊始便开始计算警车的数量。澎湃酒吧完全被警方包围了。他在墙上记下了车牌号及车辆特征,就挨着他在圣诞夜及第二天记录的地方。除了断断续续倒在床上睡上几刻钟的睡眠时间外,数字一直在他的脑海中狂舞乱跳,他的眼睛因疲惫而红肿。

怎么睡得着呢?对面发生的一件件事情接踵而至。他数着、记着,他知道如果自己专注于所发生的事情上,索尼娅一定会喜出望外。对于他来说,这仿若是一件要真正履行的任务。即使没有她,他也会不顾一切地去完成。此时纳坦听到母亲出门的动静,知道自己的机会来了,是时候采取行动了。他爬到了卫生间的洗脸池上,抬起天花板上的聚苯乙烯板。他的手在摸索,却一无所获。他聚精会神地思考问题。他具有逻辑思维和数学思维——如果外婆把那些画册放在了上面,那么它们怎么可能会无缘无故地消失呢?他看了看身边的物件,想要再爬高一些。他的眼睛半张半闭,好像看见母亲正站在一个小铝凳上擦玻璃的样子。纳坦于是去车库里找到了那把凳子,并轻而易举地把它搬到浴室,如愿地站到了更高的地方。他又摸索了一会儿,视线也渐渐习惯了黑暗。忽然,他的嘴角掠过一丝笑意:那些画册还在那里。

66

索尼娅完成了对斯蒂夫·斯达克·金及其教父托尼·马克斯威尔的口供笔录，后者是一位知名演员。将近下午两点时，他们出人意料地突然现身警署，整个大楼的人都为之惊动。警局的人都排着队来见马克斯威尔，他不但和斯达克一样赫赫有名，而且很自爱。十余辆媒体采访车停在了警署前，好几名记者已经潜入公众区外两名证人所在的地方。托尼·马克斯威尔和斯达克的养子的确不太了解斯达克的情况。他患上艾滋病的事情，他们并不知情。最近一段时间里，他的朋友留意到斯达克似乎过于小心谨慎，神情闷闷不乐。旁人看了或许会猜想，他是否陷入了空茫的状态。而年轻的亚裔斯蒂夫，相貌英俊，彬彬有礼，对人体贴入微。养父最后一次到纽约看他的时候，也有同样的感觉。但是他们两人都认为斯达克呈现出的这种状态不过是过气明星都会经历的经济拮据的坎儿，可他偏偏又拒绝了马克斯威尔的援助，后者一直巡演不断，收入可观，财富之多不在话下。

得知斯达克为斯蒂夫和托马斯·弗雷沃投保，他们也一脸惊愕。连托尼·马克斯威尔都不知道他的朋友会做出这样的事来。提起托米，他的确一脸讶异。他遇到过他，当时托米的身份是斯达克偷偷约会的小情人，而他竟然和斯蒂夫同样作为遗产继承人和保险受益人，令他认为这个案件一定另有隐情。马克斯威尔不觉得斯达克对托米狂爱会到了做出如此抉择的地步……

托尼和斯蒂夫正要离去的时候，索尼娅接到了一个产生颠覆性后果的电话。

67

是时候把杰里米·迪穆兰送进牢里了。拉扎尔跑去见索尼娅，分局局长加亚尔也紧随其后。他们坐上了开往朗布依埃的警车，车上的警报器响起。他们猜想，案情的真相快要浮出水面了。

"一字不漏地重复一遍他的原话……"心情激动的拉扎尔如是要求索尼娅，仿佛马上就要知道真相一样。后者却因疲惫、寒冷、紧张而瑟瑟发抖。

"他在卫生间里找到了那些画册。他外婆把它们藏到了那里，是不想让他母亲将其毁掉。可好戏还在后头：整个圣诞夜他几乎一直站着。父母互相漫骂，圣诞晚宴演变成了家庭悲剧。他上楼回至自己的房间。下午的时候，他观察窗外的动静，记下了他看见的东西。你还记得他房间里的那面墙吗……"

"我没有去过他的房间。"拉扎尔回应对方。

"我们于十二月二十四日登门拜访的时候，他告诉我：自从回到朗布依埃，他就没有在墙上写过字了……"

"我不明白的是,为什么当天您没有关注一下那面墙?"加亚尔提出异议。

拉扎尔刚要言语,索尼娅抢先一步说道:"领导,我得提醒您,我们陪勒维尔去勒比克家是调查博尔特命案的,可当时我们根本就没想过杰里米·迪穆兰会卷入斯达克案件里。"

"所以,"拉扎尔接过话茬,完全无视分局局长想要打断他们的举动,"那个男孩最后是怎么跟你说起这面墙的事的?"

索尼娅·布雷东努了一下嘴,猜不透她要表达什么:

"刚刚他打来电话,我告诉他藏好那些画册,别让他母亲发现了,我们很快就去取它们,但也不是那么急。我想说的是,目前我们手里的案件,斯达克命案,比博尔特命案更亟待处理,不是吗?"

"啊,我懂了!"拉扎尔边说边浮现出一丝难以揣摩的笑容,"他可是急着要见你的……我发现你对他是有吸引力的!"

"哦!你在用这个做赌注吗!他只是个孩子,难道……"

"我不过是开开玩笑而已,别生气……"

索尼娅长长地叹了口气,她不再辩解些什么了。其实拉扎尔是正确的:纳坦对她透露墙的秘密,是因为他知道她会因此而再去找他。她不急于知道那面墙的秘密,他便失去了耐性。

"纳坦记下了圣诞夜看到的广场上所发生的一切事情,尤其是对面澎湃酒吧的动静。我请他给我解释了几个数据……如果这一切经过核实皆准确无误的话,杰里米将会迎接二十年的牢狱生涯。"

"所以,我要封印一面墙吗?"分局局长打趣道,他只是想让两名警官绷紧的弦放松一下,他们太沉着冷静了。

但他说完了这番话后,他们也并未放松多少。他和法官们的简短会议结束后,他所陈述的那些推断并未让法官们热血沸腾。而且说，他的那些推断根本不成型。

"好吧，既然你们已经大规模地开始了搜查行动，而且也审讯了迪穆兰……"路易·格特朗低声抱怨道，"那么，你们应该找到确凿的证据来证明这一切。"

朱潘大人深谙谎言一戳就破之理，但他还是坚持自己的原则。只要警方没有找到具体证据，那么他的客户就不会被延期拘留，他会为此而做些谋划。就此而言，他已然值得客户信赖。

纳坦·勒比克的来电让警察们重新燃起了希望。

索尼娅刚下车就看到窗后的纳坦。他朝她打了个手势，她急忙奔赴他家，想让男孩适应警察的到来。由于不能拆墙也不能将其封印，鉴定科的人员需要做影像记录，而这些拍摄的相片将会成为新的证据。不可能把墙搬走，这令分局局长紧绷着脸，但又以开玩笑的口吻强调了这一点。然而这样的证据也并非坚不可摧，因为要将其破坏极其容易。只要有一块好用的海绵或是一把刷子，就可以让一切消失殆尽。这个家庭的氛围暴露出了父母任何一方的品性，更何况还有一个让人无法掌控的纳坦。取回画册，挑选里面的内容，然后给勒比克一家重新做情况复杂的口供，这一切都是必须完成的任务。索尼娅敲门时心跳不止。案情或许会在此时出现转机……或者，一无所获。她在身后默默地将食指交叉。今晚她想去看望勒维尔，并向他宣布好消息。时间不多了……

纳坦自己开了门。他斜视的目光里有一种朦胧的光彩，像一个幸福的年轻男子那般微笑着。

伊雷娜·勒比克回到家时，警察们已经在研究纳坦留在墙上的字迹了，这得益于纳坦父亲的理解。分局局长加亚尔请求他留在儿子身边，这样他才能全神贯注地解读信息。对这面墙的解码工作持续进行，它仿若某位异想天开的艺术家的巨幅创作，又如同一幅巨大的涂鸦作品。鉴定科人员将隔板分成十厘米见方的小块，这样一来，他们在拍照的时候才能将上面的内容完整而清晰地呈现。纳坦诠释着他的记录，确认了每一辆汽车的车牌号码、总体特征，有时还能描述出车上的人数及其体貌特点。当他的目光停留在索尼娅身上时，总流露出一种异样的温柔。他父亲看在眼里，有些难以置信。一名技术人员用摄像机记录了纳坦说话的全过程。警方更关心的是圣诞节前的那些日子里所发生的事，也就是从十二月二十日起，即艾迪·斯达克死亡的那天前开始。结果让所有人都面面相觑。

快到晚九点三十分时，纳坦的疲惫已显露无遗。拍照取证完成了，可拉扎尔还是希望他们能保留现场多几天。伊雷娜·勒比克高声尖叫：这是她儿子的房间，不是犯罪现场。而颇有修养的贝特朗·勒比克则提议让纳坦暂时住在客厅里，正好就在他的房间下面。年轻人同意了。客厅的墙，面积更大，他也可以在上面写更多的东西。勒比克太太的抗议无效，最终她让步于纳坦的坚持。后者只要能取悦美丽的索尼娅，做什么都乐此不疲。如此安排，皆大欢喜。拉扎尔示意手下撤退。分局局长加业尔早在几个小时前就已离开，去告诉法官们调查的最新动向。

虽然还未查出什么确凿证据，但这一次格特朗不再瞎嚷嚷了：至少他们的取证很具体，有具体的时间和名字。

离开勒比克家时，拉扎尔情不自禁地张望对面，澎湃酒吧被夜色笼罩。两辆警车停留在酒吧门口，它们要等到酒吧墙上最后一块石头将所有秘密吐露完毕才会离去。曲终人散后，演员才会出现。他刚要上车，却注意到左手边有人正朝自己走来。索尼娅和鉴定科的某位技术人员也留意到一位脚蹬毛绒半高筒靴的女子的奇怪举止，她身穿一条花花绿绿的羊毛连衣裙，披着一块淡紫色的披肩。正是因为她弯腰窥视第一辆车，索尼娅才询问她：

"夫人，您要做什么吗？"

"老实说，我想见一个人……"

"想见谁呢？"

"我想见一名叫勒维尔的检察官。我猜他在车里吧……"

拉扎尔和索尼娅四目交汇，他们的眼神里有惊讶也有默契。女人挽着黑白发髻，尖尖的鼻子冻得通红。她是从报刊亭里走过来的。原来他们的对面就有勒维尔的线人！

"您是？"他故作不知。

她扬起头朝上尉走去，极有"自寒冷中来的间谍"的风范。一行至他身旁，她便轻轻拉起披肩下摆，拿出贴着肚子藏着的一卷纸来：

"我叫安妮特·雷波斯瓦尔。我完成了勒维尔检察官交办给我的任务……"

68

安东尼·格拉斯耶从经济犯罪科返回,他和同事们在那儿对杰里米·迪穆兰在巴利阿里群岛①的财产进行了调查。然后值班人员告诉他有位叫玛丽昂·瓦隆的姑娘给他来过电话并请他回电。

"您瞧,中尉,"快乐的年轻女孩说道,"我忘不了您!"

有个女孩在追求他,而且还是在工作场合展开进攻,这对格拉斯耶而言简直无法想象。

"您想做什么?"他语气冷淡地反问对方。

"哟!"玛丽昂有所反应,"中尉,您和您的姓名一样冷冰冰的!②您别紧张,我是开玩笑的。我要向您报告一条情报……"

"洗耳恭听。"

"就是您关心的那一天,我和一个男孩子一起发传单,那个男孩

---

① 巴利阿里群岛,地中海西部群岛,西班牙的一个自治区。——译者注
② 格拉斯耶的法语,意为冰河、冰川。——编者注

和我一样是大学生,叫盖布里埃尔·马厄。我刚才碰到他了,并和他聊起我们……今天下午的谈话。我觉得他有一点嫉妒……您想想,能为斯达克的死亡作证,这可不是每天都碰得到的运气!"

"瓦隆小姐!"

"好吧,我长话短说……十二月二十日,盖比①负责小区的西边,而我负责东边。我们在北面会合,这很自然……将近下午一点三十分的时候,他和一名司机发生了点儿小摩擦,那傻瓜疾驰而来,险些将正穿过马路的他撞倒。"

格拉斯耶只要一激动,他的眼镜镜片便会雾气腾腾。

"是辆什么车?"

"一辆超大的黑色路虎揽胜。"

"他注意到那辆车有什么特别之处吗?"

"的确是有一点特别!似乎这款车在全世界也不过只有几百辆而已。等等,我记下了……"

一辆限量版黑色顶配路虎揽胜,当然会引人注目。盖布里埃尔·马厄已准备好出庭作证,同时他还得要玩一玩指认罪犯的游戏。陪同的警察会把杰里米·迪穆兰介绍给他。接着警方还会把身穿护士服的女子的照片拿给他看,那女子就坐在路虎揽胜上死者所在的位置。当时,那辆险些将他撞倒的车停下片刻,等他走开,之后才驶离了单行道。他让开了车,并仔细观察了一番,而且注意到了车主。他没有记住车牌号,因为新版的牌照很难记,但他注意到了车子所在省份的代码是七十八。

"谢谢,非常感谢,瓦隆小姐。"格拉斯耶早已欣喜若狂,然而

---

① 盖布里埃尔的昵称。——译者注

话气仍很克制。

"看在我这么辛苦的分上,您该请我喝杯咖啡吧?"

安东尼·格拉斯耶随便找了个借口搪塞对方便挂了电话。他的脸已红至耳根。

69

马克西姆·勒维尔坐在病床上。输液和呼吸器让他无法动弹,而且呼吸器遮住了他的脸庞。他拼命集中精神去看播放了多次的《圣诞老人是垃圾》,这是一部每年圣诞节和新年之际都会重新放映的电影,永远出现于同一天、同一个电视频道。平时,这部电影总会让他开怀大笑,而现在他只想嚎啕大哭,哪怕只是绝望而沮丧地大吼几声,都要让他好受些。从早上到现在,没有任何消息传递到他这里。他至少问了护士十次,是否有人给他打过电话,每次护士都不得不摘掉他的面具回答他。

"如果有来电,我会告诉您的,"女子愤愤然,"您把我当成什么了?"还没过五分钟,他就利用护士换人之际重提这个可恶的问题。回答依然是没有。他怒不可遏。而当电视里的乔丝安·巴拉思科[①]第二次被卡在电梯里的时候,他听到了走廊上的动静。直至拉扎尔光

---

① 乔丝安·巴拉思科,法国女演员、编剧兼导演。——译者注

秃秃的脑袋和紧随其后的索尼娅的马尾映入他眼帘时，他紧绷着的身体才突然间得以放松了。

靠在病床上的勒维尔看起来比昨晚更加憔悴，两名警官得克制住自己的情绪，才能不让他觉察出异样来，然而"老东西"并不是那么容易对付的。他示意他们给他取下氧气面罩，这样就可以和他们说说话了，但他们没有同意。值班护士很难对付，不许他们逗留超过一刻钟的时间，也还不能给他摘下面罩。因为若要病人一直保持呼吸稳定，就不能给他摘下面具。他咳嗽了一阵，心脏疲乏不堪。他要服从运动疗法的安排，每隔一小时就得疏通支气管和肺。拉扎尔汇报了忙乱的一天，可每次说不了多少，都会被激动、恼怒的勒维尔打断，后者想要补充些什么却又无法开口。当拉扎尔提到逮捕艾莉薇儿·博尔特的时候，勒维尔的血压已不知升高了多少倍。

"可笑的是，这也是我正要说的，她也在这里，就在这家医院里。我们去看过坐在'轮椅'上的她了。她苏醒了，但医生还不能马上给她动手术，因为她太虚弱了。她的骨盆好像被撞碎了，不知是否能渡过难关。"

拉扎尔从勒维尔疲惫不堪的眼神里读懂了他的疑问。

"不，医生不让我们接近她。她正在接受治疗，我们无法询问……对我们来说，也没有损失些什么，我几乎可以肯定她没有参与到谋杀斯达克的行动中。当然，对于你的那起案件来说，不一样……麦尔奇约法官说，等她恢复几天后，会亲自过来调查。"

勒维尔激动得整个人都颤抖起来。倘若他能发声，他会告诉手下几天后艾莉薇儿·博尔特或许已命归西天。拉扎尔摊开手臂表示无可奈何。他们再没听到呼吸器水泵有规律的声响。

为了打破这尴尬的气氛，两名警官向勒维尔转达了安妮特·雷波斯瓦尔对他的祝福,并告诉他,她还转交过他们几张纸,她在纸上记下了自十二月二十日起所有在张扬酒吧发生过的引人注意的事情,她还是不愿用酒吧的新名字。因为这个女人最后完成的"间谍"记录,他们的调查很顺利。他们没有把安妮特·雷波斯瓦尔对勒维尔身体状况的担忧告诉他:她认为他就要完蛋了。她的丈夫吸了太多没有卖掉的香烟,她从勒维尔身上看到了和雷波斯瓦尔先生一样的临床症状。

在护士开恩给予的最后两分钟里,索尼娅终于和他说起了莱娅。莱娅答应今晚会来,可目前还没到达。勒维尔的身子向后倒去。

"她可能明天才来,"索尼娅安慰他,"你别担心,马克西姆。我们会照顾她的。"

他们走出病房的时候,夜班护士把他们拦住了,凝视着他们憔悴的脸色,索尼娅强忍泪水,拉扎尔则面如尘土。她把一张纸递给了他们:

"给,"她冷冷地说道,"上次我给他取下仪器的时候,他让我把这个交给你们。他希望你们给这个人打电话,并告诉她,他在这里。"

拉扎尔读着纸上的电话号码和陌生的名字:玛琳·巴克。

70

分局局长让人给大家派送了三明治、矿泉水和咖啡,因为今晚大家要熬夜了。局长坐在一间兼具酒吧功能的休息室里,这里以前是可以饮酒的。一会儿,米穆尼、格拉斯耶和组里的其他人员都进来和他碰头了。

艾莉薇儿·博尔特自杀未遂,菲利普·加亚尔对此做了总结性发言。米穆尼一直心存愧疚,决定做些补偿。他派了人手驻扎在圣日耳曼昂莱的分子生物学实验室里,整天纠缠毒理学实验室的研究人员,并且扬言倘若鉴定人员不麻利点儿干活,他定会伺机报复。尽管实验室新年放假,他的坚持还是有所回报。

"研究人员将托马斯·弗雷沃的基因样本和布瓦涅森林里烧焦的那具尸体的基因样本进行了对比,结果是可喜的,"他不无骄傲地说道,"还有更好的消息,在你们从太平洋间浴室里找到的软帽上提取到的 DNA 和弗雷沃的 DNA 极为相似,99% 的相似度……"

"他母亲……"

"正是!"

"所以她在斯达克案件中扮演的角色已经很明确了。"

"不是这样的。"格拉斯耶嚷嚷起来,他刚刚给年轻的盖布里埃尔·马厄录了口供,后者已经离去。

发传单的大学生隔着钢化玻璃认出了杰里米·迪穆兰。尽管对面的男孩下巴上长满了灰色的络腮胡,而且极其不配合,大学生还是一眼就认出了他。杰里米意欲遮掩自己的面孔,并转过身去,然而这无助的肢体语言却让对方更加注意他。只可惜盖布里埃尔·马厄不能确定只看到一眼的马塞尔·弗雷沃的照片。他只认出了她的装束,还有其鼻子没有任何特点的侧面。不过这只是个开始。

"好极了!"拉扎尔为之一振,"咱们要庆祝一下!"

分局局长没有在点餐时附带要份啤酒,令拉扎尔备感遗憾,现在公然抱怨起来了。

"我还有事要说,"米穆尼的声音洪亮有力,"关于托马斯·弗雷沃烧焦的尸体指纹……我们对两个指纹进行研究后,发现其中一个与……"

"在太平洋间里找到的一只手的指纹匹配!"索尼娅和格拉斯耶异口同声地说道,然后他们视线相交,会心一笑。

"完全不匹配。"米穆尼让他俩大失所望。

"那么,和什么匹配呢?"拉扎尔边问边起身,手指被咖啡杯烫到了。

"你不会相信……这个指纹竟然和博尔特案件里的那个神秘指纹'相匹配'……也就是那个让勒维尔苦苦追寻的指纹。"

拉扎尔和其他人都需要时间来消化一下米穆尼传达的新信息,他们还没有想到这其中的牵连。

"你想说……"脑海中迅速翻查博尔特命案情况的索尼娅脱口而出,"房屋正门上的那个未知指纹……"

"……是托马斯·弗雷沃的指纹。其实这也在情理之中,我们从来没有注意过他,因为他从未有过被捕记录,也从没有录过指纹。"

拉扎尔上尉抬头望向天花板的裂缝,小口啜饮着咖啡,其实他的内心早已天翻地覆。他一直以为:倘若澎湃酒吧里的两具尸体是由两名凶手所为,那么始作俑者只可能是杰里米·迪穆兰和艾莉薇儿·博尔特,因为他们两人的体型正好可以对付两名死者。勒维尔一定也是这样认为的。杀死丽莲娜·博尔特的凶手可能和艾莉薇儿身高一样,而依据青年文化中心当时的照片来看,托马斯·弗雷沃完全符合这一标准。案情真让人头晕目眩,但从技术角度来说,证据略显薄弱。杰里米·迪穆兰的朋友托马斯,自两人在合唱团认识以来,便可能和其伙伴出入澎湃酒吧或是博尔特家,即使他的指纹没有出现在门框上,他也可能是凶手嫌疑人。

"那血迹呢?"拉扎尔嚷嚷起来。

米穆尼望向他,一脸惊愕与不安。

"你说什么?"

"别忘了屋子的门槛上也有血迹,而我们从来没有对比案件嫌疑人及其家人的DNA。所有这些疑点……"

"……是托马斯的DNA!"

"也许就此疑点而言,我们会得到双倍的确认。"

"我们还有十年前的DNA样本,加上弗雷沃的DNA样本,只需将两者对比一下就能说明问题了,没什么复杂的!"

"阿布德尔,你来负责这事儿?"

拉扎尔弄醒看守所单身牢房里的杰里米·迪穆兰时，几近午夜十二点。正如他所料想的那样，朱潘大人拒绝返回参加对嫌犯的第二次审讯，托辞患了感冒，因为"受当地十九号的气流的影响"。拉扎尔根本就不相信他的借口，尽管如此，他还是感谢这臆想的传染病蔓延至小城周边。他在笔录里记下了律师自动放弃的情况，然后坐在办公桌后，唯有如此，他才能感觉良好。摄像头已准备好进入工作状态，他等待着那个小蠢货的到来。

在这之前，他先去洗了个澡，并换了身衣服。这得感谢索尼娅早上为他送来的干净衣服。他知道自己需要利用"客人"身份的方便，因为他在她那里只吃了些无味的快餐食品，泡了头一天穿的衣服，而且还没来得及去刷牙。紧接着，他又独自一人去见勇敢的警队同事们。

杰里米终于现身了，他的眼睛在灯光下很明显地浮肿。拉扎尔内心激动不已，几乎掩饰不住。寂静的深夜里，听不见电话铃声的吵闹，也无人推门进来询问时间或咨询行政手续，犯人们也不再因为无所事事而大喊大叫。较量开始了。当杰里米·迪穆兰的脑袋映入眼帘时，他告诉自己，一定要成就一段史诗。

71

与此同时，勒维尔少校得益于上一次的呼吸治疗，体力得以恢复，肺部也感觉舒畅了不少。他被告知在次日早晨六点前不会再接受治疗了，按摩师面露喜色，后者为勒维尔打开了浮肋和脖子下的胸廓，感觉自己像是被扔进了甩干机里一样。不过，他从夜班护士那里得到消息：她不会马上在他的鼻子上放回氧气面罩。他重新呼吸了，不再去管心率如何，却又留心着走廊上的动静。当他确定走廊上已经空无一人的时候，便使劲拔掉输液管里的针头。他可不能像偶尔游荡在医院病房里的幽灵般带着这个有轮子的玩意儿四处乱窜。虽然站立或行走对他来说都很艰难，但他的意愿如此强烈，又急不可待。走廊上空空荡荡的，只听得见像他的呼吸机一样发出的声响和病人的鼾声。他扶着墙蹒跚前行，突然看见装上玻璃的护士房间对面有一道楼梯，里面设有为该层医务人员准备的一间小小休息室。而他想寻找的病房在下面的二楼。他企盼重症监护层值夜班的医务人员们此时酒足饭饱，正在安然休息。

72

警署在巴黎安置了两队人马。其中一队交由曾下定决心不让自己搅入其中的米穆尼指挥,该队人马静候于巴黎德鲁奥街的法国安盛保险公司总部。不出所料的话,托马斯·弗雷沃的冒名顶替者应该会在九点三十分左右会见其代理人。另一队人马由格拉斯耶带领,他们潜伏在金字塔大街德拉玛尔所长的事务所前,神秘的联系人并未与所长约定见面时间。这是他们的第一次会晤,而遗嘱只能在所有指定受遗赠人出席的情况下才能公布。两支队伍均用无线电接收机联系,而且他们知道,身在凡尔赛的分局局长加亚尔早已在办公桌上安好装置,拭目以待了。几近凌晨五时,拉扎尔和索尼娅去睡了一会儿。米穆尼和格拉斯耶则在将近两点钟时回到了他们各自的家里。整整一夜,他们轮流值班,只是想让杰里米·迪穆兰认罪,后者却一直守口如瓶。即使证据确凿,他依然矢口否认。有力的证据现在就像一道光束,他难以穿越。不管他承认与否,坦白说"真相已浮出水面",他就是元凶。调查本该快刀斩乱麻,但警官们只能认为杰里米·迪穆兰只是不太成熟。

守在德鲁奥街的人马第一时间发现了线索。他们看见保时捷卡宴停在离凡特酒店不远的地方,司机步行至安盛保险总部。米穆尼下达命令说要等待对方与代理人联系上时警方才能出动。保险公司的代理人让此人到三楼去会面。正当这个冒充托马斯·弗雷沃的人出现并递交材料的时候,守候在房间里的上尉阻止了他。此人正是凯瑞·瓦鲁尼昂。他颇感意外,但也只能任警方给自己戴上手铐了。

73

拉扎尔游荡于半梦半醒之间，颇为恼火。获悉消息时，他正辗转难眠。他一直都觉得一旦凯瑞·瓦鲁尼昂现身于迷局中，自己一定会发挥作用。电话里，分局局长加亚尔首先恭喜他的队伍逮捕了修车店的老板，对方抱着坦白从宽的态度要求与司法部门合作。之前他并没有意识到案件的严重性，从他的口供中可以认定杰里米·迪穆兰天生就是个操控者。然而，菲利普·加亚尔却告诉了他另一件事，这让他闷闷不乐。因为在深夜与凌晨交替的时段，医务人员发现了躺在艾莉薇儿·博尔特床边的勒维尔少校。他们不知道他是什么时候出现在那里的，而在此之前居然没有人看见昏倒在地的他。艾莉薇儿·博尔特则是完全清醒的，她警惕地报了警。勒维尔被重新推进了重症监护室。他体温过低，而且严重脱水。如果说艾莉薇儿·博尔特曾想过他会死在她脚下的话，那么恐怕她要大失所望了。更糟的是，她厄运连连。八点时，她被推进手术室里修复被碾碎的骨盆。然而一小时后，她死在外科手术台上。

烦请凡尔赛司法警署大区警长过目
调查报告

二〇一二年一月十日

案件性质：蓄意谋杀、保险诈骗。

受 害 者：米歇尔·杜邦，又名"艾迪·斯达克"，六十八岁
托马斯·弗雷沃，二十五岁
马塞尔·弗雷沃，五十二岁

凶手嫌疑人：杰里米·迪穆兰，二十六岁，酒吧老板
凯瑞·瓦鲁尼昂，三十二岁，修车厂老板
索朗日·拉巴，五十三岁，化验员

参考材料：编号 12/12/77，于二〇一一年十二月二十二日由凡尔赛大审法庭预审法官纳迪亚·宾奇女士颁发的委托调查令

附　　件：编号 1-312 的案件记录及其复印件，
九十份封印，
三本影集，一式两份。

基于之前调查过的案件，我很荣幸向您汇报对犯罪嫌疑人杰里米·迪穆兰的调查。此人为案件主犯，从犯为凯瑞·瓦鲁尼昂和索朗日·拉巴。我要感谢团队的精诚合作，他们是阿布德尔·米穆尼上尉、安东尼·格拉斯耶中尉和索尼娅·布雷东中尉。还要提及的是，此案调查之初得益于马克西姆·勒维尔细致入微的工作态度，目前他仍在医院接受重症监护。

二〇一一年十二月二十日，将近晚八时，有人报警说在与马尔利勒鲁瓦（法国伊夫林省县城）邻近的小镇，梅里的莫扎特街三号受害人——也就是六十八岁的米歇尔·杜邦——的家里，发现了他本人的尸体。而人们更熟悉他作为国际著名歌星的另一个名字艾迪·斯达克。从最初的尸检报告来看，死者的死因疑点重重。在后续调查以及我们对死者的背景了解中，我们得以确认歌手的确是被人蓄意谋杀。然而，自案件调查伊始，我们就受到各种因素的干扰。

首先，尸检泄露了艾迪·斯达克患有艾滋病的秘密。而且他的病症已经到了无法治愈的第三甚至是第四阶段，他只有大约三到六个月的命。此外，我们还注意到，斯达克自二〇〇九年从美国旧金山的一家实验室得到确诊后，就再未接受过任何治疗。而这家实验室的鉴定时间（编号 20-23 文件）尤其漫长。歌手对健康状况的缄默引起了我们的怀疑，于是我们顺藤摸瓜，终于弄清了案件的始终。

果然，病情确证后不久，斯达克就遭遇了严重的经济危机。歌手的演出活动大幅收缩，债台高筑，同时又急于隐瞒自己的健康状况。他开始担心自己不能如愿将遗产留给斯蒂夫·斯达克·金，对方当时还是未成年人，现在年满十八。此人是他在二〇〇八年韩国巡回演中时收养的孩子。

就在此时，案件的第一个作案者，托马斯·弗雷沃出现了。这个年轻人是斯达克二〇〇七到二〇〇八年的情人。当时他只有二十二岁，和母亲马塞尔·弗雷沃同住在菲林斯（属于伊夫林省）。托马斯·弗雷沃出身卑微，在陪伴斯达克的日子里，隐隐看见了舒适生活的模样。然而如此田园诗般的美好生活却被斯达克刻意结束了,后者担心自己会给托马斯造成伤害,便为其提供了一份花园园丁的工作。为了这份工作,年轻人习得了文凭并可以打理花园。他们终止了情人关系,但斯达克依然经常出入同性恋场所,而且还是和托马斯·弗雷沃一起去的。于是在这些声色犬马的某天晚上,托马斯与一个男孩重逢了,后者是他住在朗布依埃的时候就认识的。他母亲曾在那里的圣玛丽私立诊所做过护士。这里说到的男孩便是杰里米·迪穆兰,让-保尔·迪穆兰和艾莉薇儿·博尔特的儿子,此二人均已与世长辞。他们的死亡我会在后面分别提及。两个男孩是在朗布依埃帽厂的青少年活动中心认识的,他们是玛里珂·勒维尔女士(勒维尔少校的妻子,于二〇〇一年十二月神秘失踪)合唱班里的学生。几个月后,他们相处甚密,却不得不分离。杰里米·迪穆兰在父亲于二〇〇一年十一月死亡、其外祖父母——丽莲娜和让·博尔特二〇〇一年十二月被杀后被送离了朗布依埃。而几乎就在同一时期,托马斯·弗雷沃的母亲离开了圣玛丽私立诊所,并在菲林斯觅得一份看门人的工作。说起两个男孩的性格,我们需要对照相关机构提供的具有针对性的报告来定论。杰里米·迪穆兰的报告是由对其做过检查后的精神科医生阿布拉亚姆·赛提大夫提供的。报告中的杰里米·迪穆兰集复杂与邪恶、操纵欲与孤僻感为一体。他很快就从娱乐圈明星的行踪里嗅到了财富的味道,而且深信与托马斯的重逢将是受益多多的。于是他成功地潜入斯达克最重要的朋友圈里,没过多久,他就发觉摇滚歌星既经济告急又患上了不治之症。尽管他矢口否认是自己教唆死去的伙伴使坏的,但他还是成为了斯达克最信任的人,并让后者深信一定会有解决办法来满足所有人。

此案件中最关键之处是，斯达克既不愿承认自己的病情也不愿忍受治疗的痛苦，也就是说，他选择了慢性自杀。杰里米·迪穆兰深谙此道。同样，他以保护其养子斯蒂夫为借口，向斯达克提议了一个势在必行的计划。作为两份人寿保险合同（参看附件）的购买者，歌手只需要更改受益人并要求提高赔偿金即可。此外，投保于国外保险集团的另两份合同也承诺，如投保人发生意外死亡，会赔偿同样的金额。如果投保人自杀身亡，合同则拒绝赔偿。所以一旦计划成型，他们的阴谋的最终目的，便是在保险的合理期限内，人为地造成斯达克身亡的场景（在他的同意下)，并让人们误以为是歌手自淫后遭遇谋杀。而当歌手的私人医生来见证过死亡现场而且没有说出其身患绝症的事情后，他们的把戏就得逞了。杰里米早就向斯达克索要了一笔一百万欧元的巨款，作为前期准备及个人服务的费用。斯达克把钱汇给了他，他也很快将这笔巨款挥霍一空（编号42-47 的文件里分别提及了资金的动向)。

我们觉得这个过于简单的阴谋之所以能够得逞，一则是因为案件的主角们在认购赔偿金合理的保险时并不贪婪；二则是因为阴谋如两人所愿地开展了。而现在我要分析的是：阴谋最终失败的原因。

自然，对于赔偿金额高昂的保险，保险公司要求投保者必须提供体检报告。可是保险公司却又将这一权利转交给了客户的医生。为了不出差池，杰里米·迪穆兰包揽了做假证的活儿。而此时却出现了第一个问题。因为每家保险公司不仅要求投保者出具身体健康的证明，还要求其提供完整的体检报告：验血、验尿，尤其是 HIV 筛查……斯达克害怕了，意欲放弃计划。他让杰里米·迪穆兰把钱还给他，这当然是不可能的，因为预付款已经被杰里米拿去投资了。迪穆兰伺机而动，突然有了惊人发现：他的血型居然和斯达克的一样，都是 AB 阴性血型。于是阴谋又照旧进行了，斯达克被说服了。他状况不好时，就将这两名看护者留在家中。杰里米·迪穆兰想到了一个办法，托马斯于是求助于自己的母亲及其所认识的医院人员。刚开始的时候，马塞尔·弗雷沃是不答应的，但儿子告诉她只有这样他们的生活状况才会改善。而且，他还向她保证手术没有风险可言。斯达克和杰里米同天、同时去了朗布依埃的体检中心，他们照要求做了各项检查。马塞尔·弗雷沃的朋友索朗日·拉巴是体检中心的化验员，她也曾经任职于圣玛丽私立诊所。正是她交换了两人体检的样本。这对于她来说是举手之劳而已，更何况轻轻松松就为她带来了十万欧元的收益。此人（193 号口供记录）承认这笔钱对自己的诱惑很大，因为她可以用这笔钱还清之前欠的一屁股债。

保险员们并未注意到体检结果的异常，他们批复了，也同意更改受益人。为了使阴谋得逞，迪穆兰借用托马斯·弗雷沃的关系，花了一半保险赔偿金来弄妥血样及样本的交换。此前，斯达克也在遗嘱中将托马斯指定为其中一名受遗赠人。斯达克和弗雷沃毕竟曾经相爱过，所以歌手对情人是极其慷慨的，这也是让保险员们颇觉诧异的一点。

然而随着时间的流逝，三个男人出现了分歧。歌手很有可能拖延了他的被"自杀"时间，也可能他只是想放弃。他的身体每况愈下，这种状况危及到了之前的计划。他身上的多发出血性肉瘤开始病变，这让杰里米·迪穆兰慌乱无比，于是他开始逼迫斯达克就范。从黑月亮酒吧酒保斯特凡·布格朗的证词来看，杰里米急于行动的欲望在十一月末有所显露。而斯达克也做出了回应。他联系了某位保险员，对受益人做出了更改（他从名单上取消了弗雷沃，见72号封印附件）。他并没有通知其他的保险员，所以他们还不知情。好像不仅仅是因为时间紧迫，他还希望更改遗嘱，就像他的公证人德拉玛尔所长所说的那样，也在遗嘱中做了同样的改动（75号笔录文件）。

杰里米·迪穆兰对斯达克劝说无效后决定采取行动。十二月二十日早晨，他去看他并捎去圣诞祝福（参看杰里米·迪穆兰的口供），而且告诉斯达克他决定放弃计划了。而据对此更有发言权的凯瑞·瓦鲁尼昂所言，歌星向迪穆兰倾诉其腹部强烈的疼痛以及背上的挛缩，他平时用的止痛药并未发挥作用，迪穆兰于是提议说会叫个"朋友"过来给他注射吗啡。我们姑且认定斯达克同意了，由此也给迪穆兰及其同谋提供了实施阴谋的机会。不管怎么说，在将近下午一点时出现在斯达克家里的人是马塞尔·弗雷沃。她用儿子的呼叫器打开了门（参看玛丽昂·瓦隆和盖布里埃尔·马厄的口供）。好像托马斯·弗雷沃并不像他在第一天所宣称的那样，当时他已在歌星家里，并在其母亲的帮助下，制造出了警察最初看到的犯罪现场，之后斯达克被注射了罗眠乐与氯胺酮的混合针剂。

与此同时，杰里米·迪穆兰先领马塞尔·弗雷沃去了犯罪现场，之后便守候在距歌星家两百米的街上（盖布里埃尔·马厄已指认过这个地点）。然后他开车把这个女人带至朗布依埃。这并不在他们之前的计划之列，也不是仓促之下的计策。显然，杰里米·迪穆兰害怕之后会出现纰漏，为了以防万一，他扣留并控制了马塞尔·弗雷沃。

果然，母亲离开后，托马斯·弗雷沃显然意识到自己所犯下的错误，他"喜欢"斯达克，觉得自己可以把他救活。值得一提的是，罪犯使用过的细绳在警方的多次调查中均未出现。而留在窗口的运动鞋脚印，我们则认为是马塞尔·弗雷沃的，后者来到别墅并从客厅窗口看到去关门的斯达克。弗雷沃发现歌手身亡后，惊慌失措。我们不知道他接下来做了什么。无论如何，没有人能够证明他曾经去过切斯奈的垃圾站，或是园丁之家，又或者是他宣称去过的莫勒帕。他是想去找母亲还是杰里米·迪穆兰？还是他留在了现场？不管怎样，报警的人是他。傍晚，他在斯达克的家里报了警。也许他试图去找过杰里米·迪穆兰，但没找到。而后者则想方设法地为自己制造了一个不在现场的证明，宣称自己下午一直在凯瑞·瓦卢尼昂朗布依埃的修车厂里和修车厂老板待着。他俩于将近下午七点时分手，杰里米·迪穆兰重返澎湃酒吧。我们从两个人那里整合了当天及后来日子里发生变故的情况：纳坦·勒比克在其房间墙壁上的记录（86-89号笔录），以及经营着一家报刊亭的安妮特·霄波斯瓦尔的笔记（笔录90-91）。他们两人都住在迪穆兰酒吧的对面。两人的记录惊人地吻合，并确认了案件中的以下要点：

十二月二十日，将近中午十二点，杰里米·迪穆兰一人开着路虎揽胜驶离了酒吧。他于下午三点返回，并带回一名身穿白色罩衣的肥胖女子。两位证人均看过马塞尔·弗雷沃的照片，他们还不能认定就是她本人。

十二月二十日晚,将近晚十一点,杰里米·迪穆兰出去了,并于凌晨一点十五分返回,他带回了一名男子。纳坦·勒比克认出是托马斯·弗雷沃,但安妮特·雷波斯瓦尔却无法辨认(她的视力很差)。

十二月二十四日,将近晚十点,杰里米·迪穆兰独自驶离。他于十二月二十五日凌晨两点返回,依然独自一人。不久之后,澎湃酒吧和"旅馆"都相继打烊。

十二月二十五日凌晨五点时,凯瑞·瓦鲁尼昂开着保时捷卡宴抵达澎湃酒吧。两位证人都看见瓦鲁尼昂从小院的门进入到了房子里。不久之后,他和杰里米都出来了。他们扶着一名男子行走,并将其弄进了路虎揽胜的副驾座位上。然后他们又回到屋里,再出来的时候,拖着一个好像断了气或者是睡着了的人。接下来的几分钟里,杰里米把放在车后的旧衣服套在了"魔鬼"身上。最后保时捷和路虎揽胜分别从相反的方向驶离了。

凯瑞·瓦鲁尼昂承认自己帮杰里米·迪穆兰将托马斯和马塞尔·弗雷沃母子弄进了路虎揽胜里。他说当时两人尽管睡着了或是服了药,但都还没有断气。杰里米当时表态是想把他们送回到家里的。而瓦鲁尼昂则担心杰里米要怎么做才能把他们从车里弄出来,后者回答说:"我会想办法的。"由于瓦鲁尼昂在黑月亮酒吧的圣诞晚会上喝了酒,他不再坚持,并回到了自己家里。但我们知道,迪穆兰的路虎揽胜于拂晓时分在布瓦涅森林的王子池附近着了火。然而当事人拒不承认放火烧车的事实,所以无人得知他是怎么回到家里的。也许他是走路回去的,因为那段距离不过六公里而已。他一回到家里就报警说车子被偷。报警时间为早上八点。

十二月二十五日十点四十五分,凯瑞·瓦鲁尼昂开着保时捷卡宴返回澎湃酒吧。随后两个男人开车离开了。

十二月二十五日九点,几名晨跑者报警说在布瓦涅森林附近发现了一辆燃烧殆尽的汽车,里面惊现一具烧焦的尸体(101-127号笔录)。尸检报告显示该名男子经历了剧烈燃烧的过程,他肺里抽检出的炭黑足以证明此点。随后法医对托马斯·弗雷沃的尸体进行了病理、中毒的检查(鉴别过他的DNA),也证明了以上的推论。检查显示死者吸入了大量氰化物——塑料燃烧时会大规模释放的物质——以及相当浓度的一氧化碳(比我们在普通烟民肺里抽查到的比例高出十倍)。我们同时在死者身上发现有一定比例的苯二氮分子,包含在几种药效明显的安定药里,比如赛诺菲、相呐斯或者百忧解。这些因素证明托马斯·弗雷沃被焚烧时还活着,只是失去知觉而已。

警方当天没有找到马塞尔·弗雷沃的尸体,也没有看到证人们所说的被装进路虎揽胜里的"魔鬼"。在汽车的残骸里没有发现重大证据。

警方接下来在澎湃酒吧的客人中收集证据,成果颇丰。这些人同时也是出入附近酒店的常客。酒吧的女侍应生兼职酒店里的小姐,客人们会预定互换性伴侣或群交的服务。那四天里住过酒店的客人中没人作证曾见过弗雷沃母子。而女侍应生们,除了清理过太平洋间的琳达·米马尔外,均不能证明见过此二人。所以看起来是杰里米·迪穆兰本人控制了弗雷沃母子的行踪,并对他们下了药。当然这也不能说他让他们活了很久。我们希望母子二人还活着,因为还有一种可能就是他还希望利用托马斯米狄取保险金，而以此为目的他让托马斯给保险公司写了信。姑且认定如此，那么扣留马塞尔·弗雷沃不外乎是向托马斯额外施压的手段。归根结底，这些信件书写完毕后，凯瑞·瓦鲁尼昂加入到计划的后半部分中来，此时杰里米认为这个男孩及其母亲已没有任何用处，于是动了杀机，要将二人斩草除根。

　　两处场所——澎湃酒吧和及其附属建筑，为他清除障碍提供了方便。

　　至于凯瑞·瓦鲁尼昂在案件中所起的作用，现在我们一目了然了。自从杰里米·迪穆兰成为他经营的豪华修车厂的重要客户之后，他为讨好对方而助纣为虐。当然他们之间还有利益关联，因为二人一起在伊比沙岛投资了一个兼具旅游与色情的度假村项目。他们已为此投入了两百万资金，而完成项目还需两到三倍的资金投入（130-138号笔录）。投入的资金里自然有斯达克的人寿保险金。我们假设瓦鲁尼昂参与到杰里米·迪穆兰的计划只是为了筹集巨额资金，他没有想到这会致使自己犯下谋杀罪。当然，他在一开始的时候可能没有彻底了解杰里米的计划。但是说到底，他并未直接参与谋杀斯达克，尤其是弗雷沃母子。我们完全有理由相信，假如他清楚后果，后面提及的母子俩是可以幸免于难的。

　　到此为止，我们认为杰里米·迪穆兰贯穿了整个案件的始终，那些谜点一定与他有关，只要他愿意为此作出解释。

　　调查此案的过程中，我们还有了些新发现，于是判断杰里米·迪穆兰可能也牵连进二〇〇一年十二月二十日其外祖父母丽莲娜和让·博尔特的双重谋杀案中。可以想见，托马斯·弗雷沃也脱不了干系。

最让人感兴趣的是,在调查二〇〇一年十一月人们一直深信不疑的让-保尔·迪穆兰车祸死亡的过程中,他的儿子杰里米·迪穆兰可能也是肇事者之一。

> 报告人:雷诺·拉扎尔上尉
>
> 二〇一二年一月十日

74

　　两周的重症监护后,全体医务人员都认为勒维尔可以出院了,但前提是他得保持冷静,少发火。但这正如人们祈祷非洲不要下雪或是花儿绽放在浮冰上一样是奇谈!勒维尔能卧床治疗这么多时日已然让人刮目相看。他险些和艾莉薇儿·博尔特一起魂归西天了。医生在地上发现了他,莱娅就是在那时抵达凡尔赛的。他的面容苍白憔悴,双眼噙满泪水。玛琳赶来的时候,发现她爱着的这个男人已是昏厥状态,接着她认识了他的女儿,她已瘦骨嶙峋得不成人样。玛琳决定收拾残局。

　　勒维尔抗拒肺部灌洗,他知道这只不过是恢复体力的一个治疗步骤而已,确诊的癌症会将他吞噬殆尽……离开肺癌治疗室后,他想做的第一件事就是去吃重口味的菜,比如腌酸菜或者蔬菜烧肉,又或者是火锅或古斯古斯[①]。他的属下带他去了特里亚侬酒店,点了

[①] 用小麦做的面条,通常与肉类和蔬菜搭配。

葱蒜焖兔肉作为午餐。玛琳希望他和属下们好好聚聚,但坚持由她来买单。后来,他要求拉扎尔、米穆尼、格拉斯耶和布雷东送他去办公室。

烦交凡尔赛司法警署大区局长
调查报告

二〇一二年一月十五日

主　题：蓄意谋杀
受害者：丽莲娜·博尔特,娘家姓罗毕耶,六十七岁
　　　　让·博尔特,六十七岁
嫌疑人：杰里米·迪穆兰,二十六岁
　　　　托马斯·弗雷沃,二十五岁,死亡。
参照材料：预审法官马丁·麦尔奇约于二〇一一年十二月二十二日颁发的委托调查令
附　件：三十份笔录及其复印件,
　　　　一本影集,
　　　　八十份封印。

本人谨对以上提及的案件调查结果向您作详细报告。

对于此案请您参阅二〇〇一年十二月十日颁发的所有委托调查令的批阅文件。

二〇一一年十二月二十日,我途经朗布依埃的菲力-福尔广场,我的线人得到了一些情报,而它们关系到博尔特夫妇的双重命案。准确地说,让和丽莲娜是十年前突然遇难的,具体日

期迄今无人查证过。而线人提供的最新情报是与杰里米·迪穆兰及其母亲、迪穆兰先生的遗孀，艾莉薇儿·博尔特有关的。在线人的记录里，张扬酒吧被彻底重新装修过，并更名为澎湃，而且成了一个色情场所。酒吧主人杰里米·迪穆兰新的经营理念让其母难以接受，后主动退出。然而这个无足轻重的细节并非没有玄机。

此外，调查还要提及一位直接证人，年幼的纳坦·勒比克。案件发生时他只有八岁，而且是重度阿斯伯格综合征患者。十年后他从治疗此症的康复中心重回澎湃酒吧对面的家里。他的进步和特别的记忆力足以让我们相信，目前他可以证明二〇〇一年十二月二十日夜晚至二十一日清晨所发生的一切，因为他目睹了整个过程。

第一次录口供是在勒比克家里进行的。我们由此得到一条重要情报，而之前的案件调查并未提及：阿琳·杜马女士，也就是纳坦·勒比克的外婆，以及受害人丽莲娜·博尔特的童年伙伴，竟在无意中造成了酒吧老板的遇难。这是因为她给艾莉薇儿·博尔特打过一通电话，告诉对方其双亲计划去西班牙定居。这在之前的任何一次调查中，艾莉薇儿·博尔特从未提及过这通电话。幸而在安德烈·马尼奥医院里，就在她死亡前的几小时，在我的再三追问下她终于承认了。艾莉薇儿·博尔特接到阿琳·杜马的电话后，去找儿子想将这个消息告诉他。她既生气又震惊，因为她全靠父母接济度日，而他们却一直没有对她说过移居计划。她打电话去朗布依埃的青少年活动中心寻找儿子，他应该在合唱团里排练。然而当晚他并未现身合唱团。恰好将近晚九点十五分时，杰里米突然回来了。这一点和她在二〇〇一年所说的是一致的。但与她当时所言不符的是，男孩听了母亲刚刚告知的外祖父母的事情后彻底失控了。他又离开了家，想去向外祖父母讨个说法。他的伙伴托马斯·弗雷沃陪他一块儿去了。两个男孩骑着一辆偷来的红色拳击手小摩托出发了。一小时后他俩回来了，并向艾莉薇儿·博尔特坦言他们杀了人。杰里米在酒吧里与让·博尔特搏斗，而托马斯·弗雷沃则在厨房里对抗丽莲娜·博尔特。现在我们可以证实房子门口出现的指纹是弗雷沃的。我们一直以为门槛上留下的血迹也是同一个人，但鉴定结果显示并非如此。所以行凶的确切过程仍有疑点。而目前也只有杰里米·迪穆兰能够说出真相了。回家之后，杰里米和托马斯脱下了他们血迹斑斑的衣服去洗澡了。小摩托车被烧毁了，还有一包沾满血迹的衣服也被扔到了城边的田里，离艾莉薇儿·博尔特住的破屋子不远，就在布瓦尼森林和圣莱热昂伊夫林的转盘附近。

为了保护儿子，艾莉薇儿·博尔特始终宣称他晚上一直和自己在一起。为了让警方相信他当时不在场，她于晚十点零分至十五分之间给父母去过电话，显然她当时知道他们正渐渐死亡或已经死亡。自然，电话无人应答。

警方仔细查阅了纳坦·勒比克的画册，证实了艾莉薇儿·博尔特的口供属实：

二〇〇一年十二月二十日晚九点三十分，一辆红色的比亚乔小摩托车抵达刚刚打烊的酒吧前。纳坦记得看到过两个男孩下了摩托车。

他仍旧记得当晚的九点四十五分，两个男孩又骑上小摩托车离开了。

画册的查阅将当时的场景还原了。当时八岁的纳坦在画册上画下了车和发动机，有时也会顺便记下汽车的牌照号。画册上的比亚乔拳击手小摩托车清晰无比。（画册由格拉斯耶中尉查阅，口供由布雷东中尉记录）。

　　当晚，勒比克在画比亚乔摩托车时，记起保护酒吧玻璃的铝合金帘被人拉下了。早上，它又被人拉起来了，就在博尔特太太到达的时候，她假装才发现了遇难的双亲。这仍然是个谜，既没有被恢复记忆的博尔特太太解释清楚，也未从纳坦·勒比克那里获得解释。

　　基于之前发生的事情，最好审讯一下杰里米·迪穆兰，问问他是如何害死自己的外祖父母的。他一定是此案的主犯。

马克西姆·勒维尔少校
二〇一二年一月十五日

75

勒维尔写完报告后回到家里。他没有如愿顺利结束调查,并为此而忧心忡忡。这不是因为同事们努力得不够,而是他们已经被另一个案子弄得焦头烂额了。他坐在空荡荡的屋子里关闭了电视机——莱娅上学去了——他一直在想这件事。夜色弥漫,整座屋子一片漆黑。他伸手去开女人身形的落地灯。关于玛里珂的记忆强烈袭来。所以他去艾莉薇儿·博尔特的枕边打听她的下落。他到死都会记得他们之间的对话:

"艾莉薇儿,我求您了,我一定要知道……"

"闭嘴,没有什么是一定要知道的!"

"这是有原因的。事情不会这么巧。为什么您双亲的遇难和我太太的失踪发生在同一天?他们三人您都认识。您就是他们之间的纽带?求您告诉我真相……"

为什么她当时仅剩一丝气息了却还是什么也不说?为什么她就这样撒手而去,把这个无尽的痛苦留给了他?如果她即使卜地狱也不说出玛里珂的事情，是否就意味着因为真的没有什么可说的？

尽管请了很长时间的病假，但出院后两天，勒维尔依然回到了司法警署。拉扎尔把办公室留给了他；索尼娅像母亲一样无微不至地照顾着他。他受不了同事们赤裸裸的同情，也无法忍受无所事事的无聊，于是去了皇后小吃店。玛琳把他宠上了天，还用那些不着调的计划来骗他开心。她的各种甜腻终于让他生气了。他只有回到丁香街，莱娅很担心他，喂他东西，并且体贴入微地服侍着他。如果她有力气的话，一定会背着他，不让他走路。他最终把自己变成了老婴儿。

一月十八日早上，他很早就去了大区司法警署，要求看看两个案件的封印件。拉扎尔颇觉讶异，于是拼命说服他。因为他这么做很不明智。

"我想看看纳坦墙上的照片和画册，这会对你造成什么影响呢？"

"当然不会有什么影响，你怎么这么想！"拉扎尔也提高了嗓门。

不管怎样，勒维尔的要求天经地义，而且多亏了他以及他那敏锐的洞察力，这些被批阅过的文件才被从阴影里翻了出来。他甚至都没有瞧过它们一眼！拉扎尔派了一名"小广播"来寻找堆在底层封印室里的影集和画册。是时候把所有这些东西都立即搬到大审法庭的书记室里了。

勒维尔开始翻阅那些墙的照片，它们统一被裁剪成十厘米见方的正方形。翻看每张照片的时候，他嘴里唯一说出的话就是"难以置信"。然后他翻看了自己早已翘首以待的画册，这是他要求下属从杂物堆里拿上来的最让人感兴趣的东西。纳坦的笔迹很稚嫩，全用了小写体，颜色对比也很明显。大部分记录都难以读懂。随处可见他自创以及读者难以理解的词语。幸而他会画画，而且画技不赖。

二〇〇一年十二月二十日。这一页已经被索尼娅·布雷东和安东尼·格拉斯耶仔细研究过了，他们用了十余个小时把所有画册都翻了个遍。他们在中间留了一页，标了解释性的旁注。纳坦已经画出了红色比亚乔。有十余辆车经过或驻足。每每车子驶离的时候，他会在车后画上一颗彗星。车子停下时，并没有尾巴。另外勒维尔很为一个细节触动，他自问其他人是否注意到此：纳坦只画车子不画人，更不会画行人。警方能得知两个男孩子骑在比亚乔上的细节，那是因为十年之后纳坦依然记得，他拥有非凡的记忆力。勒维尔翻到了画册的某页，页面下端是比亚乔正要重新驶离的画面。他俯身想要看清眼皮下的东西，难以相信自己看到的东西。

这很荒谬。紧跟在头儿身旁的下属因为激动，呼吸有些急促，他们难以控制情绪。索尼娅和格拉斯耶扪心自问：他们怎能将这一重要细节给疏忽了呢？勒维尔平复了他们的情绪：他们又怎么可能知道玛里珂·勒维尔开着一辆黑赭双色的迷你奥斯丁呢？她的车就在这里，在画册上！奥斯丁在比亚乔出发后到达，停留了不到一刻钟的时间又重新驶离了。姑且认为纳坦记录下了两辆车停留的时间，可那天晚上玛里珂·勒维尔他妈的去张扬酒吧做什么？

76

清晨细雨蒙蒙，王子池薄雾轻笼。两只兴奋的鸭子在河岸相互追逐，叫声撕心裂肺。勒维尔昨天就来过了，今天他又回到此地。如果可能的话，他每天都会到这里来，至死方休。他得加快速度，因为他知道死期已近。他必须查清那些显露出来的蛛丝马迹。他还要努力做到不出差池，如此才能抗衡那些把他当作疯子的人——他脑中闪过的第一个人就是代理检察官格特朗。玛里珂并未抛弃他而去。玛里珂与张扬咖啡店老板的死亡有某种关联，门槛上的血迹就是她的，刚刚拿到的DNA对照结果证实了这一点。之前他根本没有想过会是这样。他怎么会想不到这一点呢？自从他觉察到些什么之后，就不住地想起艾莉薇儿·博尔特。为什么即便到了弥留之际，她都不愿和他聊聊玛里珂？她还害怕失去什么呢？

为什么勒维尔不停地回到池塘这里？路虎揽胜就是在此被焚烧殆尽的，被火熏黑的地方仍然存在，而四周则自然而然地将这个地方封闭起来。勒维尔紧盯着车轮碾压过的痕迹，它们在潮湿河岸的土壤上仍然清晰可见；还有其他更细的压痕，它们似乎无可避免地交叠在了一起。所有的痕迹纵横交叉，与绶带饰纹一样，复杂到了难以诠释的地步。

他脑海中浮现出一个画面：狂怒与决绝的杰里米驾驶着他的"拆白党"赛车，不住地前进、后退。他将车驶至树林的栅栏前，尽管栅栏是禁止车辆进入里面的，他还是将栅栏拆除了。路虎揽胜被点着了，汽车引擎盖已被烧成灰烬，杰里米不是返回的时候才留下了这些痕迹的。勒维尔仿佛"看见"他将车开至水边，熄火，打开了后面的破衣服……突然，少校明白他来池塘边做什么了：他沿着这个小蠢货的印迹行走。后者并非第一次来这里烧毁他的小汽车。他知道这个地方，他很清楚自己要做什么：他要在这里除掉那些烦人的见证者和背叛他的同谋。勒维尔缓慢地来回行走于河边。他看着地面，沿着轮胎的压痕走了几米，压痕积存了湾水的泥土和丢在森林里的垃圾。他又往前走了几步。他用脚拂去一块石头、一截木头，然后看到地面上有东西露出来了。他俯身用手刨开因最近几周的霜降而硬化了的泥沙，使劲地拖出他以为是鞋或是类似的东西。他将其拿到清水里漂洗之后，仔细研究了一番。这是一只老式的耐克牌运动鞋，已经变形，里面填满了淤泥。

77

第二天早上，警方在池塘里动用了专门的挖掘机。池塘里有很多淤泥，这给搜寻带来一定难度。快到中午的时候，警方仍旧一无所获。搜寻工作主要集中在池塘边，因为如果池塘的空间能容下一艘船的话，那么根本无法在其中央投入一具尸体。勒维尔坚持和大家一同守在那里，没有谁劝得了他。他站在池塘边，就踩在圆木搭起的小小栈道上，仿若一尊骑士雕塑。他急于知道池塘里的秘密，可他已没有了权利。他问自己这一切到底是为了什么。

"我们能往前一点儿吗？"他对搜寻队的头说。

"像这样吗？"

"再往中间挪一点！"

"好的，如果您想这样做的话，那么就等我们完成岸边的搜寻工作吧。"

"现在就做。"

男子不知所措地端详着他。他不了解案件的来龙去脉，但是他料到这个脸色蜡黄的家伙不会放过自己，更不会放过自己的属下们。如果不去探索这个巨大水洞的秘密，他是不可能离开这里的。水洞有两条分流，活像甲壳动物的钳子。他对潜水员们下达了命令，要求他们扩大搜寻范围。

一名士兵游到了池塘中央，开始大范围地搜寻，其他人也朝他靠拢。勒维尔感觉自己难以再坚持。索尼娅远远地望着他，看见他面露难色便匆忙赶来。他想推开她，却靠在了她的肩上。此时拉扎尔和格拉斯耶却按捺不住了，他俩和鉴定科的摄像师一同在水中前行，水深得几乎要淹没他们了。大家都以为潜水员们会刨出一具尸体，然而他们并未刨出什么。他们多次潜入水底，继而从混合着泥沙和垃圾的水中浮出。如此重复了整整一刻钟的时间，接着一位潜水员浮出水面，对留守池塘边的警察们说道：

"有一辆轿车在里面！"搜寻小分队的头大叫起来。

一辆车，而且车里还有一具尸体。潜水员们多次潜到水底，都不可能让黑赭双色的迷你奥斯丁漂浮起来，因为车身几乎全部深陷在泥沙里。几星期内被第二次告知警方将在如此风平浪静的地方展开搜寻工作后，当地镇长再没有回来过。此地的池塘，尤其是这个池塘，并非深不可测。一辆轿车，即使是迷你型的，车顶就在池塘表面下方三十厘米处，十年内居然无人察觉，这让人琢磨不透。散步者、远足者、郊游者、垂钓者，甚至是无畏的小孩子，夏天都不会去池塘冒险。也许是因为这个池塘太小了，或许也可能是因为黑色的车顶与浑浊的水混在一起的原因，这辆车竟然在这个浑浊的水塘里浸没了十年！

更糟的是，里面还有一具只剩骨架的尸体，由于水生物的啃噬，尸体的肌肉早已被微生物和水流溶解了。

直到第二天,车子才被拖出了池塘。代理检察官格特朗试图将勒维尔劝回家,但无济于事。勒维尔没有服从他的安排,他提议把杰里米·迪穆兰带来。至少,他可以仔细地看清楚对方那副肮脏的嘴脸。

当天下午,警方还发现了马塞尔·弗雷沃的尸体。就在勒维尔发现耐克鞋的地方的不远处。尸体仍被"魔鬼"衣物捆绑着,送它来的正是那辆轮驱动机车。死者只穿了一件T恤,一只运动鞋也不见了。

78

一月二十五日,玛里珂·勒维尔的葬礼如期举行,那一日,天寒地冻。勒维尔想把她埋葬在布瓦尼森林的小墓地里,离王子池不过几百米的地方。这是池塘的第一座坟墓。尽管想把女儿带回故土的斯文森夫妇非常不愿意如此,他还是这样做了。他们闷闷不乐,葬礼也免去了宗教仪式。

勒维尔站在玛琳和莱娅中间,莱娅搀扶着他。现在他真的配得上"老东西"这个称号了。葬礼结束的那天,他的内心永久地平静了,之前的愤怒和恐慌已荡然无存。他的下属们站立在他身后,他们分别站在大区司法警署全体领导和凡尔赛法官的两旁。二十多名记者和摄影师被宪兵队挡在了墓地外面。他们守卫在裁剪恰当的法国梧桐树下,体贴入微到了无以复加的地步。梧桐树的树枝伸向了下雨的天空。

斯达克案件还没有完全了结,又有人作案了。嫌疑人被锁定为一名年轻男子,他可以媲美凡尔赛那些知名度极高的杀人犯了。比如亨利-德斯尔·朗德鲁、欧也妮·韦德曼或是乔治·拉潘，他们都被利益冲昏了头脑，做了冷血杀手。有媒体将杰里米·迪穆兰定位为无与伦比的"天才杀人犯"，尽管他只是一名放浪形骸、缺乏教养的小"混混"。当然评论只是针对作案手段而言。当警方将迷你奥斯丁拖出王子池的时候，勒维尔的目光始终不曾离开过他。男孩一直沉默寡言。那天，出现了一缕阳光，池塘的水也变成了暖色调，恋爱中的鸭子空前活跃。杰里米戴手铐的双手别在背后，他朝着这束突现的阳光仰起了头，然后闭上微微跳动的眼睑，似乎在祈祷什么。勒维尔没有打扰他。之后他不顾不能和罪犯交谈的条条框框，而且未经过法官的同意又或者是因为对方律师的缺席，就径直朝年轻人走去。纳迪亚·宾奇法官只是用眼睛的余光看着，任其为之，而朱潘大人又一次溜走了，所以她三百六十度转身，去看水边升降机的操作了。

"你得告诉我你对我太太做了些什么，不然我向你发誓，你不会活到开庭。"勒维尔凑着杰里米·迪穆兰的耳朵低声说道，"我在监狱里有不少熟人，他们会帮我这个忙的，如果你明白这话的意思。我就要死了，因为我患了癌症，我才不怕损些失什么呢……"

对方猛地向后退去。当男孩把脸转过来看着他的时候，勒维尔备觉惊愕：对方再也没有了逞能的神情，而那张如同戴了面具的卑鄙小人的脸上也没了挑衅和蔑视。

"不是我，"这个稚嫩的小白脸怯怯地说道，"我很喜欢您太太，我喜欢她的歌声，我喜欢唱歌……"

"那是谁呢？"

男孩的本性是邪恶的，但也有那种不被喜爱、饱受虐待的孩子身上的绝望。他在两者之间斗争了一会儿，好像在自己的生命中看到有一只手伸向了自己。

"我母亲!"他大声喊叫出来,好像吐出了卡在喉咙里的梗。

之后,打捞进展顺利。工作人员将迷你奥斯丁从淤泥的漩涡里拖出,车子被放到了岸边,警方又开始清理车里的尸体残骸。杰里米·迪穆兰坚决不看。而勒维尔则暂时放过了他,他弯腰去看骨架。他望着地面,不知是鼻涕还是眼泪滴落到了地上。杰里米让步了:

"我和托米一起去找我的外祖父母想讨个说法,我母亲一直跟着我们。当时她骑着一辆旧的索勒克斯小摩托……可她来得太晚了。我们已经做了蠢事。那个老东西不听我说完就开始侮辱我。他说我是杂种,是人渣。托米当时对付的是老太太,他听到我对着外祖父破口大骂,外祖母好像想打他,于是他拿起桌上的一把切熟肉的刀朝她捅去……最先杀人的是他……"

"那你呢?"

"我以为老东西要杀我……我想制止。我打了他,然后我什么都看不清了……我母亲赶来的时候,她甚至都没有大声呵斥我们,只是让我们赶紧离开,让她来'收拾'残局。她要制造假象,让警方误以为是因偷盗而引起的谋杀。所以她偷走了收银台里的钱,还砸了一只酒瓶,然后打开窗帘制造出有人滞留的假象……而托马斯和我,我们上了比亚乔摩托车。但就在这个时候,在离酒吧五十米的地方,我们遇到了玛里珂女士……她开着那辆迷你车。然后我们看着她把车子停在了酒吧前。她下车进了院子。我惊慌失措,连忙下了摩托。我们跟在她身后。当我们走进院子的时候,听见她和我母亲在吵架……女士,也就是您太太,说我应该回去唱歌。我母亲却大声回答说现在不是说这个的时候。像平时一样,她醉了……"

杰里米略微停顿了一会儿,这时工作人员终于撬开了迷你车的车门。淤泥倾泻而出，勒维尔认出了淤泥里的几件东西：一只口琴，一把小提琴的琴弓。

"说下去。"他命令道，嗓音低沉。

"您太太一定要知道发生了什么事情，我想她可能猜到些什么了，所以想进屋看看。她问：'艾莉薇儿，您的父母呢？您做了什么？'我母亲拿着手里的钥匙去打她，戳到了她的眼睛。玛里珂太太流血了，她大喊大叫，想打电话报警。可我母亲继续戳她。等我们走近的时候，您的太太已经倒在了地上。我母亲说我们大家都得进监狱。托米帮我抬起倒在血泊中的……您的太太。我们把她塞进了她的车里，将她固定在副驾驶的座位上。我开车，托米坐在后座上，而我母亲则骑着她那辆索勒克斯小摩托回了家……"

"来这里是你的主意，对吗？为什么？"

"小时候，我父亲带我来这里钓过鱼……当然，是在他变成酒鬼以前……"

工作人员终于从填满淤泥的车里弄出了玛里珂的尸体，就剩一副骨架，还有唯一的一件服饰。勒维尔认出那是她的翻皮外套，如同一块散了线的抹布。而她的黑皮靴子现在已经变成了浅灰色的碎片，而且与她腿部的白骨粘黏在了一起。

"为什么她会去那儿？"他问杰里米这个问题，完全是想让自己安心。

"我母亲给青少年活动中心打过电话，想知道我是否在合唱团。她当时已经乱了方寸，您知道这其中的原因……是您太太接的电话……我母亲喝醉了，她说了一番胡话。她说起了我的外祖父母，所以玛里珂太太大概知道我会在外祖父母家里。她希望我回去唱歌，于是她自言自语说要去张扬酒吧找我……我反正是这样认为的。"

勒维尔追问他们是如何做到把迷你车拖到池塘中央的。托马斯和杰里米把车子弄进了水里，然后将它往前推去。车子漂浮在水面上，他们把它推得更远，两人全身上下都湿透了。由于车里有空气，小车开始是漂浮的，接着它独自往前漂去，到了池塘中央的时候，它慢慢沉陷了，然后突然沉入水底。他们这才长长地舒了口气。

勒维尔不想知道当玛里珂沉入淤泥里的时候是否仍有气息。他看着那具放在岸边腐蚀了的尸体，以及旁边的口笛和小提琴，感觉像是某位精神失常的画家的宿命一样。他只是想知道为什么杰里米还是把玛里珂死亡的消息告诉了他。

"因为我母亲让我动摇了，您在给法官递交的报告里已经提到了。"他说完后，眼里浮现了一丝蔑视。

然后他抬起下巴表示已经无话可说。但是少校知道没有人，即使是艾莉薇儿·博尔特的儿子也不会知道，她从来没有承认过自己的犯罪事实，更没有出卖过谁，即使临死前，她仍在矢口否认。他们之间的这些秘密，他不知道是否会对别人造成幻想，又或者让他们去杜撰出另外的版本。然而事实就是这样。所有的秘密都会出现在一份署名为马克西姆·勒维尔的调查报告里。

谈话终止了，勒维尔不再沉思。他讨厌别人装腔作势的样子，但他们还是让他节哀顺变，因为无论是谁都会这样做。他很欣赏凡尔赛司法警署局长帕特里克·毕高的悼词，他学识渊博，品格高贵，那番声情并茂的致辞让队伍里的那些铁石心肠都潸然泪下。天色黯淡，听众席上一片沉寂。当勒维尔再次抬起头来的时候，他看见棺材的另一边，有一名男子紧盯着他。他想了一会儿才想起这个人。此人就是杰克·巴尔托里，曾经陪他快乐、悲伤与共的朋友。他突然感觉如释重负。这个粗暴的家伙终于哭了，泪如雨下。

尾　声

忧郁的春天悄然逝去，夏天来临了。那些没有去避暑的人坐在阳台上晒太阳。一群无所事事的孩子占据了博利卡小区荒无人烟的院子，他们在为一只漏气的气球喋喋不休。索尼娅·布雷东看着一堆纸箱和空荡荡的公寓，明天她就要搬离此地了。她不后悔。

躺在病床上的马克西姆·勒维尔翘首以待，时不时地看看时间。他记得母亲在弥留之际也是这般举止。她拒绝医生用死马当活马医的那套方法来折磨她，那只会把她折磨致死，比癌症还要让她死得更快。少校开始接受药物治疗。三个月后，他的状况还是没有得到改善。不管怎么说，癌症找上了他，他无法拒绝。他想安静离世，不想再在鼻子里插着管子了。他不知道自己还能苟且偷生多久，其实，这已不重要，因为他终有一死。他看着手表，指针缓慢移动，他有些心烦意乱。

从今往后，玛琳接手了照顾莱娅的任务。她在凡尔赛的市中心买了一幢漂亮的住宅。权衡之后，她购置了丁香街住所对面的房子。

他们把原来那栋配有蓝色百叶窗的黄色房子处理了。不带一丝遗憾。一身轻松的马克西姆和莱娅告别了他们生命中最黯淡的时期。玛琳的梦想就是过上有家的日子。上周,她谈到了这个敏感的话题。她请勒维尔同意让她来抚养莱娅。他一口答应了。而莱娅却有些不乐意,因为她觉察到父亲之所以答应得如此干脆,一定是因为自己时日不多了,这让她备觉伤感。她吃得还是那么少,但笑的时候多了。一个月前,某个大卫经常给她打电话,还邀请她出去玩耍。一天夜里,家里只留下了玛琳和马克西姆两人。在房子的花园里,他神情庄重,而从前被隐藏身份的未婚妻却心情激动。她梦想着有一次正式的求婚仪式,他求她别再打肉毒杆菌了,因为她的嘴巴都快成鸭子嘴了。她笑得前翻后仰,于是她知道他是想活下去的。

雷诺·拉扎尔与妻子分分合合了几个月后,依旧没有找到问题的答案,也未能消除心灵的痛苦,他最终决定离开妻子。这一次,他不会再回头了,至少他是这么说的。他希望自己年底可以晋升为少校。

阿布德尔·米穆尼和雇主公司的那名金色发女孩交往后,又遇到另一位棕发美容师;接着是另一位在一家日本餐馆里工作、头发染成金色的中国女招待;再后来是医院里的一名护士。某天他去看望了勒维尔。他一直没有寻到知己,但依然像服丧的新郎一样去旁观尸检。今年他不会晋升为少校,只可能是拉扎尔。

索尼娅·布雷东和安东尼·格拉斯耶最终揭开了各自的创伤,坦诚相待了。他们深爱彼此。他们不想被人指指点点,于是一个月前决定结婚了。索尼娅第二天就搬进了安东尼在切斯奈的公寓里,他的家里全是宜家家具。而在她自己的家里,事情永远做不完。乐观来说,博利卡住宅区好像比以前更热闹了。那些穿着长袍、蓄着胡须的人影来来往往，不时地还会有汽车燃烧起来。她和安东尼将成为凡尔赛刑侦科的第四对夫妇。

应纳坦·勒比克父母的请求，索尼娅去看望了男孩好几次。他们谈笑风生，阿琳外婆的屋子里终于有了一线生机。索尼娅的一个朋友，任职于F1赛事领域的高管，很赏识纳坦的才华。年轻人于是被招聘至一支杰出的车队里做测试工作。他成了车队里大家谈论的明星。不久他就放弃索尼娅了，觉得她个子太高而且也太老了。他的父母亲终于和解了，母亲去了一家理发店工作。

安妮特·雷波斯瓦尔将报刊亭转让了。她不再需要防范勒维尔的突然到访，但生活也失去了意义。她要回老家克勒兹隐居。因为害怕孤独，她已经买了两只山羊作伴。

在弗雷瑞-梅罗吉监狱里，杰里米·迪穆兰身陷囹圄。他正为开庭审理做准备。他希望法官能判得重些。朱潘大人不敢揭穿他的谎言。虽然才二十六岁，他的行事风格已然像个老司机。他不会因为谋杀父亲而被判刑。让-保尔·迪穆兰的案件最终因时效问题而无法立案。

王子池里的鸭子终于能清净度日了。它们繁衍生息，无需自寻烦恼。人类的喧嚣及其可笑的道德离它们太远。

译后记

终于敲完了《漫长的遗忘》译稿的最后一个字,心情并未如释重负,反而有了些许不舍和牵挂。

这大概是我在进入文学翻译领域里翻译得最为漫长和艰难的一本书了,当初怀着喜悦心情接编辑的稿件时,对于之后翻译中所经历的痛苦和困难完全始料未及。

本书的男主人公马克西姆·勒维尔是一名司法警察,本该过着平淡无忧、偶尔在案件调查中忙得晕头转向的日子,但往往生活就是这么爱跟人开玩笑。十年前的某个夜晚,他的妻子玛里珂离奇失踪,而与此同时,一起双重命案也发生了。凭借警察的直觉和洞察力,马克西姆认定妻子的失踪一定与命案有关。他执着地调查,搜寻,求证,为此而头破血流,甚至招来了他人的嘲笑与不解。

不仅如此,他与妻子玛里珂生下的女儿莱娅尝受着十年无母的可怜生活,无言地抗议着父亲。"十年的悲剧让她成了一个小女人,瘦骨嶙峋,舔舐着伤口,失魂落魄地或者,无处安放自己。""莱娅一直都秉承着母亲的气质，可到了去年年初，她就变了。看看现在，她的双颊荡然无存，前额有了皱纹，平平的胸部裹在紧身毛衣下，仿若两个空空如也的羊皮袋。"读到这些文字的时候，身为母亲的我，竟是一声长长的叹息。母爱的缺失对于一个成长中的孩子来说是一件无比残忍的事情。

马克西姆在抽烟、酗酒、心情抑郁、肺癌发作和女儿的叛逆的几重煎熬下，依然默默地坚持着自己的认定。"某些事会毁了你一辈子，正如此事。无论我们做什么都无济于事。这些事始终挥之不去，它们与你合为一体，你的记忆、你的心灵都为其留有一席之地，如同某个恶搞的家伙动不动就在你心里扎根钉子一样。"

十年后的圣诞前夕，著名摇滚歌星斯达克惨死家中。不到几天的时间里，另一名男孩托马斯·弗雷沃在布瓦涅森林的一辆路虎揽胜车里被焚烧至死，其母亲马塞尔·弗雷沃也离奇失踪。

马克西姆的团队顺藤摸瓜，无意中发现十年前后的两件命案竟与同一人有关，此人正是十年前惨死的博尔特夫妇的外孙杰里米·迪穆兰。一个从小就被外祖父母嫌弃的孩子，父亲又酗酒，动辄对母子二人施以家暴，所以这一切使得日后的杰里米心中燃起了熊熊的复仇火焰，并养成了他的凶残心性。正是这个"放浪形骸、缺乏教养的小混混"十年前"与母亲用心良苦地策划了一出阴谋，意欲除去暴力的父亲"，杀死想要抛弃他们去西班牙定居的外祖父母，并顺带将马克西姆的妻子，他的合唱团老师玛里珂推入水中，让其溺水而亡。十年后他又与同伴托马斯·弗雷沃蓄意谋害了摇滚歌星斯达克，为避免事情败露以及占有保险赔偿金，他一不做二不休，烧死了同谋托马斯·弗雷沃，并将其母亲也一并杀害。十年前他为复仇，报复父亲的残暴以及外祖父母的抛弃，而十年后又意欲何为呢？原来只为满足一己私欲，获得摇滚歌星的高额赔偿金。"杰里米·迪穆兰集复杂与邪恶、操纵欲与孤僻感为一体。"

一路走来，这个男孩的成长及心性的变化确实让人触目惊心。让人怒其凶残与冷漠的同时，却也哀其家庭温暖的缺失。

说起情感的缺失，不得不提到书里的另一位人物：勒维尔的下属，索尼娅·布雷东中尉。"她的确很喜欢马克西姆·勒维尔，这个男人身上有她心仪的一切，他是她想要的'爸爸'，而不是她那个胆小如鼠、抛弃妻子、离家出走的父亲"。"自从父亲一走了之后，生活的方方面面也停滞不前了。母亲总是不停地挥舞着鸡毛掸子责罚孩子，所以但凡有机会，她便和抑郁的母亲保持距离，她们之间永远有一条难以逾越的鸿沟"。值得庆幸的是，这个女孩并未因为这些经历而自暴自弃，她非常自律，做了警察。而且在小说的结尾，她终于放下了曾经的创伤，觅得真爱，开始了崭新的人生。

在翻译的过程中，我跟随司法警察们经历了一次次的尸检、调查、审讯的过程。大概因为这是一个我并不熟悉的领域，又或者是因为书里主人公们的郁结心情，无形中它也成了我心灵里的一颗钉刺，愈想拔出，愈无法用力。

那种对自己的失望及无能为力的感觉恐怕在遇到此书之前都不曾经历过。此时终于完稿，感谢这本书让我收获了一位患难与共的编辑朋友，相信从今往后，无论是否与翻译、出版的工作有关，我们都会一直联系。

马克西姆悬了十年的心终于放下，这个人以及他的一切自此与我再无瓜葛，但他经历过的所有痛苦与煎熬，我都心有戚戚焉。

放下，对他、对我来说都是最好的结局。案件真相浮出水面，小说翻译完毕，钉刺自心灵拔出。勒维尔或许会安心闭目，去往天堂；而我知道自己仍会在翻译的道路上前行，即使荆棘密布，险象丛生。

借用自己曾经写过的一首小诗来结束译后记吧。

  世事无常，
  生活却勇往直前。
  或遗忘，
  或原谅，
  做自己的主人。

感谢一路有你们的陪伴。

译者 聂云梅
二〇一六年十二月十五日于天水嘉园